LE GÉNIE DE L'ESPACE

ALLÔ HOUSTON, ON A UN BEAU SPÉCIMEN

SARA L. HUDSON

Copyright © 2021 by Sara L. Hudson

Traduit par Iris Loison de Valetin translations

Tous droits réservés.

Aucune partie de ce livre ne peut être reproduite sous quelque forme ou par quelque moyen électronique ou mécanique que ce soit, y compris les systèmes de stockage et de récupération de l'information, sans l'autorisation écrite de l'auteur, à l'exception de brèves citations dans une critique de livre.

UN
LANCEMENT DE L'OPÉRATION

Jackie

Jackie Darling Lee est un nom qui déchire. Mes parents ont bien fait de donner à leur enfant un nom empreint de promesses : courage, beauté et/ou coolitude. Avec un nom comme Jackie Darling Lee, je devrais être une star de cinéma, une auteure à succès de torrides romans d'amour ou, tout du moins, une belle mondaine du Sud des États-Unis vivant dans un superbe manoir géorgien et pouvant porter un chapeau aussi bien que la famille royale britannique. Mais je ne suis rien de tout ça. J'en suis même loin. Je suis une intello. Et pas une de ces intellos rock and roll qui portent des rangers et des lunettes Buddy Holly, juste une intello qui se balade avec une calculatrice à la main.

Bon, d'accord, je ne me balade pas vraiment avec une calculatrice à la main. Je veux dire, il y a une application pour ça, de nos jours. Je porte bien des lunettes Buddy Holly, mais je les avais bien avant qu'elles ne soient cool. J'ai juste eu de la chance. Enfin, ce ne sont pas des lunettes Body Holly qui rendent quelqu'un cool.

Je bosse à la NASA, par contre, donc c'est déjà quelque chose de positif. Mais ne soyez pas trop excités. Je ne suis qu'une employée dans un box, quelqu'un qui s'occupe de la paperasse. Ce n'est pas comme si j'étais une astronaute ou quoi. *Ça*, ça déchirerait, par contre.

Je travaille dans le bureau Orbit 2, au centre de contrôle de mission, de 7 h à 16 h. Le centre, nommé entre nous par son acronyme anglais MCC, est toujours calme, parce qu'on a tous le casque vissé sur la tête, à écouter un flot constant de commandes et de discussions. Je fais partie des contrôleurs de vols, ce que l'on appelle les gestionnaires des opérations aériennes. Je suis responsable de tout ce qui est lié aux tâches, équipements et organisations des combinaisons spatiales et sorties dans l'espace. C'est-à-dire que je suis chargée des activités extravéhiculaires, ou EVA. À ne pas confondre avec les vraies EVAS, ou sorties spatiales, ce que les astronautes font dans l'espace.

Ça fait beaucoup d'informations, je sais. La NASA est vraiment fan des acronymes.

J'ai commencé ma procédure revue des EVAs programmée en appelant la Station spatiale internationale. Une sortie spatiale est prévue demain pour entretien et vérification de l'un des boîtiers relais multiplexeur et démultiplexeur externe, qui ne fonctionne pas correctement. Les EXTs, comme on les appelle, sont comme les cartes mères de l'ISS, la Station spatiale internationale. Cependant, il y en a deux, donc personne ne panique… Pour le moment. La NASA n'aime pas fonctionner sans option de secours. Et en ce moment c'est littéralement ce que l'on utilise.

— Station, Houston, avez-vous des questions avant l'EVA ?

— Houston, Station sur la 2. Je pense qu'on est bons. On regardera une fois de plus les liaisons et la chronologie finale, mais on devrait être prêts à partir.

— Station, Houston. Très bien, appel terminé.

Cela termine mon dernier passage en revue pour l'EVA de demain avec l'astronaute Julie Starr. Oui, c'est son vrai nom. Et oui, elle le porte vraiment bien. C'est la plus jeune femme astronaute et la spécialiste de mission de l'équipe. Sans oublier que tous les mecs de la NASA aiment commenter sur sa beauté universelle. D'après les rumeurs, Jul' devrait bientôt être promue commandante et le département des relations publiques l'a déclarée « coqueluche de la NASA ». Vous pensez sans doute que je dois aimer la détester, surtout qu'elle a le job dont je rêve, mais Jul' est aussi géniale personnellement que professionnellement parlant. Et pour une raison étrange, elle m'aime bien. Lorsqu'elle est vraiment *sur* la planète Terre, elle a pour mission personnelle de me pousser à avoir une vie sociale.

Une sonnerie retentit à travers le bruit des bavardages dans mon casque. Il me faut plusieurs minutes pour réaliser que le téléphone de ma console est en train de sonner. Personne ne m'a jamais appelée dessus avant. Je ne suis pas comme mes collègues, qui ont des partenaires ou des enfants qui les appellent. Et comme ce n'est ni mon anniversaire ni Noël, ce ne peut pas être mon père. Et même si c'était l'une de ces occasions, il est vraiment strict sur le fait de prendre des appels au travail. Je suppose que je tiens mon éthique de travail de lui.

Prête à dire à quelqu'un qu'il a fait le mauvais numéro, je décroche.

— Console EVA, Jackie à l'appareil.

— Alors, tu sors ce soir ?

Je cligne des yeux devant le nom qui s'affiche sur l'écran.

— Jul' ?

— Oui, c'est Jul'. Allez Jackie, tu sors ou quoi ?

La voix de Jul' est claire, mais je suis toujours étonnée qu'elle soit à plus de 400 kilomètres dans l'espace, en train de se déplacer à plus de 27 000 kilomètres/heure. Et qu'elle m'appelle.

— Jul', pourquoi tu m'appelles ?

Je regarde autour de moi nerveusement. Il n'est pas interdit de recevoir des appels personnels, mais ça ne m'était jamais arrivé. J'ajoute :

— Il faut que tu te prépares pour l'EVA de demain.

— Tu voulais que je te pose des questions sur ta vie sociale pendant la discussion avec l'équipe ?

Elle rit comme si elle pouvait me voir grimacer depuis l'espace.

Je soupire.

— Non, je suppose que non. Et non, je ne sors pas ce soir. Je suis d'astreinte pour votre sortie de demain. En dehors des horaires habituels, il y a aussi des horaires d'astreintes au cas où quelqu'un serait malade ou en cas d'urgence.

— Toi, t'as besoin de t'envoyer en l'air.

J'explose de rire. Maintenant tout le monde dans le centre de contrôle *me* regarde. J'ai chaud au visage. Sean, le directeur des opérations aériennes, fronce les sourcils. MCC est censé être *calme*. Je chuchote :

— Punaise, Jul'. On est un peu inquiets, ici-bas.

— Tu es toujours inquiète. Tu t'occupes de tant de projets et ton esprit est tellement occupé à calculer ou à référencer un truc que tu vas finir par mourir vierge.

La chaleur se répond le long de mon cou. Je murmure :

— Bon Dieu, Jul', je ne suis pas vierge.

— Eh bien, tu pourrais l'être. Tu n'as rien fait depuis que je te connais et je t'ai rencontrée lors de ton premier jour à la

NASA. Je ne sais pas comment tu fais pour tenir aussi longtemps. Tu dois avoir un sacré vibro.

Je remercie silencieusement la taille de la console devant moi, qui m'aide à cacher mon rougissement. J'ai même commencé à transpirer.

Jul' continue :

— Tu lis ces bouquins à l'eau de rose emplis de cow-boys, alors je sais que tu n'es pas morte là-dedans.

Je grogne dans le téléphone :

— Jul', j'ai passé ma première année à la NASA la tête dans des livres de référence et des manuels pour pouvoir être assise à te parler depuis MCC.

— Oh, ce n'est pas la peine de me parler sur ce ton. Et maintenant ? Tu as passé non pas une, mais trois de tes certifications la première année. En un temps record, tu es devenue une spécialiste dans ta partie, tu as même été promue. Tu es maintenant assise à MCC avec des sous-fifres pour faire le sale boulot.

— Des sous-fifres ?

Je m'esclaffe une fois de plus, et Sean me fusille du regard.

— Je ne les appellerai pas des laquais, ce serait juste malpoli.

— Je n'ai pas...

— Plus d'excuse, meuf. Je ne peux plus supporter de savoir que tu es en bas, à vivre dans cet appartement merdique et à ne rien faire d'autre que de lire les trucs dégueulasses que tu *devrais* faire.

— Ce ne sont pas des trucs dégueulasses et mon appartement n'est pas *si* mal. Et puis, mon contrat s'arrête bientôt. Je pense acheter une maison.

— Penser et faire sont deux choses différentes, dit-elle en soupirant. Promets-moi que tu sortiras ce soir.

Je commence à imaginer la foule, la chaleur de la pièce, tout le bruit du bar et d'un seul coup mon rougissement n'est pas la seule chose à me faire transpirer.

— Non, Jul', je ne sortirai pas. Je suis d'astreinte.

C'est pas comme si je pouvais boire. Ou si j'avais quelqu'un qui pourrait m'accompagner pour s'assurer que je ne m'évanouirais pas à cause stress ou du fait que je sois hyper mal à l'aise dans des situations sociales.

— Jackie, qu'est-ce qui ne va pas chez toi ? Tu es magnifique. Tu as ces cheveux blonds que les mecs adorent. Tu ne portes même pas de maquillage, et les mecs flirtent quand même avec toi. Et lorsque ça arrive, tu n'en as aucune idée. Ou alors tu deviens rouge comme une pivoine et aussi raide qu'un piquet. Je veux dire, merde, meuf. Tu es en train de lever les yeux au ciel, hein ?

Je m'arrête en plein mouvement.

— Heuh... non.

— Argh. Je n'allais pas faire ça, mais tu ne me laisses pas le choix. Soit tu sors ce soir, soit j'appelle Ian sur sa console, et il se trouve que je sais qu'il bosse ce soir, pour lui dire que tu veux coucher avec lui. Et que tu n'en peux plus.

Il est toujours censé y avoir des gens à MCC. Donc, même si j'ai la chance d'avoir les horaires standards aujourd'hui, Ian, qui a le même job que moi, fait partie de l'équipe suivante.

— Jul'. Tu ne peux continuer à faire ça.

Je tourne la tête rapidement et aperçois Ian du coin de l'œil, derrière la vitre, attendant de prendre le relais.

Ian est un collègue que Jul' trouve mignon. Elle aime l'utiliser pour me faire chanter lorsqu'elle en a envie. Il se trouve qu'il est beau et célibataire. Vu que lorsque je lui parle, c'est à propos du travail, je ne me transforme pas en statue. Cela fait penser à Jul' que nous serions le couple parfait. C'est sa seule carte maîtresse, vu que la plupart de nos collègues ingénieurs sont soit mariés soit dans une relation. Sans compter ceux qui travaillent à la NASA depuis l'époque d'Apollo.

La dernière fois, elle m'a fait du chantage pour que je l'accompagne dans un bar en menaçant d'envoyer des fleurs à Ian de ma part pendant l'une de nos réunions. Et c'est ainsi que j'ai fini ivre, à parler à Jul' de mon faible pour les romans d'amour, au milieu d'un bar plein de gens bourrés.

Une demande de résumé des opérations de vol arrive dans mon casque.

— Je dois y aller Jul', le devoir m'appelle.

Sauvée par le gong du MCC, pour ainsi dire.

— D'accord Jackie, mais qu'est-ce qu'on fait ? Tu sors ou je t'envoie Ian ?

Ou pas.

— Jul'...

Je ne manque pas de remarquer à quel point ma voix est pleurnicharde.

— Tic, tac, ma grande. Je n'ai rien à faire à part flotter et comploter jusqu'à 17:00, heure terrestre.

La demande retentit à nouveau dans mon oreille. Plus fort.

— Très bien ! Je vais sortir. Mais c'est tout ce que je promets.

— Ça ira, petite pute. Ça ira.

―――――

Quatre heures plus tard, me voilà assise seule à Big Texas Saloon, un verre de coca à la main, entourée d'une foule de gens qui s'amusent et dansent. Mon tabouret est l'endroit parfait pour observer la foule, car il est placé juste derrière la balustrade qui entoure la piste de danse ovale, coincé à côté d'un poteau en bois. Les couples tournoient, les boucles de ceintures brillent et les strass scintillent.

Une heure passe ainsi. Pas une seule personne ne m'invite à danser. C'est une bonne chose, car je ne sais pas comment faire. Enfin, cela aurait été bien d'avoir eu l'option de rejeter une offre.

Même celle d'un des mecs plus âgés aux super grands chapeaux.

Mais d'un autre côté, je n'ai pas hyperventilé à la vue de la foule. Je me sens rouge, mais je vais mettre ça sur le compte de la chaleur du lieu et non de mes incontrôlables rougissements.

— Un autre rhum-Coca, madame ?

Je sursaute, regardant derrière moi et découvrant une petite serveuse dans un débardeur noir moulant, une jupe en jean et des bottes de cow-boy noires. Ses cheveux sombres sont amassés au-dessus de sa tête, attachés avec assez de stylos-bille pour ouvrir une papeterie. Je frotte les bouts de mes baskets ensemble en admirant son rouge à lèvres rouge appliqué avec soin. Punaise, même la serveuse a l'air plus cool que quoi. Et elle m'a appelée madame.

— Juste un Coca, s'il vous plaît. Et pas besoin de m'appeler madame.

La jeune femme fait un sourire en coin.

— Désolée, c'est une habitude. J'appelle tout le monde madame, même celles qui fêtent leur vingt et unième anniversaire, dit-elle avec un coup tête dont je suis la direction.

Au milieu d'un large groupe, qui me fait frissonner rien qu'à le regarder, se trouve une jeune femme qui rit, la tête renversée, un diadème sur ses cheveux blonds et une écharpe avec le mot « légale » au milieu de sa poitrine.

Je souris.

— Vous pouvez m'appeler madame si ça me met dans le même sac qu'elle. Elle a l'air de savoir s'amuser.

— Je ne sais pas pendant combien de temps vous allez penser ça.

Son accent du Sud des États-Unis est comme la lente trajectoire d'une fusée dans l'espace, chaque mot d'une syllabe étiré à deux.

— Vu comment elle est partie, ça va mal finir, continue la serveuse.

— Ah, mais c'est ce qui est génial avec le fait d'avoir vingt et un ans, pas vrai ?

Enfin, c'est pas comme si je pouvais le savoir. Pour mon vingt et unième anniversaire, j'ai étudié pour mes exams et reçu un sms de la part de mon père.

Je regarde la serveuse, qui n'a plus l'air de regarder la blonde. Une fois de plus, je suis son regard, me retournant vers le groupe, et je le vois *lui*.

Pu... naise.

Toute pensée rationnelle s'envole. *Lui* étant le cliché parfait. Il se tient debout, à l'arrière, adossé au mur une bière à la main. Il doit y avoir une sorte de manuel technique lu par tous les mecs (Chapitre un : comment se tenir contre un mur et *ne pas* avoir l'air d'un parfait imbécile).

Il doit bien faire plus de deux mètres et a des cheveux coupés court sur les côtés mais assez longs sur le dessus pour que la sensation entre mes doigts soit agréable si je les y passais. Enfin, ce n'est pas comme si ça allait arriver. Mais on peut toujours rêver.

Il y a des lumières clignotantes autour du bar, je ne peux donc pas bien voir les détails, mais je *peux* distinguer le solide bloc de muscles sous son pull à manches longues... Manches qui sont relevées sur ses bras. Bien qu'il ne soit pas moulant, son jean est ajusté. Et bien entendu, il porte des bottes de cow-boy.

Je soupire.

Il me rappelle l'une de ces étoiles scintillantes qui attirent l'œil la nuit. Même maintenant, avec tous nos télescopes et toute notre technologie, on ne sait toujours pas combien d'étoiles existent. Leur nombre est incalculable tant l'univers est vaste. Et pourtant, il y en a toujours qui vous accrochent l'œil parmi les millions et millions d'étoiles. Ce mec est comme l'une d'entre elles.

— Mince alors !

— Vous pouvez le dire, madame, rit la serveuse, ce qui fait trembler sa coiffure précaire.

Je me raidis, n'ayant pas réalisé que je parlais tout haut.

Elle me sourit, je décide donc de ne pas être embarrassée. Au lieu de ça, j'assume et me demande *Que ferait Jul' ?*

Je redresse les épaules.

— D'accord, j'ai rien dit, plus de madame. Je suis Jackie, dis-je en lui tendant la main. Mon père a toujours insisté sur l'importance d'une poignée de main. La jeune femme a l'air surprise, mais range son plateau sous son bras et me tend la sienne.

— Trish.

Nous nous serrons donc la main.

— Ravie de te rencontrer, Trish.

Trish retire sa main et penche la tête sur le côté, regardant mes Converse blanches, mon jean et T-shirt Stanford avant de regarder le tabouret vide à côté de moi.

— Tu attends des potes ou un truc du genre, ma puce ?

— Heuh, non, dis-je en regardant mon verre vide. Pourquoi cette question ?

— Je suis juste étonnée de voir une jolie fille toute seule. Tu es nouvelle dans le coin ?

Je sens la chaleur envahir mes joues. *Jolie.* C'est décidé, j'aime bien Trish.

— En quelque sorte. Ça fait à peu près un an que je vis ici, mais je ne suis pas beaucoup sortie. J'ai été très occupée par le travail. Mais je suppose que si je dois lancer l'Opération Vie Sociale, il va falloir que je change certaines choses. Peut-être même que j'achète des bottes.

— L'Opération Vie Sociale ? demande Trish, les lèvres tremblantes.

— Ouais, j'acquiesce. Je viens de l'inventer. Mon amie Jul' dit que je suis coincée. Statique.

Je regarde les danseurs qui tournent.

— Statique ?

— Statique. Qui ne bouge pas, stationnaire, un corps au repos, si tu veux.

Je me retourne vers Trish, qui a l'air de retenir un fou rire.

— Quoi ? J'ai renversé quelque chose ? dis-je en jetant un coup d'œil à mon T-shirt.

— Non, non, ma puce. J'aime juste ta manière de parler.

Quand elle sourit, ce n'est pas le sourire de quelqu'un qui se moque de moi (et croyez-moi, je les connais) mais qui rit avec moi. Et j'aime cette sensation.

— J'aime aussi ta manière de parler. C'est la manière dont un code binaire à largeur fixe pourrait parler, du moins dans ma tête.

— Heuh... Merci ?

Trish se décale pour laisser passer un homme avec un ventre aussi large que les bords de son chapeau.

— Où est cette fameuse Jul', alors ? Ne devrait-elle pas être ici pour inaugurer ta nouvelle vie sociale ?

— Dans l'espace.

— Je suis désolée ?

Elle me regarde sans comprendre.

— L'espace. Mon amie. Jul'. Elle est dans l'espace.

Trish continue de me regarder, mais à présent ses sourcils sont au centre de son front. Mon Dieu, que je suis mauvaise lorsqu'il s'agit de parler de choses et d'autres. Je prends une inspiration, me force à ne pas me raidir et recommence.

— Jul' est astronaute à la NASA. Elle travaille en ce moment sur la Station spatiale internationale.

Trish a l'air un peu abasourdie mais se remet vite.

— Merde alors. C'est la meilleure excuse que j'ai jamais entendue pour laisser sa pote sortir seule.

Elle regarde la foule qui continue de grossir par-dessus son épaule.

— Il faut que je fasse le tour de la salle, mais je vais revenir avec ce Coca et tu pourras me donner plus de détails sur l'Opération Vie Sociale.

Elle me fait un grand sourire en ajoutant :

— J'ai l'impression que tu vas être la cliente la plus intéressante, ce soir.

Avec un clin d'œil, Trish s'avance nonchalamment vers les tables.

Mes yeux reviennent vers la partie du bar occupée par la fille qui fête son anniversaire, mais monsieur le beau gosse est parti.

―――

Flynn

JE ME SENS SALE.

Et venant d'un mécanicien, ça veut dire quelque chose.

Tous les amis de Rose s'enfilent des shots, commandent des tournées et paradent dans le saloon dans leurs tenues chics tels des paons moyens. Comme si la nuée de gens en bottes de cowboy en avait quelque chose à faire des prix de leurs talons hauts de leurs mocassins italiens.

Ce qui me fait me sentir encore pire ? Le fait de savoir que j'étais comme eux jusque récemment.

Quelques-uns d'entre eux se dirigent vers la piste de danse. J'arrête l'une des jeunes femmes qui passent près de moi en trébuchant, la blondinette qui organise la fête d'anniversaire de Rose.

— Pam.

Elle cligne des yeux plusieurs fois, comme si elle avait du mal à bien voir.

— Je pensais que tu étais la conductrice désignée ?

Elle titube, sa tête vacillant lorsqu'elle regarde ma main, qui a agrippé son bras, et mon visage. Avant que je puisse réagir, elle se colle à moi, sa main libre glissant le long de mon corps.

Super. Une raison de plus de me sentir sale.

— T'inquiète, mon grand. Je nous commande une limousine dans quelques minutes.

Elle essaye de désigner la piste de la tête, mais son corps tout entier manque de tomber, mon bras étant la seule chose qui la retient.

— Allez, viens, on va danser pour se débarrasser de l'alcool, dit-elle en essayant de se frotter à moi, mais lorsque je lâche son bras, elle trébuche contre l'un des mecs de leur groupe.

Il ne lui demande même pas si elle va bien, trop occupé à flirter avec la serveuse.

— Pars devant.

Éliminer quelques-uns des verres qu'elle a bus en transpirant doit être mieux que de perdre conscience sur la table, ce qui est probablement sa seule autre option.

— Je ne vais pas tarder à rentrer.

Elle se redresse et caresse mon corps.

— Tu veux de la compagnie ? J'ai entendu dire que tu te sentais seul.

Je fronce les sourcils, mais Pam est tellement bourrée qu'elle ne s'en rend pas compte. Au lieu de ça, elle essaye de se rapprocher de moi. Je me recule pour être hors de sa portée.

Elle fait la moue. Comme une enfant. Ce qu'elle est, je suppose. Aucun des membres de ce groupe ne grandit jamais.

Ils sont trop riches et trop suffisants. Et j'ai maintenant peur que Rose devienne comme eux. Comme je l'ai été. Frustré, je regarde au loin.

— Tu ne peux sérieusement pas me préférer l'une de ces nanas de bas étage ? demande Pam, faisant un geste vers la foule.

Malgré moi, mes yeux se posent sur la piste de danse, près de laquelle la blonde aux lunettes épaisses a été perchée toute la soirée. Je l'avais surprise à regarder dans cette direction un peu plus tôt, et si je n'avais été si occupée à comparer l'ancien moi à ces idiots, je serais peut-être allé lui dire bonjour.

— Je veux dire, vraiment, Flynn, souviens-toi de qui tu es, pour une fois, continue Pam, en suivant mon regard.

Cela me ramène à la situation, et la colère qui a bouillonné toute la soirée refait surface. Elle est plus dirigée contre moi qu'autre chose, et bien que je sois capable de le reconnaître, cela ne m'empêche pas d'être furieux contre le monde en général en ce moment. Surtout lorsque je viens souhaiter un joyeux anniversaire à ma petite sœur et trouve ses amis ivres morts et Rose pratiquement ignorée. Le même genre d'amis qui n'étaient pas présents après la mort de mes parents et qui m'ont ignoré après que l'un d'entre eux s'est bien foutu de ma gueule. Mais je suppose que je leur en dois une. Sans ce dernier coup dans les dents, je n'aurais jamais grandi.

— Je sais qui je suis, Pam, et je le préfère carrément au sale gamin pourri-gâté sans direction dans la vie.

— Pfff. Monsieur monte sur son grand cheval. Beth avait raison de te larguer.

Un sourire mauvais apparaît sur son visage avant qu'elle ne continue.

— Dommage que Holt se soit révélé aussi barbant que toi. On dirait bien qu'aucun des frères West n'est fun.

Je pense voir rouge littéralement, jusqu'à ce que je réalise que les lumières rouges clignotantes du plafond sont simplement en phase avec émotions.

Qu'ils aillent tous se faire foutre.

Je hausse les épaules, sachant que le pire que je puisse faire pour elle ou ces frimeurs est de m'en foutre.

— Eh bien, ce mec barbant rentre chez lui. Seul.

Je pointe du doigt son visage, me fichant du fait que ce soit une attitude de gros con.

— Tu es censée être l'amie de Rose, Pam. Alors tu as intérêt à saoul rapido et à ramener ma sœur à la maison en un seul morceau.

Je n'attends pas qu'elle réponde. Tout ce qu'elle pourrait dire ne ferait que jeter de l'huile sur le feu. Je passe simplement à côté d'elle et vais vers la table où Rose s'est assise.

— Rose ?

Lorsque ma sœur me voit, elle sourit, levant ses bras en l'air pour un câlin. Tout à coup je suis transporté à une époque où nous étions petits, lorsqu'il semblait que les bras de Rose étaient toujours levés, où elle voulait que quelqu'un la porte ou la prenne dans ses bras. Peu importe qui, afin de remplir le vide que nos parents avaient laissé.

Mais en réalité, Maman et Papa n'avaient pas été très présents lorsqu'ils étaient vivants, donc je ne pense pas que cela aurait changé grand-chose pour aucun d'entre nous s'ils n'étaient pas morts.

Je me baisse et encercle Rose de mes bras, l'attirant dans un câlin. C'est ce que j'aurais dû faire à chaque fois par le passé, mais j'avais été trop suffisant pour donner à ma sœur l'affection qu'elle méritait.

— Qu'est-ce que ça fait d'avoir vingt et un an ?

Je lui demande, me redressant et reculant.

Ses paupières semblent lourdes lorsqu'elle répond :

— Les merdes se suivent et c'est toujours la même journée.

Son mélange de mots me fait la regarder de plus près. Ses jambes entourent les pieds du tabouret où elle est assise. Elle est légèrement penchée en avant, soutenue par son coude.

— J'allais y aller mais peut-être que je ferais mieux de rester. Tu n'as pas l'air bien.

Elle s'esclaffe.

— Ce sont mes vingt et un ans. Je ne suis pas censée avoir l'air bien. En fait, je pense que je déclarerais les vingt et un ans de n'importe qui un véritable échec s'ils avaient l'air « bien ».

Elle mime des guillemets, ce qui me fait sourire. Une partie de la tension de mes épaules s'en va. Rose est unique en son genre. Je devrais lui faire confiance pour ne pas répéter les erreurs que j'ai faites lorsque j'étais plus jeune. Elle est bien plus intelligente que je ne l'ai jamais été. Et Rose était petite lorsque nos parents sont morts, ils n'ont donc pas eu le temps de la foutre en l'air comme Holt et moi.

Du moins, c'est ce que j'espère.

Je lui tape le nez du doigt, pouffant lorsqu'elle me fixe.

— Compris.

Je m'avance pour sortir le tabouret à côté d'elle, mais elle m'arrête.

— Flynn, c'est génial que tu sois venu me souhaiter un joyeux anniversaire. Je veux dire, c'est *la raison* pour laquelle je voulais faire la fête ici plutôt qu'en centre-ville, mais tu n'as pas besoin de rester. Vraiment. Je suis une grande fille.

Elle pointe du doigt l'écharpe drapée autour de sa poitrine qui proclame qu'elle est désormais légalement responsable de ses actes.

— Me voilà adulte.

— Tu seras toujours ma petite sœur, Rose.

— Ouais ouais, dit-elle en levant les yeux au ciel. Maintenant, arrête de gâcher la fête en faisant la tronche. Tire un coup ou un truc du genre, d'accord ?

— Putain, Rose. Ne dis pas ce genre de choses.

— Mec. Faut bien que quelqu'un le fasse. Le balai dans ton cul ne doit pas être si confortable que ça.

J'éclate de rire et secoue la tête.

— Tu es sûre que ça va ? dis-je en me penchant pour l'embrasser sur la joue. Tu as fini de boire pour ce soir ?

— Oui, chef. Pam et moi, nous allons nous faire conduire en centre-ville. On sera de retour chez moi dans quelque temps.

— D'accord.

Un peu plus de tension disparaît lorsque je réalise que je n'aurai bientôt plus à supporter ces gens.

— Je t'aime fort, Rose. Fais attention à toi.

— Toi aussi. J'ai laissé des capotes dans le placard de la cuisine pour toi, dit-elle avec un sourire narquois. Rappelle-toi de sortir couvert.

— Bon sang.

Jackie

JE N'AI JAMAIS EU à ramener une fille bourrée chez elle. Ce n'est pas ce que j'avais en tête pour l'Opération Vie Sociale, mais j'en suis là, à essayer de traîner la reine de la soirée à moitié comateuse à travers le bar. Jul' va finir par penser que je suis lesbienne lorsqu'elle me demandera de lui raconter ma soirée. D'abord mes bavardages avec la serveuse et maintenant voilà que je ramène une fille chez elle.

Dix minutes auparavant, j'ai trouvé Rose penchée sur le lavabo de la salle de bains. Elle avait une conversation avec son reflet. Un truc à propos de trouver de nouveaux amis. Apparemment, les siens sont tous partis sans elle. Elle avait tenté d'appeler un Uber lorsque je lui ai dit que je la ramènerai chez elle. Je ne sais pas pourquoi. Peut-être parce que je sais ce que c'est que de finir seule pour son anniversaire.

Mais en dehors de ça, je n'ai pas l'impression d'avoir grand-chose en commun avec Rose. La fille bourrée.

C'est la fille que j'ai toujours imaginée comme héroïne lorsque je lis mes romans pleins de cow-boys, ceux à propos desquels Jul' aime me harceler. Rose a une coiffure bouffante et porte une jupe courte en jean surmontée d'une chemise en tartan aux boutons en perle. Les pans avant sa chemise sont noués, ce qui en fait un bandeau plus qu'autre chose. Avec ses bottes de cow-boy à talons hauts, elle est la quintessence du style country.

— Mets ton bras autour de moi, lui dis-je en soupirant.

Rose est affalée contre moi, et, en ce moment, je suis pratiquement en train de la porter. Elle n'est pas lourde, même avec ses bottes, mais elle n'est pas exactement légère non plus. Ma seule pensée en ce moment est que je devrais faire plus de sport. Ça et un système de poulie ou de levier seraient vraiment utiles à cet instant précis.

— Jackie ?

Je me retourne trop vite, et Rose tombe par terre.

— Flûte.

Je regarde le tas de beauté country à mes pieds.

— Je savais bien que tu serais la cliente la plus intéressante de la soirée.

À voir son petit corps secoué par un rire à peine restreint, il est évident que Trish apprécie ma situation actuelle.

Je mets mes mains sur mes hanches.

— Tu avais raison. La star du jour a mal fini, dis-je en faisant un geste dans la direction de l'endroit où Rose avait fait la fête. Et tous ses amis l'ont laissée tomber.

Trish regarde dans la direction indiquée avant de ramener son regard vers moi.

— C'est grossier de leur part, dit-elle en regardant Rose. Tu besoin d'aide ?

— Oui, s'il te plaît.

Je me penche pour attraper un des bras de Rose, pensant que Trish allait prendre l'autre, mais elle se retourne et fait signe à un videur que j'avais essayé d'éviter avec soin jusqu'ici.

— Attends ! Je ne veux pas qu'elle soit arrêtée !

Trish marque un temps d'arrêt.

— Arrêtée ?

— Euh, oui. Ils n'arrêtent pas les gens pour ivresse sur la voie publique ?

Trish se pince les lèvres un instant, essayant de ne pas rire.

— Oh, ma puce, si c'était le cas, nous n'aurions plus de clients.

Le videur qu'elle avait sifflé arrive, se penchant au-dessus de Rose.

Ma tête doit être comique, parce que Trish perd la bataille et éclate de rire.

— Détends-toi, Jackie. Jimmy ne va pas l'arrêter, mais il peut la porter jusqu'à ta voiture.

———

Après quelques grognements du côté de Jimmy et rires de celui de Trish, Rose est enfin étalée à l'arrière de ma voiture.

Elle ouvre un œil, regardant où elle se trouve.

— Je sais que je suis bourrée. Mais même dans cet état, je peux dire que ta voiture est un tas de merde.

Elle se rendort aussitôt. Jimmy s'éloigne sans mot dire.

— Eh bien, elle n'a pas tort, dit Trish en éclatant de rire une fois de plus.

Ma voiture est vieille. Mon père me l'a offerte pour mes dix-huit ans, et c'était déjà une occasion. Compacte, avec quatre portes, elle tremblote lorsque je dépasse les 60 kilomètres/heure.

Trish s'arrête de rire juste assez longtemps pour demander :

— Tu sais où la déposer ?

— Oui, elle m'a dit où elle vit avant que je doive la porter hors des toilettes.

— Très bien. Et comme tu n'as bu que du soda, je suppose que tu peux conduire sans problème ?

— Ouais.

Nous regardons toutes les deux silencieusement la personne ivre dans ma voiture. Moi avec mes mains sur les hanches, Trish avec les lèvres qui tressautent.

— Donne-moi ton téléphone, dit-elle en tendant la main.

— Hein ?

Trish remue juste les doigts et attend. Je sors mon téléphone de ma poche et le lui donne.

Elle le regarde, soupire et me le rend.

— Déverrouille-le, grosse maline.

— Oh. Ouais.

J'appuie mon pouce sur le bouton et l'écran se réveille. Trish me le prend et commence à marteler l'écran de ses pouces.

— Je me suis ajoutée à tes contacts et j'appelé mon portable, donc j'ai maintenant ton numéro, dit-elle en me rendant mon téléphone. Envoie un message quand tu auras ramené la reine du jour et sera rentrée chez toi, d'accord ?

Je peux sentir mon visage s'illuminer et je fixe le téléphone pour que Trish ne puisse pas voir le sourire stupide qui est probablement sur mes lèvres. Qu'elle veuille garder contact avec moi me rend sans doute plus heureuse que cela ne le devrait.

Mon Dieu, quelle geek je fais !

— Bien sûr. Merci, réussis-je à dire malgré mon sourire.

Elle regarde à nouveau ma tenue.

— Si tu veux des bottes, on peut t'en trouver.

Une fois de plus, elle me fait un clin d'œil et s'éloigne.

Un grognement me fait me retourner vers ma voiture.

— Rose ?

Je jette un œil par la porte.

— Ralentis ! Tu vas trop vite.

— Heuh... On ne bouge pas, Rose. On est toujours garées.

Pour toute réponse, elle bat des cils, comme si elle essayait d'ouvrir les yeux mais que son corps refusait.

— Et merde, dit-elle, réussissant à ouvrir un œil. Tu ferais mieux d'aller chercher un seau, alors. Ça ne va probablement pas bien finir.

Super. Vraiment super.

―――

— Rose ? Rose ! Réveille-toi !

Je suis en train de conduire dans l'un des quartiers les plus cool des environs de la NASA, Clear Lake Forest. Tous les grands astronautes vivaient ici : John, Gus, Alan et la plupart du reste des Mercury Seven. Même certains des mecs d'Apollo. C'est l'un des rares quartiers du coin à être assez établi pour avoir de grands arbres au bord des rues.

— Rose ! C'est quoi déjà, le numéro de la maison ?

Elle bouge un peu à l'arrière et se vacille en avant. Je me prépare à ce qu'elle vomisse, mais rien ne se passe.

Rose regarde à gauche, puis à droite, puis droit devant nous.

— Merde. Où suis-je ?

— Tu es dans ma voiture, dis-je, en la regardant dans le rétroviseur. Je te ramène chez toi. C'est quoi, le numéro de la maison ?

— Hein ? dit-elle en clignant rapidement des yeux. Attends, pourquoi tu me conduis ? Qui es-tu ?

— Sérieusement ?

Au stop, je mets ma tête contre le volant.

— Je me moque de toi, dit-elle en riant, pointant entre les deux sièges avant. C'est à quelques maisons d'ici, sur la droite. Au bout du cul-de-sac.

Elle se laisse retomber à l'arrière de la voiture.

Je m'arrête devant une maison à étage. Son toit est bas, une grande baie vitrée à l'avant et des frises en métal de chaque côté d'une porte classique des années 1960. Je l'adore.

— Ta maison est géniale.

Pour une raison quelconque, je murmure. Lorsqu'aucune réponse ne vient, je gare la voiture et sors.

Mais avant même de pouvoir ouvrir la porte, elle est poussée si vite que je pense qu'elle est sortie de ses gonds. Rose se hisse hors de la voiture pour se tenir à côté de moi.

— C'est pas ma maison.

Elle trébuche en avant, me laissant fermer la porte.

— Ça va aller ?

À peine ai-je prononcé ces mots qu'elle tombe la tête la première dans l'herbe. Heureusement, elle a raté le chemin de pierres.

———

Après quelques minutes passées à souffler, je réussis à prendre ses clés à Rose et à l'emmener de force à l'intérieur et dans le couloir menant à la chambre qu'elle marmonne être la sienne. Dommage qu'il fasse si sombre. J'adorerais voir la maison à la lumière. Je parie qu'elle a des éléments originaux datant de la deuxième moitié du siècle. Peut-être même un carrelage Terrazzo. Avec un dernier effort, Rose est à nouveau étalée, mais cette fois sur son lit. Avec ses bottes.

— Qu'est-ce que c'est que ce bordel ?

Je me retourne pour voir un mec dans le couloir. Et pas juste quel mec... C'est le super beau mec de tout à l'heure.

Et. Il. Est. Torse nu.

Son regard est fixé sur le lit, où Rose se retourne pour pouvoir faire un doigt d'honneur au beau gosse.

— Tu n'étais pas aussi bourrée quand je suis parti, Rose. Qu'est-ce que tu as fait ?

— Des shots, s'esclaffe-t-elle, commençant à chanter « shots, shots, shots, shots... ».

Je me pince les lèvres pour m'empêcher de rire.

— Mon Dieu, râle le beau gosse en levant les yeux au ciel. Tu m'avais dit que tu arrêtais de boire. D'après Pam, vous alliez danser pour éliminer l'alcool et rentrer.

Il penche la tête sur le côté et regarde le sol comme s'il voulait le marteler.

— J'aurais dû savoir qu'il ne fallait pas écouter tes amis.

Rose pousse un grognement.

— Oui, mes amis craignent, dit-elle en fronçant les sourcils. Mais ils étaient tes amis, aussi, avant.

— Et ils ne le sont plus maintenant. Et tu sais pourquoi.

Il change de position et croise les bras, ce qui ne sert qu'à mettre en valeur ses biceps. C'est sans doute ce que les gens appellent de sacrés biscoteaux.

— Ouais. Désolée.

Rose ferme les yeux un moment, l'air penaud. Puis elle les rouvre en grand.

— Merde. Ça tourne.

Le beau gosse grogne, mais son regard se radoucit et je pourrais jurer que ses lèvres ont tremblé.

Une minute passe où Rose et lui se regardent. J'ai l'impression d'être un voyeur. Il est temps de partir.

— Heuh... Je vais juste...

Mauvaise idée. Je n'aurais *pas* dû parler. Parce que maintenant, le beau gosse me regarde.

— Qu'est-ce que tu fous là, toi ?

Il se tourne pour me faire face et baisse ses bras. Des muscles pectoraux lisses et durs, au-dessus d'abdos prononcés. Mon corps entier se fige, sauf mes yeux. Ils s'agrandissent, remarquant tous les détails.

— Tais-toi, Flynn.

Rose galère pour se tenir sur ses coudes.

— Ne sois pas un tel connard, ajoute-t-elle, sa coiffure défaite, son mascara coulant sous ses yeux et sa bouche une ligne sombre que seule une fille au style country peut porter en ayant l'air mignonne. Jackie m'a aidée à rentrer à la maison.

— Ce n'est pas ta maison, Rose. C'est la mienne, dit-il en s'approchant d'elle. Et vire tes putains de bottes du lit.

Bientôt, tous les deux se crient dessus, et je dois admettre que je suis impressionnée. Rose a décuvé assez vite pour se lâcher sur le beau gosse du nom de Flynn. Je n'étais pas sûre d'être capable d'aligner deux mots face à lui, ivre ou sobre. De l'autre côté du bar, il était beau. Mais de près ? Il va falloir que je change ma culotte. Il pointe un doigt vers Rose et à chaque fois qu'il le bouge, les muscles de son dos et de ses épaules se contractent. Ses cheveux sont tout ébouriffés, comme s'il venait de sortir du lit, et le bouton du haut de son jean est défait. Des flammes courent sous ma peau et je sais que je viens de rougir. Mer...cure, il faut que je sorte de là. Rose peut se débrouiller toute seule. Je commence à avancer lentement vers la porte.

— Et écoute, toi.

Je me fige, réalisant que le beau gosse nommé Flynn me parle. Ma peau est comme nucléaire.

— T'as pas intérêt à être bourrée. Parce que si je me réveille et découvre que tu as conduit en étant bourrée et que tu as renversé quelqu'un sur le chemin de la putain de fête à laquelle tu te rends, je te botterai le cul personnellement.

Sur ces mots, il sort de la chambre en claquant la porte.

Le temps passe. Je ne sais pas combien de temps, parce que j'en ai perdu toute notion en regardant l'endroit où il se trouvait, incapable de former la moindre pensée cohérente. Ce qui est une chose relativement nouvelle pour moi. La partie sans pensée. Je me fige régulièrement en société.

Lorsque je reprends enfin mes esprits, Rose a perdu conscience et ronfle. Et elle porte toujours ses bottes.

DEUX
BIG BANG

Flynn

Le lendemain, je me glisse dans la chambre d'amis autour de 7 heures du matin. Rose est sur le dos, la tête penchée en arrière et ronfle. Fort. J'essaie de conjurer de la colère, mais je suis juste épuisé. Je ne sais pas pourquoi ma petite sœur continue à traîner avec ce groupe. Ces gens sont comme des sangsues. Ils se collent à vous tant que tout va bien et qu'il y a de l'argent à prendre, comme un moteur pompe de l'essence. Mais une fois que vous leur refusez quelque chose... Game Over. Ils passent simplement à une proie plus facile. Ils ont essayé de profiter de mon grand frère, Holt, mais il a toujours été trop obsédé par le ranch pour ça. Sur moi, par contre, ils ont réussi à enfoncer leurs crochets. Après la mort de nos parents, boire et dépenser la fortune pétrolière familiale me semblait une meilleure manière de passer mon temps que de pleurer de douleur.

Rose se retourne sur son ventre avec un bruit de cochon. Elle porte toujours son écharpe d'anniversaire. Je regarde vers le bas et soupire.

Elle porte encore ses bottes.

Puisque je porte une tasse de café dans chaque main, je la bouscule du pied.

— Rose.

Une nouvelle fois.

— Réveille-toi.

J'abandonne, pose l'une des tasses sur la table de nuit et m'en vais.

Un peu plus tard, je suis assis au comptoir de la cuisine lorsque Rose se glisse dans la pièce, les mains autour de sa tasse. Elle parle entre ses dents. La première chose compréhensible est un « Merci pour le café », prononcé d'une voix rauque avant qu'elle ne s'assoie sur le second tabouret. Au moins, elle a enlevé ses bottes.

Je la salue avec ma tasse de café.

Elle soupire.

— Écoute, je suis désolée de t'avoir réveillé hier soir.

Elle pense que je suis fâché à cause de *ça* ?

— Rose, dis-je plus sèchement que je ne le voudrais. J'en ai rien à foutre que tu me réveilles. J'en ai quelque chose à foutre, par contre, que tu sois complètement bourrée et que tes amis t'aient laissée tomber. Tu fais la fête avec ces gens depuis que tu as seize ans. Ce sont des connards.

Son visage me dit que j'ai touché la corde sensible.

— Tu penses que je ne le sais pas ? Avec qui est-ce que je suis censé traîner ? Ce sont les seules personnes que je connaisse qui ont autant d'argent que nous. C'est juste... plus simple.

— Je sais tout sur le fait de choisir le chemin le plus facile, Rose. Et tu sais où je serais si j'avais continué ?

Elle sourit.

— Tu serais le petit toutou de Beth ?

Je ris.

— C'est pas gentil de dire ça, mais c'est probablement vrai. Une chose est certaine, je n'aurais pas lancé ma propre compagnie. Et une vie loin de tous ces hypocrites de la haute société me rend bien plus heureux que traîner avec eux ne l'a jamais fait, dis-je en la regardant dans les yeux. Il te faut de nouveaux amis.

— J'ai rencontré une nouvelle amie hier soir, dit-elle en fronçant les sourcils. Enfin, je crois.

— Écoute, je ne sais qui est le canon qui t'a ramenée à la maison, mais fais attention. Tu n'as pas besoin de te faire plus d'amis du même genre.

— Le canon ?

Rose penche la tête sur le côté.

Merde. Je me redresse sur mon siège.

— C'est pas le sujet, Rose. Aucune de tes amies n'est moche.

— Ouais, mais c'est la première fois que tu qualifies l'une d'entre elles de canon.

— Rose. Concentre-toi.

Je passe ma main dans mes cheveux et soupire une fois de plus.

— Qui a organisé ton anniversaire ? Qui a payé l'addition hier soir ?

Rose regarde sa tasse.

— Putain, Rose, c'était *ton* putain d'anniversaire.

— Je sais, mais je n'avais personne d'autre avec qui sortir.

Elle a une toute petite voix, ça me tue.

— Je sais que j'ai gueulé hier soir, mais j'étais vraiment furieux contre moi-même d'être parti avant que les choses ne soient apparemment hors de contrôle, dis-je avant de prendre une grande inspiration. Je pensais que Pam avait commandé une limousine. Est-ce qu'elle n'était pas censée te ramener à l'appartement en centre-ville ?

Rose évite mon regard.

— Eh bien, Pam m'a dit qu'elle allait se taper un mec... dit-elle en commençant à balader son doigt le long du comptoir. Et qu'elle voulait l'appart pour elle.

Pendant une minute, je reste assis à cligner des yeux. Les mots de Rose ne s'enregistrent pas, mais lorsque je les comprends enfin, ma colère revient d'un seul coup.

— Tu te fous de ma gueule !

Je pose violemment ma tasse sur le comptoir, renversant un peu de café.

— Elle t'a laissée seule dans un bar, le jour de ton anniversaire, après t'avoir fait payer et t'a empêchée de rentrer dans ton putain d'appart ? Pour s'envoyer en l'air avec un mec lambda ? À chaque question, les épaules de Rose se lèvent de plus en plus haut, comme si elle essayait de se replier sur elle-même.

Putain, je suis con.

— Rose.

Je prends une grande inspiration et pose la main sur son épaule, attendant qu'elle se redresse et me regarde dans les yeux.

— Je suis désolé. J'aurais dû prendre sur moi et appeler Holt pour organiser un repas d'anniversaire en famille au lieu de te laisser sortir avec ces gros cons. J'aurais dû rester la nuit dernière. J'ai juste... J'ai merdé, dis-je après m'être raclé la gorge.

Rose secoue la tête et sourit avant de me prendre la main.

— Tu n'as pas merdé, Flynn. Tu ne devrais pas avoir à chaperonner mon vingt

et unième anniversaire. Ça aurait été un échec encore plus monumental si tout le monde autour de moi avait été en train de baver devant mes grands frères.

Elle lève les yeux au ciel.

Voilà. L'une des raisons pour lesquelles j'aime ma petite sœur. Elle sait que je me sens mal, et même si je *devrais* me sentir mal, elle essaie de détendre l'atmosphère. Quand on était plus jeunes et qu'Holt a eu notre garde alors qu'il n'avait que dix-huit ans, il s'occupait du ranch et j'essayais d'élever Rose. Même si la plupart du temps j'avais l'impression que c'était Rose qui m'élevait.

— Et je me suis bien amusée, ivre dans la voiture de Jackie.

Elle rit, me rappelant d'une autre raison de l'aimer. Quatre-vingt-dix-neuf pour cent des gens connaissent ma sœur en tant que jeune femme implacable, avec une confiance en elle à toute épreuve, qui jure comme un charretier. Seule une poignée d'élus peuvent la voir arrêter de faire semblant. Même si, vraiment, d'après moi ma sœur est une dure tout le temps, même quand elle ne va pas très bien.

Rassuré qu'elle se sente mieux, je cède à ma curiosité.

— Alors, qui est Jackie ? Je ne l'ai jamais vue avant. Elle va à la fac avec toi ou quelque chose comme ça ?

J'essaie d'être nonchalant, mais même moi, je peux entendre la lourdeur dans ma voix.

Rose penche la tête sur le côté. Elle est bien trop perceptive quand elle veut.

— C'est pas grave, dis-je, en attrapant ma tasse. Juste l'une de tes sangsues, je suis sûr.

Mais en attrapant une serviette en papier pour éponger les saletés que j'ai faites, l'image de cheveux blonds ondulés attachés, exposant un long cou et de larges yeux bruns qui ne cillent pas derrière des montures épaisses et noires, s'impose à moi.

— Toutes les femmes ne sont pas Beth, Flynn, dit Rose en me tapotant le dos. Ou maman.

Je m'arrête en plein mouvement. Rose et moi n'avons jamais parlé de la femme qui m'a blessé. Et pourtant, Beth était l'une des raisons pour lesquelles je suis parti tôt hier soir. Les amis de Rose, ceux de la haute société qui étaient autrefois les miens, n'arrêtaient pas de parler de Beth, pensant que je voudrais savoir ce qu'elle faisait depuis que je l'avais trouvée dans le lit de mon frère. Mais vraiment, je m'en fiche. Elle m'a rendu service. Désormais, elle est seulement la femme qui couchait avec moi pour l'argent de ma famille, et qui a ensuite couché avec ma famille pour s'assurer de l'avoir.

Et ma mère ? Elle était juste paumée. Et ensuite elle est morte.

Jackie

— Qu'est-ce qui s'est passé après ton départ ? me demande Trish.

Trish m'a appelée pour aller faire du shopping comme elle m'avait dit qu'elle le ferait. En milieu d'après-midi, nous sommes allées nous balader à Cavender's, un magasin typique de l'Ouest des États-Unis. Je n'y étais jamais allée, même si c'est un lieu essentiel pour tout Texan qui se respecte.

Il faut dire que dans un saloon sombre, je peux prétendre appartenir à ce monde, même si je suis loin d'être une cowgirl. Mais à la lueur du jour, aidée par les rangs d'ampoules fluorescentes du plafond, je sais qu'il n'y a absolument pas moyen que je puisse réussir à faire du shopping ici seule. Des étagères allant du sol au plafond ornent les murs extérieurs et des étagères montant jusqu'au niveau de la poitrine composent les allées. Toutes présentent différents styles et couleurs de bottes.

Il y a aussi des tables où sont empilés des jeans aux poches tellement brillantes que tout chanteur des années 1960 pourrait changer de style en gardant son look. Et ne me lancez pas sur les portants bourrés à craquer de chemises à perles et à franges, ou sur les boîtes de bijoux pleines de boucles de ceinture gigantesques.

Aujourd'hui, en compagnie de Trish dans son jean skinny aux poches scintillantes et dont le sac en cuir est si grand qu'une vache entière a sans doute dû être sacrifiée pour le fabriquer, je suppose que j'appartiens à ce monde par association.

Je réponds à la question de Trish par une question.

— Qu'est-ce que tu veux dire ?

Elle fait une pause dans son observation de boucles de ceintures.

— Je veux dire que j'ai attendu, patiemment devrais-je même dire, de tout savoir sur le retour de la star d'hier soir chez elle.

— Ah, ça.

Je suis en train de caresser une paire de bottes de cow-boy en peau de serpent avec des dessus en cuir brun. Elles sont plus que géniales. Genre, Crocodile Dundee mélangé à une cowgirl géniale. Paul Hogan fait partie de la liste de célébrités sur lesquelles j'ai un coup de cœur. Enfin, Paul Hogan *jeune*.

— Oui, ça, répond Trish, mains sur les hanches.

Je m'accroupis, cherchant ma taille sur l'étagère. Comme toujours, c'est sans espoir. Je me redresse et repose la chaussure sur son portant.

Trish fait un geste vers moi et continue :

— Tu arrives, aussi mignonne que possible, commande un Coca dans un bar, parle de l'Opération Vie Sociale, et avant que je puisse dire ouf, je t'aide à charger une blonde ivre morte à l'arrière de ton tacot, dit-elle en reposant les mains sur ses hanches. Alors ?

— Mignonne ? Heuh... T'as pas vu mes Chucks et mon T-shirt ?

Je regarde ce que je porte et réalise que c'est essentiellement la même tenue qu'hier soir, sauf que sur mon T-shirt figure le tableau périodique des éléments. Humm... De nouvelles fringues vont devoir être ajoutées au programme de l'Opération Vie Sociale.

Trish secoue la tête.

— Tout le Texas n'a pas besoin de bottes et de coiffure bouffante, dit-elle en fixant ma queue de cheval. Même si j'ai l'impression que si tu défais ça, tu seras un peu plus proche du style country.

J'aime bien Trish. Elle est aussi cool maintenant qu'elle l'était à Big Texas, ce qui apaise mes peurs qu'elle ne veuille qu'un gros pourboire. Il y aussi quelque chose de rafraîchissant dans le fait de parler à quelqu'un qui ne vienne pas du monde de la NASA.

— Mon job est un peu contraignant...

Je m'arrête, mon excuse habituelle ne me semblant pas tout à fait juste.

— En fait, c'est plus comme si je *rendais* mon travail contraignant.

— Eh bien, tu bosses à la NASA. C'est un peu plus contraignant que de prendre des commandes de boissons.

J'ajoute rapidement, en rougissant à nouveau :

— Je suis sûre qu'être une serveuse est beaucoup de travail.

— Du calme, ma jolie. Être une serveuse me convient. Je suis vraiment heureuse.

Elle me tape sur l'épaule avant de se retourner vers les bottes.

— Je dis simplement que je suis certaine que la NASA demande un peu plus de dévouement, c'est tout.

Je hausse les épaules.

— Je suppose que c'est le cas. Mais je... Eh bien, j'ai fini par réaliser que mon manque de sociabilité peut affecter négativement ma trajectoire professionnelle.

Trish s'arrête en plein mouvement alors qu'elle tendait la

main vers une paire de bottes en cuir rouges aux talons très hauts et aux franges sur les côtés.

— Tu peux répéter ?

— Hum... Il me faut une vie en dehors du boulot.

Elle acquiesce, ses cheveux sombres ondulant.

— Ça, je comprends.

Elle retire ses chaussures et enfile les bottes rouges. Elles avaient l'air ridicule sur l'étagère et je suis immédiatement jalouse lorsqu'elle se lève, fait quelques pas avec et a l'air incroyable.

— Mais je pensais que tu étais amie avec Julie Starr ? Ou est-ce que vous traînez seulement ensemble au boulot ?

Dans ses bottes, ses yeux sont au même niveau que les miens.

— On est amies sans l'être vraiment. Elle est super cool, mais aussi très occupée. Tu sais, soit dans l'espace soit en voyage à Washington pour faire de la promo pour le compte de la NASA. Et ce n'est pas que je n'aime pas mes autres collègues, c'est que je suis un peu...

— Timide ?

— Eh bien, j'allais dire extrêmement introvertie sans aucune sociabilité, mais disons timide.

Trish éclate de rire.

— Et même les gens auxquels je parle, c'est plus pour leur expliquer le rapport entre la proportion de poids nécessaire pour obtenir une force optimale de flottabilité minimale. Ou les effets secondaires négatifs du temps de traînée dans l'eau par opposition à la gravité zéro de l'espace.

Trish remet ses bottes et je peux voir le haut de son crâne une fois de plus.

— T'es une sorte de génie ou quelque chose dans ce genre-là, pas vrai ?

Ma queue de cheval tombe sur mes épaules lorsque je

regarde mes pieds. Je n'aime pas être si intelligente. Je veux dire, je ne suis pas stupide, évidemment, mais lorsque les gens entendent parler de mes diplômes et de ce que j'ai accompli, ils ont tendance à penser à moi d'une manière différente. Je suis déjà passée par là, avec un cœur brisé pour preuve.

— Enfin, bref, dis-je, j'ai pensé, à titre expérimental, que je changerais mon environnement naturel pour voir si un changement aussi simple serait un catalyseur suffisant pour déclencher une réaction. Un genre de big bang sur ma propre vie sociale, si tu vois ce que je veux dire.

— Un big bang ?

— Oui, le big bang , l'explication scientifique la plus communément acceptée de la naissance de notre univers. L'explosion singulière qui a agi comme catalyseur de la création de l'univers.

— Ah, *ce* big bang-là, dit Trish d'une voix traînante.

Je ne peux pas dire si elle se moque de moi.

— Oui, celui-là. Ensuite, j'ai fait l'erreur de parler à Jul' de mon expérience sociale.

J'attrape une paire de bottes noires. Même les coutures sont noires. Ça fait très Johnny Cash.

— Pourquoi l'erreur ?

— Parce que cette idiote d'astronaute m'a fait chanter !

Je repose les bottes noires un peu trop fort et fais tomber le portant en plastique.

— D'accord, tu m'as encore perdue dit Trish en m'aidant à ramasser les bottes pendant que je remets le portant en place sur l'étagère.

— Elle m'a dit que si je ne sors pas pour exécuter mon plan, elle va dire à Ian que je veux m'envoyer en l'air avec lui. Et sauvagement.

Et c'est là que Trish éclate de rire et doit se pencher en avant et attraper le banc au milieu de l'allée. Elle finit par juste s'assoir par terre. Pendant qu'elle se remet de ses émotions, je vois que les bottes de Johnny Cash ne sont pas non plus disponibles dans ma taille. Je m'en doutais.

— Alors comme ça, on est sauvage au lit, hein ?

Nous nous retournons tous les deux pour trouver Rose dans l'autre allée. Trish galère pour se remettre sur pieds.

— Rose ?

— En chair et en os, chérie. Elle se penche en avant, posant ses coudes en haut de l'étagère. Merci pour hier soir.

— De rien.

Je regarde Trish puis Rose.

— Voici Trish, dis-je.

— Je sais. Elle a aidé à traîner mes fesses jusqu'à ta voiture hier soir.

— Tu t'en souviens ? demande Trish, l'air aussi surpris que moi.

Qui aurait pu savoir que Rose n'était pas complètement dans le coltar hier soir ?

— Ouip. Les gens ne pensent pas que je suis attentive lorsque j'ai trop bu. Mais je le suis.

Rose porte de grandes lunettes de soleil noires et ses cheveux sont coiffés de manière à pouvoir y accueillir des oiseaux si besoin était.

— Comment tu savais qu'on serait là ?

— Comme je disais, j'étais attentive. Je vous ai entendues parler d'acheter des bottes, hier soir. Et comme c'est *le* magasin pour ça, j'ai tenté ma chance.

Je lève un sourcil.

— La probabilité que nous nous retrouvions ici en même temps n'est pas très grande. Je veux dire, comment tu as su quel jour on se retrouverait, ou à quelle heure ? Ou si Trish allait vraiment m'appeler ?

Je fais des calculs dans ma tête, mais il y a trop de variables et de résultats possibles pour arriver à quoi que ce soit de concluant.

— Eh bien, meuf, la probabilité a été augmentée par le fait de donner cent dollars au jeune homme à la caisse pour qu'il m'appelle si une petite brune et une grande blonde avec des lunettes de geek pointaient le bout de leur nez.

Elle relève ses lunettes sur son front, révélant un visage sans maquillage et à l'air étonnamment frais.

— Je dirais que c'est de l'argent bien dépensé vu vos têtes.

— Je ne suis pas petite, dit Trish en faisant la moue. Je suis juste une fille du Sud.

— Oh, Il n'y a rien de mal à être petite. Les meilleures choses sont dans les petits paquets. Surtout si c'est un paquet bleu de chez Tiffany.

Rose fait une drôle de tête et regarde le plafond.

— Enfin, non, je corrige. *Certaines* bonnes choses sont dans des petits paquets. Si tu es un mec et que ton paquet est petit ? C'est juste triste.

Le bruit de leur discussion s'évanouit pendant que je réfléchis à l'approche de Rose pour nous retrouver.

— Tu as résolu un problème complexe aux résultats potentiels multiples et au nombre de variables quasiment impossible à quantifier en y introduisant le concept de plus-value.

Elles me fixent toutes les deux un instant. Je joue avec mes lunettes.

— Est-ce que tu n'adores pas sa façon de parler ? demande Trish à Rose.

— Si, vraiment, acquiesce Rose, retirant ses lunettes et posant sa tête sur ses mains.

Rougissant une fois de plus, je change de sujet.

— Enfin, bref, j'espère que ton petit ami n'était pas fâché contre toi ce matin.

— Mon petit ami ? Rose fonce les sourcils.

— Le joli cœur du bar.

Je me raidis.

— Je veux dire...

Trish et Rose rient de bon cœur.

Rose se remet la première.

— Est-ce que tu viens de dire...?

— Enfin, bref, oublie. Pas la peine de le répéter.

Je la coupe et marmonne pour Trish :

— Le mec qui était contre le mur pendant la soirée de Rose hier soir.

— Ooooh.

Elle glousse en regardant Rose.

— Bien joué, ma puce, dit-elle tendant un poing vers Rose.

— Tu veux dire Flynn ?

Rose donne un coup au poing de Trish d'une manière qui est plus cool que ridicule.

— Alors, tu le trouves beau, hein ? Même après qu'il t'a hurlé dessus, et sans que ce soit mérité j'ajouterais.

— Hein, quoi ? Comment ça se fait que je n'entende cette histoire que maintenant ? s'écrie Trish, l'air accusateur. Je t'ai demandé ce qui s'est passé et tu n'as jamais parlé d'histoire avec un beau mec !

Elle grimace dans la direction de Rose.

— Je veux dire, avec Flynn.

Rose chasse l'embarras de Rose d'un revers de main en levant ses sourcils vers moi.

— Humm... Pourquoi tu n'as pas parlé de ce cher Flynn ?

— C'est rien. Ce n'était rien. Rien de spécial.

Punaise, j'ai sans doute le visage aussi rouge que si je venais d'avoir une attaque.

— *Enfin*, je suis simplement contente de t'avoir ramenée chez toi en un seul morceau.

— Dans sa voiture de merde, en plus.

— Merci beaucoup, Trish.
— Oh, en parlant de ta voiture. Il y a peut-être un problème, dit Rose en se baladant de notre côté de l'allée.
— Qu'est-ce que tu veux dire ? Tu as laissé quelque chose dedans ?
— J'ai définitivement laissé quelque chose, oui.
— Je n'ai rien vu. Peut-être que c'est tombé sous le siège. C'était ton téléphone ? Ton portefeuille ? On peut aller voir maintenant si tu veux. Ma voiture est garée devant.

Je commence à avancer vers la porte, mais Rose m'arrête d'une main et me tend une carte de visite de l'autre.
— Qu'est-ce que c'est ?

Elle m'a donné la carte d'un mécanicien.
— West Auto ?
— Ouais, cette chose que j'ai laissée ? Ce n'était pas la nuit dernière. C'était il y a dix minutes, dit-elle avec l'air d'être contente d'elle-même pour une raison quelconque. J'ai cabossé ta voiture.

───────

MA VOITURE s'arrête par à-coups lorsque je la gare sur le parking du garage dans lequel Rose m'a envoyée. Elle a accroché le côté gauche, près de la roue arrière. Je ne comprends toujours pas comment elle s'est débrouillée en se garant sur la place à côté de la mienne. On aurait dit qu'elle est rentrée en plein dans ma voiture. Lorsque j'ai expliqué que sa version des événements ne correspondait pas à la trigonométrie de base vu l'angle de l'accident, Rose a juste haussé les épaules.

À côté de moi se trouve une voiture blanche de luxe qui semble mettre en exergue la nature délabrée de mon propre véhicule. Peut-être qu'il est temps d'en changer. J'attrape mon sac et me hisse au-dehors. Peut-être que j'achèterai un SUV pour ne pas avoir l'impression de me hisser constamment d'un trou. Je passe devant ce que je réalise être une BMW, et une voiture de sport vintage avec un panneau À VENDRE sur le pare-brise. Je ne m'y connais pas vraiment en voitures, mais ce que je sais, c'est que celle-ci est une tuerie. Une décapotable rouge. Elle une allure classique, avec les initiales GTO à l'avant. Incroyable.

Je m'avance vers le côté conducteur et jette un coup d'œil à l'intérieur. Des sièges en cuir blanc avec un liseré rouge. Un embrayage manuel. Humm... Je ne sais pas comment conduire ce genre de voitures. Peut-être que Trish ou Jul' savent comment faire ? Vu la manière de conduire de Rose, je ne pense pas que ce soit une bonne idée de lui poser la question.

Un bruit sec ramène mon attention au garage. Il est situé à la sortie de NASA Road 1, à deux minutes de mon appartement. Bien que ce soit à l'opposé de la NASA, j'ai dû passer devant plusieurs fois. C'est rigolo de voir ce qu'on a raté lorsqu'on ne le cherchait pas.

Le garage est composé de plusieurs travées, la plupart contenant des voitures de luxe. Même avec mes connaissances limitées en voiture, je sais que ma voiture de merde n'est pas à sa place ici.

Je rentre dans le bureau aux baies vitrées situé devant les travées. Un mec d'environ mon âge, peut-être plus jeune, est debout derrière un bureau et tape sur un clavier d'ordinateur. Je reste là à attendre qu'il regarde un instant, mais il ne le fait pas. Au lieu de ça, il continue à taper, ce qui veut dire qu'il martèle le clavier à grands coups d'index. Qui ne sait pas taper correctement de nos jours ?

— Bonjour ?

Il appuie sur une ou deux touches de plus et lève le nez. C'est à ce moment-là qu'un sourire s'étend sur son visage lorsque son regard passe lentement sur mes pieds et remonte vers mon visage. Je répète : lentement. Ce n'est pas le moment le plus empreint de séduction de ma vie, mais il a un joli sourire et ne me mate pas vraiment. J'apprécie donc son appréciation. Jul' dit toujours qu'une appréciation innocente fait du bien au corps.

— Bonjour. Il se penche en avant, les avant-bras posés sur le comptoir. Cela met en valeur ses biceps, qui fléchissent pour soutenir une partie de son poids.

— Bonjour, oui. Je suis Jackie. Rose m'a envoyée. Elle m'a dit de demander à parler au propriétaire, un certain monsieur West ? Elle a dit qu'il saurait qui je suis.

— Rose, hein ?

Il continue de me regarder de haut en bas, son sourcil se levant lorsqu'il arrive à mes Converse.

— Inhabituel.

Avant que je puisse comprendre ce qu'il veut dire, il s'éloigne. Qu'est-ce que c'est que ce bazar ? Je reste plantée là quelques minutes et suis sur le point de partir pour chercher mon propre mécanicien lorsque la porte du bureau s'ouvre et qu'*il* rentre.

Je ne peux pas être si malchanceuse. Ou si chanceuse, je suppose, selon comment on voit les choses.

Il a déjà l'air furieux. Je me demande s'il est fâché en permanence ou s'il y a quelque chose dans mon apparence qui le rebute. Peut-être que les beaux mecs ne sont sympas qu'avec les jolies filles. Et c'est vraiment un très beau mec. Pourquoi est-ce que Rose ne m'a pas dit que son copain était le propriétaire ?

Flynn, puisque c'*est* comme ça qu'elle l'a appelé, porte une combinaison tachée de cambouis. Les combinaisons sont connues pour ne pas être flatteuses, et pourtant il est hyper canon. Vraiment. Je jette un œil par-dessus le comptoir pour voir s'il porte des bottes de cow-boy lorsqu'il m'adresse la parole.

— Tu voulais me voir ?

Je relève la tête. Il m'a surpris en train de le mater. Mince. Au moins il n'a plus l'air en colère.

— Euh, ouais. Je veux dire oui. Désolée.

Je me force à me détendre assez pour chercher dans mon sac et en sortir la carte que Rose m'a donnée.

— Vous êtes monsieur West ?

— Je suis surpris que tu ne le saches pas, vu que tu étais chez moi hier soir.

Il pose ses mains sur le bureau et se penche en avant, J'endure un examen de plus de ma personne. Celui-ci me coupe un peu le souffle.

J'entends un ricanement et réalise que le mec de tout à l'heure est derrière lui. Je sens mon visage rougir.

— Eh bien, dis-je en m'éclaircissant la voix, je ramenais juste Rose chez elle. Vous ne vous êtes jamais vraiment présenté, en fait ?

Je n'aime pas sa façon de me regarder. C'est... Je ne sais pas, perturbant. Je n'aime pas être perturbée.

— Oh, je me souviens bien de toi. Encore une autre étudiante rentrée pour l'été, pour sûr. Qui sort faire la fête et des bêtises.

Il secoue la tête comme un père qui gronde un enfant.

Je ne suis *pas* une enfant.

— Pardon ? Il me semble que c'est *moi* qui ai ramené Rose chez elle hier soir. Et non vous, son *petit ami*, qui étiez au bar et êtes parti au moment idéal, celui où il est devenu évident qu'elle devait rentrer chez elle.

Je mets mes mains sur mes hanches et me penche vers lui.

Il semble hésiter, alors je continue avant de perdre mes moyens.

— Voici mes clés, dis-je en les posant violemment sur le comptoir, entre ses mains. Ma voiture est garée devant, lui dis-je, indiquant le parking du pouce. Apparemment, grâce à Rose, qui était plus sympa lorsqu'elle était ivre morte que vous sobre, j'ai une jolie bosse sur le côté de ma voiture. Elle m'a donné votre carte et dit de venir ici, que je serais... Voyons, quels étaient ses mots exacts ? Ah oui, « bien traitée » pour me remercier de l'avoir ramenée en un seul morceau hier soir. Je fais même des guillemets avec mes doigts. Je pète le feu.

Flynn a la décence de grimacer. C'est comme si j'étais sortie de mon corps. Mon esprit n'arrive pas à croire que je parle à un beau mec. Avec colère. De manière cohérente. Sans bégayer ou me figer. Et pourtant, je continue.

— Alors réparez-la ou non, je m'en fiche, mais c'est que je ne vais pas me tenir ici à vous écouter me gronder pour n'avoir rien fait d'autre que m'occuper de votre copine pendant que vous étiez chez vous à faire Dieu sait quoi.

Il fronce les sourcils et ouvre la bouche, mais je lève la main. Pour la mettre devant. Sa. Figure.

Je n'ai aucune idée de ce qui m'arrive, mais c'est comme si j'étais une chienne enragée et ça me plaît plutôt. J'attrape un stylo sur le bureau et retourne la carte donnée par Rose.

— Bon, dis-je, faisant claquer le stylo sur le comptoir et lui lançant la carte. Voici mon numéro. Si vous voulez faire le travail, appelez-moi quand ma voiture est prête. Sinon, pas de problème, appelez-moi pour que je vienne la récupérer.

Flynn ne prenant pas la carte, je passe sur le côté et la tends à l'autre mec, qui me regarde avec un grand sourire. Il la prend avec un clin d'œil. Si je n'avais pas déjà été rouge de colère, j'aurais probablement rougi.

Un grondement vient de la direction de Flynn. Il se peut même qu'il ait grogné. Je ne peux pas en être certaine comme il regarde l'autre mec. Mais je sais que j'ai assez fait. Je tourne les talons de mes Chucks et je m'en vais.

TROIS

HORIZON

Flynn

— Est-ce que tu viens de me grogner dessus ?
— Ta *gueule*.

J'arrache la carte des mains de Mike et attrape les clés que Jackie a posées violemment. Il y a au moins un kilo de clés sur l'anneau. Qui a autant de clés ? Et de clés électroniques. Il y en a une étrange avec un affichage digital de chiffres. Une chose de plus à ajouter à la liste des questions que je me pose sur cette fille.

— Tu as grogné. Tu m'as vraiment grogné dessus, s'esclaffe Mike. C'est trop drôle !

Je le regarde fixement.

— C'est pas moi qui ai fait un clin d'œil à cette fille, que je sache.

— Je flirte tout le temps. C'est pour ça que tu me mets au comptoir. Les femmes m'adorent, ajoute-t-il en faisant gonfler sa poitrine.

— C'est clair que c'est pas pour tes talents de dactylo, dis-je avec un geste vers l'ordinateur.

Mike me fait un doigt.

— Fais gaffe, princesse, c'est ton bon doigt pour taper.

— Ha ha répond-il en levant les yeux au ciel. Tu ferais mieux d'y aller si tu veux la rattraper. Jouer au con avec une cliente, c'est mauvais pour les affaires, mec.

Je n'aurais pas dû être autre chose que reconnaissant envers Jackie pour avoir ramené Rose. Je ne sais pas pourquoi cette fille fait ressortir le connard en moi. Pensant au rougissement qui s'était étalé le long de son cou lorsqu'elle s'était mise en colère, je dis :

— Même si cette fille était à deux doigts de me botter les fesses ?

— À deux doigts ? Mike éclate de rire. Mec, tout ce que j'ai à te dire, c'est de faire attention la prochaine fois que tu t'assois, et peut-être d'investir dans des coussins spéciaux. Elle n'avait pas besoin de plus de temps. Elle te les a bien bottées.

— Peu importe.

Je mets son numéro dans ma poche et m'en vais. C'est bien du style de Rose d'envoyer sa conductrice désignée de la veille faire réparer sa voiture. Putain de Rose. Quand est-ce qu'elle a eu le temps d'abîmer la voiture de cette fille ? Maintenant il va sans doute falloir que je trouve une porte de voiture de luxe et que m'assoie sur les coûts de la main d'œuvre en plus de m'excuser.

De toute cette situation, je suis plus énervé par le fait que Jackie pense que Rose est ma petite amie qu'autre chose. Parce que c'est tout simplement perturbant et incestueux. Aucune autre raison.

Il y a trois voitures garées sur le parking avant. Une BMW M3 Manhart, une GTO Pontiac de 1957 que j'ai personnellement restaurée. Et une Honda toute rouillée dont il est impossible de dire l'âge, si ce n'est qu'elle est *vieille*. La BMW appartient à un cadre qui est venu un peu plus tôt pour faire changer ses pneus. Ça laisse le tacot.

Un mauvais pressentiment commence à m'envahir. Aucun des amis richissimes de Rose ne pourrait conduire cette bagnole sans mourir de honte. Peut-être que ce n'est pas sa voiture. Mais lorsque je m'avance vers la portière du conducteur et insère la clé, la serrure s'ouvre.

Merde.

D'accord, le bon côté, c'est que Rose ne s'est pas liée d'amitié avec une nouvelle conne de privilégiée. Le mauvais, c'est que j'ai été un gros con avec Jackie, cette fois en supposant qu'elle était une petite conne privilégiée.

Je regarde vers la droite de l'autoroute. Rien. Vers la gauche, je peux à peine distinguer une queue de cheval blonde qui oscille à quelques pâtés de maisons. Punaise, cette fille est rapide. Je mets ses clés dans ma poche et en sors les miennes, avançant au pas de course vers la GTO.

Ce bébé a besoin d'aller faire tour, de toute manière. C'est juste pratique et opportun de la prendre pour une petite virée.

Rien à voir avec le fait de vouloir impressionner l'énigmatique fille aux lunettes super sexy.

Jackie

MA COLÈRE dure deux minutes une fois dehors, sous la chaleur texane. Il fait plus frais que normalement pour le mois de juin, mais frais au Texas veut dire 28 degrés. Sans parler de l'indice de chaleur. J'ai 4 kilomètres à marcher jusqu'à mon appartement. C'est pas cool.

D'un, je n'arrive pas à croire que j'ai crié sur le beau mec. Bien ouej, moi.

De deux, il sera désormais uniquement désigné comme le beau mec, ou mieux, le Connard Qui Ne Sera Pas Nommé. Il ne mérite pas de nom. Certainement pas un nom aussi cool que Flynn West. Je veux dire, honnêtement, qui s'appelle Flynn West ? C'est presque aussi ridicule que Jackie Darling Lee.

De trois, lui, au moins, est à la hauteur du potentiel de son nom. C'est un beau mécanicien, il est propriétaire de son garage et vit dans une maison digne de John Glenn.

Argh.

Fâchée à nouveau, je presse le pas pour me rapprocher de mon appartement. Un klaxon résonne derrière moi.

Je me retourne pour voir le Connard Qui Ne Sera Pas Nommé dans la voiture de folie du garage.

Évidemment.

Il s'arrête sur le parking de Whataburger par lequel je passe. Il y a des gens qui disent pouvoir entendre une voiture ronronner, mais ce n'est pas le cas de celle-là. Elle rugit. Et je sens ce rugissement si violemment dans mes parties intimes que j'en frémis.

CQNSPN sort de la voiture et court vers moi.

D'un, pourquoi il me suit ?

De deux, qui peut courir dans une combinaison pliée et attachée sans incident vestimentaire ?

De trois, pourquoi est-ce que je suis vraiment déçue quand l'incident vestimentaire susmentionné ne se produit pas ?

De quatre, pourquoi est-ce que je compte encore des choses ?

— Yo.

C'est comme ça qu'il me salue. Pas « je suis désolé d'être un tel connard » ou « S'il te plaît, laisse-moi te conduire quelque part puisqu'il fait super chaud et que tu es trop jolie pour transpirer. » ni même un « Salut » poli. Non, j'ai droit à un « Yo ».

Je croise les bras et laisse mon sourcil levé parler à ma place.

— Je... Sa bouche semble caler.

Je suis sur le point d'essayer de conjurer mon attitude de nana qui déchire de tout à l'heure, mais je suis distraite lorsqu'il passe sa main dans ses cheveux. Cela met en valeur ses bras.

Les cheveux repoussés reviennent en avant lorsque son bras tombe sur son côté.

— Écoute. Je suis désolé. D'accord ?

Je suis un peu étonnée qu'il soit capable de s'excuser, et je réponds presque « d'accord » par habitude, mais je ne dis rien. Parce que son visage d'excuse est exactement le même que son visage contrarié, et même si cette expression est loin de le rendre moins beau, je suis énervée qu'il semble contrarié de s'excuser. Superbes bras ou pas.

Est-ce que je suis encore intelligible ?

Il s'approche, réduisant notre proximité à seulement quelque 50 centimètres. Mon assurance précédente disparue, mon corps se fige.

— Tu as oublié ça, dit-il en me tendant mes clés.

Je fixe sa main tendue une minute, jusqu'à ce que la signification de son geste arrive à mon cerveau, le débloquant en même temps que ma bouche.

— Bien. Vous ne voulez pas réparer ma voiture qui a été abîmée par *votre* petite amie. Bien. Très bien. Parfait.

J'attrape les clés, assez maline pour ne pas laisser mon cerveau être court-circuité par le contact de sa main. Je commence à le contourner pour retourner au garage. Au moins, je n'aurai pas besoin de marcher, à présent.

Ses doigts entourent doucement mon bras pour m'arrêter.

— Non, c'est pas ça.

Mon souffle est coupé au contact de ses doigts avec ma

peau. Sa main est assez large pour envelopper complètement mon biceps. Pour une certaine raison, je trouve cela vraiment érotique. Ça doit être la chaleur.

— J'ai enlevé la clé de la voiture. Tu ne devrais jamais laisser tes clés de maison à quelqu'un. Ça pourrait être dangereux.

Il tend la main et touche l'une des clés électroniques accrochées à mon porte-clés.

— En plus, ceci a l'air important.

Merde. J'avais laissé mon jeton de la NASA, la clé électronique permettant d'accéder au réseau lorsque je ne suis pas sur place. Elle me permet d'utiliser un processus d'authentification à deux facteurs pour accéder à des informations gouvernementales classifiées à distance. Ce que je veux dire, c'est qu'à moins que quelqu'un ne sache comment accéder au serveur sécurisé de la NASA, elle ne sert probablement à rien à qui que ce soit d'autre, mais dans tous les cas, je n'aurais pas dû la laisser.

— Oui, dis-je en l'attrapant et en frôlant sa main. Ça, *c'est* important.

Mon attention passe des clés au visage de Flynn et je le regrette aussitôt. Sans l'air contrarié que je suis si habituée à y voir, il est ridiculement beau. C'est comme si je regardais l'une des couvertures de mes livres de cow-boy prendre vie. Les coins de ses yeux se plissent et un petit sourire traîne sur ses lèvres. Je secoue un peu la tête. Pourquoi est-ce que mon cerveau ne fonctionne pas correctement ?

— M... Merci.

Je bouge pour mettre les clés hors de sa portée mais ses doigts se referment sur les miens et il m'attire plus près de lui.

Oh. Ses yeux ne sont pas seulement bleus. Ils ont des pépites vertes et un fin anneau couleur ambre autour de l'iris, comme un horizon autour d'un trou noir. J'ai toujours été attirée par les trous noirs. Ils sont incompris. Les gens pensent que sont des orbes destructeurs et inquiétants, qui aspirent la vie au plus profond de leur néant. Mais les trous noirs ne sont pas le néant. Ils sont *tout*. Des eaux calmes qui coulent profondément. Leur forte attraction gravitationnelle attire les étoiles, les particules et la lumière. L'attraction d'un trou noir est si forte que les étoiles se mettent en orbite autour de lui, s'approchant de sa force. Bien qu'invisible à l'œil nu, lorsqu'un trou noir et une étoile sont à proximité, une lumière à haute énergie est produite. Vue d'un télescope, cette lumière a une beauté spectrale. En regardant dans les yeux de Flynn, j'ai l'impression *d'être* l'étoile, essayant désespérément d'échapper à l'attraction de sa gravité singulière. Une chaleur s'échappe de nous, et pour une fois je ne pense pas que c'est de la faute du soleil texan.

— Jackie ?

Je prends une grande inspiration, essayant de vider mon esprit. Mais les odeurs de gasoil, de transpiration et de musc ne font qu'aggraver mon délire.

C'est la voix de David Bowie qui me ramène à la réalité.

— Mon téléphone, je marmonne en m'éloignant de Flynn pour le sortir de mon sac. Space Oddity est la sonnerie du travail. Je m'éclaircis la voix.

— Oui, c'est Jackie.

Les mots qui suivent me sortent de l'enchantement de Flynn et remettent mes idées en place.

— Je comprends. Quand a lieu la réunion d'urgence ? Je vois. Oui. J'y serai.

Mince. Dix minutes. Je regarde le long chemin menant au travail. Pas moyen que j'y arrive à temps. Mais *Jul'*. Je ferme et les yeux et respire un grand coup. Non, j'y *serai*.

— Jackie ?

Je sursaute, tirée de ma rêverie. Ses cheveux hirsutes tombent dans ses jolis yeux alors qu'il me regarde.

Je fais disparaître toute pensée sur sa beauté et me concentre sur la tâche à accomplir.

— Écoutez, je déteste vous le demander, mais il y a une urgence au travail et il faut que j'y sois, genre tout de suite. Est-ce qu'il y aurait moyen que vous m'y conduisiez ?

Il reste silencieux, ses yeux sondent les miens.

La panique s'installe.

— Je vous paierai, j'ajoute.

Cela semble avoir été la mauvaise chose à dire vu son regard offensé.

— Tu penses que je prendrais ton argent pour un trajet ? Quel genre de mec est-ce que tu penses que je suis ?

Alors, ça c'est *vraiment* la mauvaise chose à *me* dire. La colère se mélange à ma frustration et à ma panique. Je sens la femme que je suis devenue au garage me submerger et je m'y abandonne parce que c'est plus simple et sans doute plus efficace que de m'abandonner aux autres choses.

— Quel genre de mec ? Je ne sais pas, le genre qui crie sur la personne qui a ramené Rose chez elle en un seul morceau et la menace violemment au lieu de la remercier ? Le genre de mec qui en fait baver à la même personne lorsqu'elle vient demander son aide avec la voiture que sa copine a cabossée ? Ce genre de personne ? dis-je d'un seul souffle. Oubliez, je n'ai pas le temps pour ça. Je vais faire du stop.

Je tourne les talons et avance à grands pas vers la route. Mais avant que je puisse tendre mon pouce, je suis soulevée en l'air et jetée par-dessus une épaule musclée.

— Qu'est-ce que... ?

— Calme-toi. Je t'amène au travail.

Le bras de Flynn est passé sous mes fesses, qui pointent vers le ciel et tressautent à chaque pas qu'il fait vers sa voiture.

Je suis malmenée par un mec. Je n'ai jamais été malmenée par un mec.

Je ne sais pas quoi faire. Donc je ne fais rien. Cela semble parfaitement convenir à Flynn. Il traverse le parking, ouvre la portière du côté passager de sa main libre et me laisse tomber sur le siège. Comment il arrive à faire ça sans transpirer ou cogner ma tête contre la voiture me dépasse.

Flynn se met au volant et ne perd pas de temps à donner vie à la voiture. Il se retourne vers moi, le sourcil arqué. Je ne manque pas de remarquer qu'il imite mon expression d'un peu plus tôt.

Une fois le contrôle, sur moi-même et mon corps, repris malgré les vibrations inattendues du moteur, je réponds à sa question silencieuse.

— Suivez NASA 1 sous le viaduc en direction de Saturn Drive.

Pendant que Flynn fait des manœuvres pour sortir du parking, je prends mon téléphone. Je fais aussi des exercices de Kegel pendant que la voiture continue de grogner.

— Allo, Ian ? C'est Jackie. Oui, j'ai entendu. Écoute. J'ai besoin que tu viennes me chercher au bureau des badges. Le, euh, mec qui me conduit n'a pas d'autorisation.

Je jette un coup d'œil à Flynn. Il lève les sourcils au mot « autorisation ».

— Merci.

Ian n'a pas l'air content. Apparemment, j'embête tout le monde aujourd'hui.

— Prenez à gauche sur Saturn, et restez sur la file de droite.

— Où est-ce que tu travailles ?

Je ne réponds pas, mais il fait ce que j'ai demandé.

La voiture est silencieuse. Je n'essaie pas de remplir le silence, je suis trop occupée à essayer de contenir mes cheveux dans le vent qui fouette le cabriolet.

— Tournez ici.

— La NASA ? Tu bosses pour la NASA ?

Clay, l'un des agents de sécurité, s'approche de la fenêtre de Flynn, m'empêchant de réagir au choc apparent de ce dernier.

Je sors mon badge de mon sac et me penche par-dessus Flynn pour le montrer au garde.

— Il ne fait que m'amener, dis-je en désignant Flynn du pouce. Un autre employé de la NASA vient me récupérer. Nous avons juste besoin de nous garer au bureau des badges.

Clay hoche la tête et nous fait signe de rentrer.

Le bureau des badges est à côté du poste de sécurité. C'est le protocole habituel pour les non-employés. Tout le monde est censé avoir un badge pour aller plus loin, y compris les invités des employés.

Je me penche en arrière et passe la lanière à laquelle mon badge est attaché par-dessus ma tête, tirant mes cheveux emmêlés à travers la boucle. Flynn se dirige à droite sur le parking, me jetant des regards confus. Ian est déjà là, penché contre sa voiture. Je n'ai jamais vraiment fait attention aux voitures avant, mais je le fais à présent. Peut-être parce que je suis passée de mon tacot à la superbe voiture de Flynn. Qui sait ? Mais en ouvrant la porte de la voiture de Flynn avec un « merci » distrait, je réalise que la voiture de Ian est aussi une super bagnole. Là où celle de Flynn est tout en muscles, je décrirais celle de Ian comme élégante. Les voitures semblent parfaitement correspondre à leurs propriétaires.

— Qui c'est, ça ? me demande Ian avec un geste de la tête en direction de Flynn.

Humm. Peut-être que les beaux mecs sont incapables de dire bonjour poliment.

Je regarde en arrière et m'aperçois que Flynn est sorti de la voiture. Il passe derrière elle pour se tenir près de moi, les bras croisés, sa combinaison toujours nouée autour de sa taille.

Je fais un geste de la main dans sa direction.

— C'est Flynn. Le propriétaire de West Auto. Il répare ma voiture.

Je réalise que ce n'est peut-être pas vrai après ma petite

crise. Une petite crise parfaitement justifiée, mais tout de même. La question devait être évidente dans ma voix parce que Flynn acquiesce sans quitter Ian des yeux. Je me racle la gorge.

— Ouais, en fait, j'avais juste laissé ma voiture pour réparations lorsque j'ai reçu l'appel au sujet des problèmes d'EVA, je continue. Flynn a été assez *gentil* pour me déposer.

Je ne pense pas que qui que ce soit ait raté le sarcasme dans ma voix.

Flynn sourit. Je dois regarder ailleurs pour que mon cerveau ne s'arrête pas de fonctionner à nouveau.

Et même si Ian est très beau, mon cerveau semble fonctionner parfaitement près de lui, même si on ne parle pas de boulot. Ian a juste l'air agacé. Ce qui est compréhensible puisque je l'ai appelé et demandé de venir me chercher pendant une urgence. Les résultats de l'EVA doivent être pires que ce que je pensais.

Cela me prend une seconde, mais je réalise qu'aucun d'entre eux n'a l'air particulièrement intéressé par moi, ou même au courant de ma présence. Il se regardent juste de haut en bas comme des boxeurs avant un combat.

Ah, les mecs.

La théorie des cordes est plus facile à comprendre.

Je m'approche de la voiture de Ian, essayant de briser leur concours de regards.

— On devrait y aller. Je voudrais jeter un œil aux images des caméras de l'ISS. Il faut que je m'assure de l'étendue de la corrosion pour que nous puissions organiser une sortie d'urgence.

Ian me regarde enfin. J'aime l'appeler « le mec aux polos ». L'Américain typique, le genre de mec qui pourrait être mannequin pour Ralph Lauren. Des cheveux blonds, des yeux bleus, des dents droites et blanches. Comme c'est un de mes collègues, je n'ai jamais laissé mes pensées divaguer ; peu importe ce que raconte Jul'. Mais si elle avait raison et qu'il m'aimait bien ? Je dois admettre que ce serait plutôt flatteur.

— Bien sûr, ma jolie, dit-il en déplaçant son bras vers sa voiture.

Il ne m'a jamais appelée comme ça avant. Ce n'est pas très professionnel. Je décide qu'il ne vaut mieux pas y penser et gérer les choses bien plus importantes qui se passent en ce moment.

Je me retourne vers Flynn.

— Heuh, merci ?

Il sourit à nouveau et des choses étranges se passent dans mon estomac.

— Appelez-moi, dis-je.

Et mince.

— Je *veux dire,* appelez-moi lorsque vous avez une estimation sur la réparation de ma voiture.

La chaleur m'atteint. C'est la seule excuse que j'accepterai pour mon comportement idiot.

En réponse, Flynn s'avance. Il met ses mains sur mes épaules, se penche et m'embrasse.

M'embrasse. Moi.

C'est très léger. À peine là. Un murmure, vraiment. Je peux presque prétendre que rien ne s'est passé. Presque.

— Ouais, je t'appellerai.

Et il rentre dans sa voiture et rugit hors du parking.

———

Le court trajet jusque MCC est silencieux. Ian doit être inquiet à propos de l'ISS. Je devrais l'être aussi, mais, en fait, je pense plutôt à ce baiser. Je peux toujours sentir son murmure sur mes lèvres. Pourquoi est-ce qu'il ferait ça ? Et Rose ? C'est vrai, cette fille n'a créé que des ennuis, mais je l'aime bien et j'ai laissé son petit ami m'embrasser. La culpabilité me force à me reconcentrer sur l'EVA.

— Ça va aller, Ian, on va réparer l'ordinateur principal. Je suis certaine qu'on peut contourner le câble principal ou même le remplacer avec l'un de ceux qui se trouvent à bord.

— De quoi tu parles ?

— De la corrosion découverte par l'EVA de Jul'.

Je regarde sa mâchoire serrée.

— Ce n'est pas pour ça que tu es contrarié ?

— Non Jackie. Ce n'est pas pour ça que je suis contrarié. Ça devrait l'être. Mais ça ne l'est pas.

— Est-ce que c'est parce que je t'ai demandé de venir me chercher ? Je suis vraiment désolée, c'est juste que...

— Vraiment ?

D'accord, maintenant je suis un peu en colère... Une fois de plus. Ian semble projeter sa mauvaise humeur sur moi.

Toute cette colère est perturbante. Je ne suis pas colérique. En fait, il est rare que j'élève la voix. Je ne jure pas souvent. Je suis rationnelle. Logique. Mais depuis que je me suis tenue dans un bungalow datant de l'ère spatiale pour me faire crier dessus par erreur par un mécanicien hyper canon, je suis à fleur de peau.

— Alors pourquoi est-ce que tu me fusilles du regard ?

Je souffle, réalisant trop tard que croiser les bras après avoir posé cette question me fait ressembler à une gamine capricieuse.

Ses lèvres tremblent.

— Je te fusille du regard ?

— Oui.

Je me tourne vers l'avant et baisse mes bras pendant qu'il se gare sur le parking du centre de contrôle. J'ajoute :

— Je n'aime pas ça.

Un long soupir lui échappe pendant qu'il coupe le contact en appuyant sur un bouton. C'est trop cool. Peut-être que ma nouvelle voiture, celle qui fait clairement partie de mon futur proche, aura la même chose. Mais la voiture de Ian ne grogne pas comme la GTO. En fait, elle est étrangement silencieuse. Ce qui rend d'autant plus confortable l'inspection de Ian.

— Tu es une superbe femme, Jackie.

Surprise par le processus de réflexion de Ian, je réponds :

— Toi aussi. Je veux dire homme. Un superbe homme.

Je sens mes sourcils se froncer. Est-ce qu'un mec peut être superbe ?

Ian éclate de rire.

Je souris, sentant une partie de la tension disparaître.

— Qu'est-ce que notre esthétique a à voir avec l'échec de l'EVA ?

Ian secoue la tête en souriant.

— Tu sais quoi ? Ça ne fait rien. Fais seulement attention, d'accord ?

Hum. Je ne comprends normalement pas bien les sous-entendus, mais toute évidence tend à montrer que Ian fait référence à Flynn et non à l'EVA lorsqu'il me dit de « faire attention ». Je suppose, si je regarde la chose avec logique, que cela a du sens, si Jul' a dit vrai sur le fait que Ian voudrait me demander de sortir avec lui. Je ne sais pas ce que je ressens à ce sujet. Ce n'est pas que Ian n'est pas attirant. Il l'est. Vraiment. Comme on peut l'en déduire à mon commentaire précédent le comparant à un mannequin de Lauren.

Mais j'ai déjà eu une histoire avec quelqu'un au travail. Ça n'a pas bien fini. Et même avec toute la beauté de Ian à quelques centimètres de moi, je suis encore en train de penser à ce presque rien de baiser d'un mec qui, j'en avais été si sûre, ne me supportait pas.

— Bien sûr, dis-je, car il me semble devoir dire quelque chose pour passer à autre chose.

Ian lève les yeux au ciel.

— Allons juste au meeting.

En chemin vers le bâtiment cinq, j'essaie de me concentrer sur le meeting qui s'annonce.

Mais ce *baiser*.

Je secoue la tête. Rose est mon amie. Je pense. Et en tant qu'amie, je devrais être indignée pour elle. Je vais simplement ignorer les picotements dans ma culotte. Ils doivent simplement provenir de la puissance du moteur de la voiture. Et non du baiser.

Mon téléphone vibre alors que je scanne mon badge après Ian. Un message d'un numéro inconnu s'affiche.

Au fait, merci d'avoir ramené ma petite sœur à la maison hier soir.

Sœur ? Rose est sa *sœur* ?

Les picotements ne sauraient être ignorés.

QUATRE
DÉMARRAGE DU MOTEUR PRINCIPAL

Jackie

Sean n'est pas content. En tant que directeur de vol chargé de l'EVA, qui explique pourquoi EXT-1 ne fonctionne pas correctement, il est au cœur de la tempête. Tout le monde est assis autour de la table, sauf Sean. En reposant vivement sur la table ce qui doit être sa cinquième tasse de café, il passe en revue les photos que Jul' a pu prendre ce matin pendant sa sortie spatiale.

— C'était censé être une sortie spatiale d'entretien.

Il appuie fort sur son clavier et la diapositive change.

— Et maintenant, on a ça à gérer.

Jul' a fait un bon travail en se focalisant sur les câbles qui sortent de l'un des panneaux principaux. Les astronautes portent des gants spéciaux pendant les EVAS, qui sont attachés à leurs combinaisons. Les gants et la combinaison ont pour but premier de protéger les astronautes de la pression et des conditions spatiales. Ce qui veut dire qu'ils sont très épais. Prendre des photos détaillées en portant un costume de marshmallow géant est difficile, mais Jul' a réussi à le faire, et bien. De petits trous peuvent être aperçus sur certains des câbles, et l'un d'entre eux a l'air d'être tellement plié qu'il pourrait rompre à tout moment. Ce qui veut dire qu'une météorite ou un débris spatial a percuté l'ISS.

La NASA surveille les orbites de milliers de grands débris spéciaux qui flottent autour de la Terre. Certains ont été manufacturés : des bouts de satellites, des outils que les astronautes ont laissé échapper pendant des sorties spatiales et des débris subsistant après des tests spatiaux pour Star Wars. Ensuite il y a des particules naturelles, les météorites. Celles de petite taille peuvent se déplacer plus vite qu'une balle de pistolet.

Sean regarde autour de la pièce.

— Nous savions que EXT-1 avait commencé à mal fonctionner et que les propulseurs ne marchaient pas comme il fallait, nous avons donc transféré tout le courant vers EXT-2. Malheureusement, pendant sa sortie, l'astronaute Starr a découvert que la réparation n'était pas aussi simple que ce que l'on espérait.

Les EXT-MDMs sont les ordinateurs externes installés sur le treillis de l'ISS qui contrôlent le fonctionnement des composants de la station tels que les panneaux solaires, les radiateurs, les boucles de refroidissement et d'autres systèmes.

Ian prend la parole :

— EXT-2 fonctionne-t-il sans problème ?

— Oui. EXT-2 est en parfait état de fonctionnement. C'est pourquoi nous ne parlons pas d'évacuation. Les spécialistes des communications de CRONUS les surveillent.

Sean passe quelques diapositives de plus et secoue la tête :

— La station a simplement été percutée à un mauvais endroit.

La Station spatiale internationale est aussi grande qu'un terrain de football. Et si, au début, de nombreux fils avaient été exposés et couraient le long de l'extérieur de la station, la plupart d'entre eux, en particulier sur la partie américaine, ont été déplacés à l'intérieur. Une panne d'ordinateur due à un impact à cause de débris spatiaux est une chose relativement peu probable. Et, en fin de compte, qu'ils aient percuté des fils n'est pas aussi grave que s'ils avaient heurté une fenêtre ou pénétré dans la coque.

Mais c'est toujours une mauvaise chose. Bien qu'il n'y ait pas de réel péril. Du moins, pas encore.

Sean passe à une autre photo. On y voit une petite section de fils à épaisse isolation à l'extérieur de la station. Je demande :

— Est-ce qu'ADCO anticipe le besoin d'effectuer des manœuvres compliquées dans le futur proche ?

— Ils se sont entretenus avec TOPO et Space Command et disent que nous devrions ne pas avoir de problème à court terme. Les Russes apportent aussi leur aide, répond Sean.

Le bureau de détermination et de contrôle de l'attitude (ou ADCO) gère l'orientation de la station et calcule les manœuvres nécessaires pour éviter les gros débris. J'ai travaillé avec eux à plusieurs reprises lors de la planification de l'EVA. Les officiers des opérations de trajectoire (ou TOPO) et Space Command sont responsables de la trajectoire de la station et de la conservation des données concernant la position orbitale de la station.

Un autre clic sur l'ordinateur de Sean.

— Vous pouvez voir sur les photos prises par l'astronaute Starr que ce que nous pensions avoir été une minuscule météorite, trop petite pour être détectée par TOPO, a percuté la station spatiale ici, dit-il en pointant au centre de l'écran, où les dommages aux câbles semblent localisés. Cette section ne mesure qu'une trentaine de centimètres, mais elle contient des câbles qui servent aux ordinateurs américains. Il y a un vieil EXT dans la station. Nous allons le faire réparer par l'équipe avec les pièces disponibles afin de pouvoir le remplacer avec celui qui est endommagé.

Sean nous regarde, Ian et moi :

— La tâche principale de la prochaine sortie spatiale sera de retirer la boîte de relais de données et de la remplacer. En attendant, EXT-2 est opérationnel et tous les composants de l'ISS sont en état de marche.

Ian et moi nous regardons et hochons la tête.

— Écoutez, poursuit Sean, s'adressant maintenant à toute la pièce, je sais que les EXTs sont cruciaux, voire vitaux lorsqu'il s'agit de maintenir la vie dans la station, mais tout va encore bien. Nous avons un ordinateur opérationnel, six des astronautes les plus intelligents au monde, qui ont des diplômes dans des trucs que je ne peux même pas prononcer, un vieil ordinateur que nous pouvons installer et nous avons *toujours* l'option de partir. Mais la discussion à ce sujet n'aura pas lieu avant plusieurs autres défaillances.

Le « canot de sauvetage » Soyouz est toujours amarré à la station. En cas d'urgence, les astronautes peuvent évacuer à l'intérieur de la capsule russe et quitter la station. Pour le moment, nous avons quelques défaillances critiques, mais la NASA a toujours plus d'une solution.

Tout *devrait* bien se passer.

―――

Pour les prochaines heures, tout n'est que plans, diaporamas et réunions avec différents départements. Les Russes sont en télécommunication et appellent depuis leur salle de contrôle à Moscou.

Au milieu de tout cela, Rose m'a envoyé des messages à plusieurs reprises.

Je ne sais pas comment elle sait que Flynn m'a accompagnée

ou que j'ai un beau collègue nommé Ian. Pour quelqu'un d'aussi jeune et adorable, elle est un peu effrayante.

Mes yeux se dessèchent. Les bâtiments gouvernementaux scellés et sécurisés sont connus pour leur air sec et recyclé. C'est comme si je travaillais dans un avion. Et le fait d'avoir eu une journée chargée n'aide pas. Après une longue nuit. Sans compter du fait que je déteste le café.

Sean n'a pas ce problème. Il s'en sert une autre tasse. J'ai perdu le compte de combien il a bu de café, mais la cafetière a été remplie plus d'une fois.

— Écoutez, une EVA demande habituellement des semaines, pour ne pas dire des mois, de préparation. Alors je sais qu'il y a beaucoup de choses à prendre en compte, mais ne nous précipitons pas et ne faisons pas d'erreur. Les astronautes dorment en ce moment. Retrouvons-nous tôt demain et impliquons-les également dans la discussion.

Il se lève et s'étire. Je peux entendre ses os craquer de l'autre côté de la pièce.

— Pour l'instant, nous poursuivons le plan de chargement du vaisseau cargo russe The Progress avec un logiciel de remplacement, ce qui permettra de réapprovisionner la station quand il partira dans deux semaines.

Contrairement à ce que l'on voit dans de nombreux livres et films, il est impossible de simplement dire à un astronaute de mettre sa combinaison, d'ouvrir le sas et de sortir dans l'espace. Les combinaisons doivent être chargées et les réservoirs d'oxygène raccordés. Les sorties dans l'espace doivent donc être planifiées et les équipes d'ingénierie consultées. Dix jours, c'est à peu près le plus court laps de temps pour qu'une sortie dans l'espace puisse être organisée en toute sécurité. À la NASA, personne ne va à l'encontre des procédures de sécurité.

Je suis encore en train de marcher.

Et bien qu'il fasse noir dehors, il fait toujours chaud. Cela ne m'a pas semblé bien de demander à Ian de me ramener chez moi. Il était assis près de moi pendant tout le meeting et la séance de brainstorming. C'était normal, mais je n'en avais pas l'impression. Pas après la manière dont Flynn et lui se sont fixés.

Je saute par-dessus un trottoir et passe ma main le long de la clôture en chaîne de trois mètres de haut surmontée de fil de fer barbelé, qui marque le périmètre de la NASA. Il n'y a que deux sorties et entrées sur le site. Une à l'est et l'autre à l'ouest. Mon appartement est à l'ouest, alors je retourne à l'entrée de sécurité en utilisant mon badge.

Je tourne à gauche sur la route, passant près des huttes de sécurité et sur le trottoir. Les gardes sont occupés par les allées et venues de voitures. La NASA ne dort jamais.

— Yo.

Je m'arrête en plein mouvement. *Impossible.* Lentement, je laisse mon pied se poser sur le trottoir et pivote, les semelles usées de ma Converse effectuant le virage en douceur.

Mais si, c'est apparemment possible. Flynn est là, penché contre une voiture, les bras croisés. Ce n'est pas la voiture de ce matin. Celle-ci est verte, mais tout aussi cool. Plus cool, même. Plus grande. C'est une autre voiture ancienne, et je reconnais le logo Mustang à l'avant. Je reconnais au moins le logo. Bien que l'inscription BOSS 429 sur le côté ne me dise rien.

Le moteur ne tourne même pas. Aucun grognement pour déclencher mes picotements. Et pourtant, mon entrejambe est réveillé rien qu'en la regardant. Qui aurait pu savoir que j'avais un penchant pour les voitures ?

Je m'avance vers lui.

— Qu'est-ce que vous faites là ?

Il se redresse.

— Un petit oiseau m'a dit que tu allais marcher jusque chez toi, dit-il en s'avançant, effaçant la distance entre nous. De nuit.

— Rose, je soupire.

Elle a continué à m'envoyer des messages toute la journée, à vouloir savoir quand est-ce que j'allais sortir du travail. J'aurais dû savoir qu'elle avait des arrière-pensées.

— Ouais.

— Écoutez, je commence, essayant de trouver le courage de le regarder dans les yeux et échouant. C'était vraiment très gentil à vous de venir jusqu'ici, dis-je à son épaule. Mais je suis une grande fille. Je peux marcher quelques kilomètres jusque chez moi.

— Hum hum. Entre, dit-il en pointant la voiture responsable des picotements.

Son attitude énergique finit par attirer mon regard vers le sien.

— Pardon ?

Nous nous lançons dans une sorte de concours de regards jusqu'à ce qu'il rompe le contact visuel pour passer sa main dans ses cheveux, clairement exaspéré par moi.

— Je suis désolé d'avoir été un tel connard tout à l'heure, d'accord ?

Lorsque je ne bouge toujours pas, cette fois parce que je suis sans voix, il tend la main vers la voiture et secoue les clés.

— S'il te plaît ?

— Bien.

Je fais un mouvement de la main pour marquer mon consentement et cogne accidentellement son bras tendu. Les clés volent.

Et tombent dans une bouche d'égout.

— Ça ne vient pas d'arriver.

Mon regard va de Flynn à la grille avant de revenir à Flynn. J'ajoute :

— Cela ne peut pas s'être produit.

Flynn penche la tête en arrière et soupire.

Il y a un moment de silence avant que je passe en mode réparation.

— Je vais appeler un dépanneur, dis-je en cherchant mon téléphone dans mon sac.

Flynn baisse le menton et fronce un sourcil, me regardant fouiller dans mon sac à main.

— Si tu allais marcher jusque chez toi, ton téléphone aurait déjà dû être dans ta main. Au cas où quelque chose t'arriverait.

— Vous voulez dire au cas où un type renfrogné m'attendrait dans le parking ?

Flynn me surprend lorsqu'il éclate de rire.

— Renfrogné, il pouffe. Oui, ça me résume bien.

Puis il sourit, avec un *vrai* sourire.

Et par Neptune, si j'avais déduit de toutes nos interactions précédentes que ce mec était un colérique chronique, cette nouvelle information détruit complètement ma conclusion, qui avait pourtant été logique jusqu'ici. Parce que le sourire de Flynn surpasse ses deux voitures *combinées* dans la création de picotements. Je suis tellement concentrée sur son sourire que je ne remarque pas vraiment qu'il s'est rapproché, du moins jusqu'à ce que ses doigts frôlent le côté de ma mâchoire.

— Touché, il dit, d'une voix basse.

Pas tout à fait un murmure, mais assez bas pour que le timbre résonne dans ma poitrine, créant une chaleur à l'intérieur que même celle du Texas ne pourrait imiter. Son sourire devient plus doux, sa main s'attardant un moment, avant qu'il ne recule et marche vers sa voiture.

— Range ton téléphone, chérie. Je suis mécanicien. Tu blesserais sérieusement mon ego déjà salement amoché si tu appelais un dépanneur.

Il avance vers l'avant de la voiture et ouvre la porte du côté passager. Je le suis en prenant un instant pour méditer sur le fait que d'un, il m'ait appelé chérie, et que je m'en fiche. Complètement. Et de deux, qu'un Flynn souriant est juste aussi déconcertant qu'un Flynn contrarié. Et même plus, en fait.

Il s'étend sur les sièges, puis tourne, glissant le haut de son corps de l'autre côté, sous le volant, tout en évitant magistralement le levier de vitesses. Comme il se penche sur le dos, son T-shirt se soulève. Ses abdos sont dorés, bronzés par le soleil.

Je pense que je donnerais sans problème mon T-shirt de la NASA signé par Buzz Aldrin pour voir Flynn sans le sien.

Une fine ligne de poils sombres descend sous une boucle de ceinture argentée pour disparaître dans son jean. Une soudaine envie d'y passer les doigts me passe par la tête.

Je me racle la gorge.

— Donc... Qu'est-ce que vous faites ?

— Je démarre la voiture en court-circuitant le neiman.

Je regarde autour du parking et vers le poste de garde. Je murmure :

— En faisant se toucher les fils, c'est ça ? C'est pas illégal ?

Il rit à nouveau.

— Seulement si ce n'est pas ta voiture, chérie.

— Oh.

Je suis contente qu'il soit sous le tableau de bord et incapable de voir mon visage s'empourprer d'embarras. Je suis peut-être la reine des intellos, mais on dirait bien que j'ai des lacunes en système D. Je devrais ajouter ça parmi les objectifs de l'Opération Vie Sociale.

— Comment on fait ?

Quand on est perdue, focalisons-nous sur la théorie, comme je dis toujours.

Il se redresse, faisant un mouvement qui contracte les muscles de son ventre.

— Tu veux que je t'apprenne ?

Mon cerveau cale à nouveau avant de se relancer.

— Vraiment ? Vous m'apprendriez ?

— Bien sûr. C'est le moins que je puisse faire.

Son air penaud lui donne l'air plus jeune, moins intimidant.

— Ça serait génial, merci !

Et une fois de plus, je suis un peu en retard lorsque je réalise que sautiller en tapant des mains n'est pas la réaction la plus mature qui soit.

Mais cela me fait recevoir un autre sourire.

— Mer… cure, je murmure.

───

Flynn

JE NE PEUX PAS EMPÊCHER un sourire de s'étendre sur mon visage face à l'excitation évidente de Jackie. Ou le fait que ses petits sauts font remuer certaines parties de son corps. Alors même si je dois couper les fils de ma Mustang Boss 429 de 1969, je ne réussis pas à me fâcher.

Surtout puisqu'il semblerait qu'elle m'a pardonné d'avoir été un tel con avec elle aujourd'hui. Et hier soir.

Je jure que j'avais prévu d'être un type sympa et normal lorsque je viendrais la chercher au boulot. J'avais même passé le trajet à réfléchir à de charmantes excuses et à des manières de prouver à Jackie et à Rose que je ne suis pas entièrement un connard. Mais ensuite je l'ai vue. Queue de cheval blonde, oscillant, marchant seule, de nuit, sautillant dans ses baskets comme un enfant qui sort de l'école. Le fait qu'elle semble ne pas prendre sa sécurité au sérieux m'a fait grincer mes dents et m'a fait craquer.

Une fois de plus.

Jackie ouvre la portière côté conducteur et s'agenouille sur le trottoir. Je réalise d'un seul coup à quel point elle est différente de toutes les femmes que j'ai connues jusqu'ici. Elle travaille, pour commencer. Et à la *NASA*. Et elle ne bronche même pas en salissant son pantalon.

— Par quoi on commence ? demande-t-elle en se léchant les lèvres et se penchant en avant.

Jackie à genoux avec l'air passionné empêche mon esprit de se concentrer sur la tâche à accomplir. Je prends une grande inspiration pour me calmer avant de commencer.

— D'accord, dis-je, en me concentrant sur la voiture, parce que cette voiture date de 69, elle est plutôt facile à démarrer ainsi. Rien n'est informatisé.

Je retire le panneau sous la colonne de direction en parlant.

— Tourner la clé connecte réellement trois choses : la batterie, le contact et le moteur. Démarrer en court-circuitant le neiman veut juste dire qu'il faut que nous fassions cela manuellement, dis-je en séparant les fils dont nous avons besoin. Le rouge, c'est toujours la batterie. Les autres peuvent dépendre de la marque et du modèle de la voiture. Bien que le plus souvent, sur des voitures de cette époque, le fil du contact est jaune.

Je cherche dans ma poche et en sors mon couteau suisse lorsque ma main passe contre ma queue. La queue qui est dans un état de semi-érection depuis que j'ai frotté mes lèvres contre les siennes tout à l'heure. La queue qui n'a fait que durcir depuis que Jackie a fait un geste vers ma voiture, ses lunettes glissant le long de son nez, faisant tomber mes clés sur la grille d'égout. En gros, ma queue doit se calmer.

— Il faut que tu coupes et dénudes à peu près un centimètre des trois fils, je continue, essayant d'aider mon grand cerveau à dominer le petit.

Ce qui n'est pas facile. Il y a une sorte d'odeur délicieuse qui émane de ses cheveux. Cela vient probablement de son shampooing. Et, parce que c'est l'été au Texas, il y a une feinte odeur de transpiration sur sa peau. De transpiration propre. Ça me fait penser à l'odeur de la transpiration pendant le sexe. Ma queue continue de durcir.

Voilà qui n'aide pas.

Elle se penche aussi près que possible sans me toucher, mais ça n'empêche pas les mèches de ses cheveux qui se sont échappées de sa queue de cheval de chatouiller ma peau. *C'est tellement doux.*

— Et ensuite ?

Je me focalise sur ce que je suis en train de faire.

— Il faut tordre ensemble les fils de la batterie et du contact.

Je lui fais signe de la tête.

— Allume les phares, pour voir si la connexion est bonne.

Jackie tend la main gauche, approchant son cou de mon visage. Tout ce qu'il faudrait que je fasse, c'est de me cambrer et peut-être un peu m'étirer et je pourrais l'embrasser. Je n'ai jamais été attiré par les cous avant. Parce que, vraiment, qui est attiré par les cous ? Il y a des mecs attirés par les seins, par les jambes et par les fesses. J'ai toujours aimé penser que j'étais quelqu'un qui ne discriminait pas lorsque l'on parle du corps des femmes. J'aime tout. Mais pour une raison quelconque, la vue du long cou mince de Jackie me fait un effet fou.

— Ça marche !

— Hein ?

Elle me regarde.

— Les phares. Ils viennent de s'allumer.

— Oh ouais. OK.

Je bouge sur le siège, espérant que ma queue va se calmer.

— Alors, l'étape suivante, c'est de faire se toucher le fil du moteur et ceux que tu viens de tordre ensemble. Mais il faut faire attention, car le fil de démarrage est sous tension. Tu ne veux pas qu'il touche quoi que ce soit de métallique ou cela pourrait créer un court-circuit. Et puisque la transmission est manuelle, il faut que tu pousses l'embrayage.

— C'est ça, pas vrai ?

Elle pose ses longs doigts délicats sur la pédale de gauche.

— Tu ne sais pas conduire une voiture manuelle ?

— Non, dit-elle en fronçant les sourcils.

J'ai le sentiment que Jackie Darling Lee n'aime pas ne pas savoir faire quelque chose. Elle grince des dents.

— Mais je vais apprendre. Ça semble être une chose importante à savoir.

Je souris à l'expression sérieuse qui obscurcit son joli minois.

— Je t'apprendrai.

Son visage s'éclaire aussitôt.

— Vraiment ? Tu ferais ça ?

Son excitation me fait à la fois plaisir, parce qu'elle me tutoie et que cela doit vouloir dire que cela ne la dérangerait pas de passer plus de temps avec moi, et me fait me sentir comme un con, parce qu'elle est vraiment surprise par mon offre. Parti comme c'est parti…

— Oh oui, j'adorerais t'apprendre à manier mon levier.

Son visage prend une couleur de pivoine.

Je ne peux m'empêcher de pouffer. Elle a beau être jolie, je peux dire qu'elle est n'est pas habituée à flirter. Je ne devrais pas la troubler, surtout après avoir été un tel idiot. Mais lorsqu'elle rougit, cela s'étale le long de son joli cou et tout ce que je veux, c'est suivre ce rougissement avec ma langue. La raison pour laquelle ma réaction face à cette femme est si forte est un mystère. Même lorsque je pensais que c'était l'une des amies désœuvrées de Rose, j'avais remarqué son apparence et sa manière de bouger.

Nous laissant à tous deux de l'espace pour respirer, je me remets au travail.

— Maintenant, comme je le disais, il faut que je fasse se

toucher les trois fils. Maintenant que les fils sont exposés et que tout est prêt, je peux me mettre sur le siège du conducteur. Je dois pousser l'embrayage et faire tourner le moteur pour qu'il ne cale pas.

— D'accord.

Je me lève et sors de la voiture. Nous faisons tous les deux le tour pour changer de côtés opposés et retournons à l'intérieur.

— Est-ce qu'il y a un ordre particulier à la procédure ? Est-ce qu'un fil doit être coupé et exposé avant l'autre ? Est-ce qu'il faut passer la première et ensuite faire se toucher les fils, ou est-ce que l'embrayage est comme l'accélérateur et il suffit de le lancer ?

Je sens mes lèvres esquisser un sourire. Elle est tellement mignonne.

— Un ordre à la procédure ?

Elle rougit à nouveau et regarde ses pieds.

— C'est pas grave.

Merde. Je l'ai encore embarrassée.

— Hé ?

Elle ne dit rien, alors je tends la main et pose deux doigts sous son menton, levant son visage vers le mien. Son rougissement s'intensifie mais je peux dire que ce n'est pas parce qu'elle est embarrassée lorsque ses yeux passent vers ma bouche, sa langue passant sur sa lèvre inférieure.

Je suis sur le point de me pencher, attiré par cette fille qui est arrivée dans ma vie de manière si inattendue, lorsqu'une lumière passant dans la voiture interrompt le moment.

Un garde se tient devant ma fenêtre ouverte. L'une de ses mains est sur sa lampe torche m'aveuglant temporairement, l'autre est sur le pistolet à son côté. Il n'a pas l'air content. Et au Texas, un homme peu content avec une main sur son arme ne veut rien dire de bon.

Tout d'abord, je lève les mains pour qu'il voie que je ne suis pas armé. Je m'apprête ensuite à parler, mais Jackie est plus rapide que moi.

— Salut Clay !

L'officier se baisse, bougeant la lampe torche vers Jackie, qui lève une main vers ses yeux.

— C'est moi, Jackie.

— Oh. Bonsoir, docteure Lee.

Il baisse la lampe et retire son autre main de son arme.

— Tout va bien ? demande-t-il, ses yeux allant de Jackie à moi.

— Tout va bien, Clay. Voici mon ami Flynn. Il me ramène chez moi.

Elle tend la main et baisse mes bras.

Clay pouffe.

— Vous avez encore des problèmes de voiture, docteure Lee ? Je vous avais dit de vous débarrasser de ce vieux tacot.

Jackie lève les yeux au ciel.

— Ouais, ouais, dit-elle en me regardant. Vous n'êtes pas le seul à penser que je devrais le faire, j'en suis sûre.

Clay fait un signe de la main dans notre direction et s'éloigne.

— Docteure Lee ? Je lui demande lorsque Clay est hors de portée.

Un nouveau rougissement.

— Heuh, ouais, elle marmonne.

— C'est carrément génial.

— Ah bon ?

Je ne comprends pas pourquoi elle trouve ça surprenant.

— Ouais, vraiment. Je n'ai fait que les quatre ans d'études de base.

Je ne me souviens pas de grand-chose de ce que j'ai appris à Baylor. J'étais bien trop occupé à profiter de mon nom de famille, à boire, à draguer et à dépenser de l'argent qui était loin d'être gagné à la sueur de mon front.

— Mais après, j'ai été en école professionnelle. Les voitures m'intéressaient plus que les bouquins.

— C'est super, dit Jackie en hochant la tête. Je pense qu'on sous-estime ce genre d'établissement.

Je n'arrive pas à savoir si elle se fout de moi ou pas. Elle a l'air sincère, mais je parle avec une docteure. J'aurais vraiment pensé que j'aurais droit à un regard condescendant lorsque j'ai parlé d'école professionnelle. C'était très clairement le cas avec mes amis là d'où je viens.

Je hoche la tête, tendant la main sous le tableau de bord et poussant sur l'embrayage.

— Attends ! s'écrie Jackie, posant sa main sur mon bras, baissant la tête en essayant de voir ce que je fais. Qu'est-ce qu'il se passe ensuite ?

— Ah, désolé, j'oubliais.

Je m'assois en arrière pour qu'elle puisse voir mon pied gauche sur l'embrayage.

— L'embrayage doit être complètement appuyé avant que tu touches aux fils.

Je tends ensuite le bas sous le tableau de bord, le volant s'enfonçant contre mes épaules et ma poitrine, afin de faire se toucher les fils. Le moteur démarre, faisant s'illuminer le visage de Jackie. J'appuie plusieurs fois sur l'accélérateur, faisant vrombir le moteur et vibrer la voiture.

— Tu fais ensuite vrombir le moteur pour qu'il ne cale pas.

La première fois que j'ai appuyé sur l'accélérateur, ses lèvres se sont légèrement entrouvertes. La seconde fois, ses yeux se ferment et elle a l'air sur le point d'avoir un orgasme. Sans penser, j'appuie encore sur la pédale d'accélérateur.

Elle gémit si bas que je ne l'entends presque pas. Mais le

rougissement qui s'étale le long de son visage et de son cou me dit que je ne me fais pas des idées.

J'adore les voitures anciennes. Leur allure, leur odeur et leurs sensations. Mon sang pourrait tout aussi bien être du gasoil. C'est pour cette raison que je suis descendu de ma monture, ai dit au revoir aux costards et aux jobs qui en demandaient, et suis entré dans le monde de la restauration de voitures. Je n'ai jamais regretté d'avoir pris cette décision.

Mais à présent, avec cette fille timide et difficile à cerner qui approche l'extase à cause du moteur V8 que j'ai moi-même reconstitué ? Je suis reconnaissant à nouveau.

Quelque chose me dit que Jackie pourrait bien vouloir plus qu'une leçon de conduite manuelle.

CINQ
DRAPEAU VERT

Flynn

Jackie n'a pas menti en disant que son appartement était proche. C'est aussi un taudis. Le panneau à l'entrée indique « Appartements Regatta », mais le lieu a été surnommé Reghetto par les gens du coin. Je passe par le portail cassé, mes mains se resserrant un peu plus sur le volant.

— C'est *ici* que tu vis ?

Elle cligne des yeux plusieurs fois, comme si elle sortait d'une rêverie.

— Ouais.

— Pourquoi ici ?

Elle fronce les sourcils, comme si ma question la perturbait.

— Pourquoi *pas* ici ?

— T'as regardé cet endroit récemment ?

Dégageant une main du volant, j'accompagne ma question d'un geste de la main, désignant l'extérieur.

Elle tourne la tête des deux côtés, ses yeux prenant en compte les bâtiments délabrés autour d'elle.

— Oh, dit-elle, regardant une fois de plus avant de soupirer. Cela fait un moment que j'avais pas regardé autour de moi. C'est *vraiment* un peu délabré, hein ?

Elle ne semble pas dérangée par le côté négligé du complexe, mais plutôt surprise que sa nature décrépie lui ait échappé. Difficile d'imaginer que cette superbe ingénieure de la NASA puisse vivre ici. Ou peut-être que je ne le veux pas. Jackie ne porte peut-être pas tous les froufrous de Beth, ni même de maquillage, mais personne ne peut ignorer son genre de beauté. Soit elle essaie de le cacher, soit elle ne sait même pas qu'elle l'a. Je parie sur la seconde option.

Rien ne peut cacher les pommettes hautes, les grands yeux et les lèvres pulpeuses. Pas même ses lunettes. En fait, la monture épaisse ne fait que mettre en valeur la nature délicate de la structure de son visage. Elle est comme une voiture bien construite, dont les lignes épurées sont accentuées par des bandes de course qui courent le long du capot. Et ensuite, il y a son cerveau. Elle travaille avec certains des esprits les plus intelligents du pays. Même si ce n'était pas le cas, rien qu'à sa façon de parler, je n'ai pas besoin qu'elle me dise qu'elle est plus qu'instruite.

— Délabré est une façon de le décrire.

Dangereux en est une autre. Mais j'essaie de retenir mon homme de Cro-Magnon intérieur, alors je n'insiste pas.

— Lorsque j'ai emménagé au Texas, je venais de l'Est des États-Unis, et ma voiture a à peine tenu jusqu'ici. Alors je me suis dit que vivre près du travail serait le plus simple.

Elle hausse les épaules :

— Tu sais, au cas où il faudrait que je marche ?

Avant que je puisse répondre, elle me fait signe de me garer sur une place de parking. À la seconde où je gare la voiture, elle ouvre la porte. Elle est sortie avant même que je n'arrête le moteur.

— Pas besoin de sortir. C'est bon, dit-elle en passant la tête dans la voiture. Merci. À plus tard.

Sur ce, elle me laisse derrière, claquant la portière.

C'est nouveau, ça. J'ai l'habitude que les filles fassent toute la comédie de « je ne trouve pas ma clé » ou commencent une conversation, attendant assez longtemps pour que je fasse le premier pas. Et je sais que Jackie et moi sommes partis du mauvais pied ; bon, d'accord, que *je* suis parti du mauvais pied, mais j'ai cru que nous avions eu un moment. Plusieurs, même.

Et merde. J'ai l'impression d'être une fille.

Encore perplexe et un peu amusé, je suis Jackie des yeux pendant qu'elle s'éloigne. Son jean est un peu large, et son T-shirt n'a pas de forme, mais il y a quelque chose chez elle qui me plaît. Peut-être que c'est parce qu'elle semble si différente de la femme qui m'a élevé. Si différente de mon ex et de ses amies.

Je suis en train de penser à ce que je vais faire ensuite lorsque je vois deux hommes adossés contre un lampadaire un peu plus loin, sur le chemin de Jackie. L'un d'entre eux porte un bandana sur la tête, un débardeur, et un jean qu'il porte si bas que je suis certain qu'il doit passer son temps à se dandiner pour qu'il ne tombe pas pendant qu'il marche. L'autre mec est habillé à peu près de la même manière. Il n'y a pas beaucoup de gangs dans ce coin, mais je reconnais assez de couleurs et de symboles sur leurs bras et cous pour savoir qu'ils ont passé du temps en prison.

Je ne suis plus amusé. Je sors de la voiture et me précipite vers Jackie. Je la rattrape juste au moment où elle passe devant les types. Elle est tellement occupée à sortir ses clés qu'elle ne les remarque même pas. Le mec en débardeur s'éloigne du lampadaire et je me tends.

— Salut Jackie.

— Hum ? Jackie lève les yeux. Oh, salut Paulie. Comment va Tiffany ?

Une seconde. Elle les *connaît* ?

— Bien, merci. Elle te passe le bonjour. C'était cool de ta part d'aider Alex avec ses devoirs. Il a eu un B.

— C'est super. Dis à Alex de venir me voir s'il a encore besoin d'aide.

Elle sourit à nouveau à Paulie. Je n'aime pas ça. Je mets ma main dans le bas de son dos, la faisant sursauter.

Paulie me fixe du regard, fronçant les sourcils.

— Oh ! Les mecs, voici Flynn, dit-elle, avant de se tourner vers moi. Flynn, voici Paulie et son frère Jorge.

Nous nous saluons de la tête, mais aucun d'entre nous ne sourit ou ne se serre la main.

— Jolis tattoos.

Paulie se contente d'un sourire narquois, pendant que Jorge plisse les yeux.

— J'aide le fils de Paulie à faire ses devoirs de temps en temps, dit Jackie.

— Oui, elle fait partie de la *familia*.

Il me regarde dans les yeux et je comprends ce qu'il veut dire. Apparemment, on s'occupe bien de Jackie ici au Reghetto.

Jorge donne un petit coup à l'épaule de son frère, brisant notre face-à-face.

Paulie sourit à Jackie, regarde ma voiture avant de reposer son regard sur elle.

— Tu as encore besoin d'aide avec ta voiture ?

— Pas cette fois, dit Jackie avec un sourire. Cette fois, ce n'était pas de la faute de ma voiture. Quelqu'un a reculé dedans.

Paulie fronce les sourcils.

— Tu as pu voir qui c'était ?

— Oui, ma sœur, dis-je, pas vraiment sûr de pourquoi je réponds, si ce n'est que je n'aime pas ne pas faire partie de la conversation.

— Mais elle l'a mise à réparer tout de suite, intervient Jackie, posant sa main sur le bras de Paulie.

Je n'aime *vraiment* pas ça.

Paulie est silencieux un instant, avant de hocher la tête.

— D'accord, *chica*. Mais dis-moi si jamais tu as besoin d'aide.

Il finit sa phrase en me regardant, me donnant l'impression que sa version d'« aide » pourrait bien être de cacher mon cadavre.

— Prends soin de toi, *dulce niña*, ajoute-t-il avant de s'éloigner, son frère le suivant sans un mot.

Jackie continue d'avancer vers un escalier sans lumière, comme si elle ne venait pas d'avoir une conversation des plus civiles avec d'anciens détenus et possibles membres de gang.

— Tu donnes des cours, hein ?

Cette fille. Plus j'apprends de choses sur elle, plus j'ai de questions. J'ai envie de la comprendre, d'ouvrir son capot et de découvrir ce qui la fait marcher. J'étais tellement certain qu'elle serait comme toutes les autres nanas que j'ai rencontrées par le passé, qu'elle sortirait, comme elles, de la même usine. Et pourtant, à chaque tournant, Jackie prouve à quel point elle est un modèle unique. Et j'ai toujours adoré les modèles uniques.

Elle hausse les épaules.

— Quelques gamins vivent ici. Ils ont parfois besoin d'aide.

— Tu donnes des cours à plus d'un gamin ? En quoi ?

— Alex a besoin d'aide en sciences. Diego et moi aimons parler d'astronomie, mais il est mauvais en maths, alors on travaille dessus. Et parfois, Amy a besoin d'aide en histoire. C'est la petite amie de Jorge. Elle prend des cours à San Jacinto et elle est un peu perdue en histoire à cause de toutes les dates.

Jackie plonge dans l'ombre près de l'escalier et s'arrête.

— En fait, les gens qui vivent ici sont assez proches. J'ai aperçu Alex et quelques-uns de ses amis un jour, ils galéraient avec un projet pour leur cours de sciences. Ils devaient créer une caisse de transport qui protégerait un œuf lorsqu'il tomberait de quatre mètres de haut. Lorsque je leur ai demandé s'ils avaient besoin d'aide, ils m'ont ri au nez, dit Jackie en souriant. Alors je suis rentrée, j'ai monté mon propre contenant et dix minutes plus tard, je suis montée sur le toit et l'ai fait tomber à côté d'Alex et de ses amis. Les douze œufs que j'ai fait tomber de plus de neuf mètres de haut étaient intacts.

Elle repousse ses lunettes le long de son nez.

— Ils ont arrêté de rire après ça, glousse-t-elle.

Nous restons tous deux silencieux un moment avant qu'elle ne se reprenne et recule.

— Bon, mon appartement est là, pas besoin de continuer plus avant, dit-elle, pointant vers le haut.

La lumière tamisée rend tout un peu plus intime, un peu plus vrai. Sa queue de cheval a basculé sur son épaule, ses cheveux sont posés sur sa poitrine, ou, sans plaisanterie, une image de la table des éléments est imprimée sur son T-shirt. Elle fait remonter ses lunettes et quelque chose bouge en moi. Ce qui avait commencé comme essayer de prouver que je ne suis pas un connard s'est transformé en quelque chose de complètement différent.

Les jolies femmes du passé ont toujours été synonymes de haute société – intéressées par l'argent et par l'ascension sociale. Mais Jackie est d'un autre genre de beauté. Elle aide les étudiantes bourrées à rentrer chez elle, travaille avec des astronautes et aime réellement aider les gamins avec leurs devoirs.

— Écoute, je ne veux pas insister, mais les lumières cassées au-dessus de la cage d'escalier me rendent un peu nerveux.

Une fois de plus elle regarde en l'air, comme si elle remarquait son environnement pour la première fois.

— Le moins que je puisse faire est de m'assurer que tu

rentres en un seul morceau, surtout après t'avoir pratiquement jetée hors de chez moi hier soir.

Elle fronce les sourcils et bouge ses lunettes.

— D'accord, mais c'est au troisième étage.

Elle dit ça comme si c'était négatif, mais je suis content que ce soit le cas. Le troisième étage est en général le dernier à être cambriolé parce que les voleurs ont besoin de porter le fruit de leur larcin sur deux étages avant de pouvoir s'échapper. Je suppose que cela doit être un peu embêtant de porter ses commissions le long d'autant d'escaliers, surtout que je suis sûr que ce taudis n'a pas d'ascenseur. Mais la sécurité passe avant tout.

Faisant signe à Jackie d'avancer, je la laisse ouvrir la voie. Soit elle fait de l'exercice, soit elle a beaucoup marché à cause de sa vieille voiture, car cette fille ne monte pas les escaliers, elle les saute. Ça met tant en valeur ses fesses, pendant que sa queue de cheval se balance comme un pendule, que je ne me soucie même pas de la brûlure dans mes cuisses en montant les escaliers dans mes lourdes bottes de travail. Mais je ne peux pas apprécier complètement la vue, car mon esprit bloque sur quelque chose.

— Tu laisses Paulie s'occuper de ta voiture ?

— Oui. Je lui aurais fait réparer la bosse, mais Rose a vraiment insisté pour que je la dépose à ton garage et pour payer.

Une chose pour laquelle je vais devoir remercier Rose plus tard.

— Et puis, je ne suis pas sûre que Paulie ait les bons outils pour s'occuper de la carrosserie.

Elle fait une pause au premier étage, la tête penchée sur le côté, comme si elle réfléchissait un peu plus à ce sujet.

— Peut-être qu'il les a. Humm... Je devrais lui deman...

— Dans quel garage il travaille ?

Je l'interromps, ne voulant pas qu'elle demande à quelqu'un

d'autre de s'occuper de sa voiture. Et surtout pas à quelqu'un qui pourrait avoir fait de la prison.

— Hein ?

Elle cligne des yeux, avant de me regarder.

— Oh. Nulle part pour le moment. Il a du mal à trouver un travail à cause de son casier.

Ça confirme mes soupçons.

— Écoute, dis-je, m'appuyant sur la balustrade en dessous d'elle. Je serais content de réparer ta voiture quand tu en as besoin. Tu n'as pas besoin de l'apporter à un ancien détenu.

— Ce n'est pas seulement un ancien détenu. C'est mon ami.

Elle n'a pas l'air fâchée, juste perplexe.

Ce qui me fait me sentir comme le connard moralisateur que j'ai été. Celui que je pensais avoir laissé derrière moi.

— Eh bien, tout de même, je grommelle, la proposition tient, si jamais tu as des problèmes avec ta voiture.

Elle hoche la tête, ses lunettes glissant à nouveau le long de son nez.

— Merci.

Elle remet ses lunettes en place avec l'index, puis continue à monter les escaliers.

— Ah, et si tu jamais tu veux me prendre au mot sur l'offre d'apprendre à conduire une voiture à transmission manuelle, je suis là pour ça, dis-je, accompagnant ces derniers mots d'un geste des deux pouces.

Elle rit et une partie de la tension disparaît.

— C'est bon à savoir.

Jackie pointe le palier supérieur.

— Et merci pour la leçon sur le démarrage en court-cuitant le neiman et de m'avoir raccompagnée chez moi. J'apprécie le geste.

Elle avance vers sa porte, la clé à la main.

— Bonne nuit.

Elle déverrouille la seule serrure et ouvre la porte.

— Merci de m'avoir raccompagnée.

Je me penche et embrasse sa joue, qui rougit immédiatement.

— Quand tu veux, chérie.

Les yeux écarquillés derrière ses lunettes, Jackie maintient un contact visuel jusqu'à ce que la porte soit fermée. J'attends jusqu'à ce que j'entende le verrou se fermer avant de faire demi-tour et de sautiller en descendant les escaliers.

SIX
LIGNE DE MIRE

Jackie

Glissant sur ma chaise après une réunion brutale où Sean avait été en manque de caféine évident, je regarde l'écran de mon téléphone. Une nouvelle habitude née depuis le début de l'Opération Vie Sociale. D'habitude, je ne sors pas mon téléphone, sauf si je dois changer mon emploi du temps ou consulter mes e-mails du boulot en deux temps trois mouvements.

Deux messages de Flynn.

Un à 16 h 55 : *Ta voiture ne va pas être prête.*

Un autre à 17 h 15 : *Tu ferais mieux de me laisser un message quand tu pars.*

— Qu'est-ce qui te fait sourire ? demande le collègue avec lequel je partage ma cabine, James. J'ai entendu dire que la plupart de l'équipe d'EVA s'est fait botter le cul par Sean pendant la réunion. Je ne pensais pas voir qui que ce soit sourire avant un moment.

C'est vrai. Sean était à cran, comme toujours. Seule une poignée de personnes semblent immunisées contre ses exigences tatillonnes et j'en fais partie. Probablement parce que j'ai la même conscience professionnelle que lui. Malheureusement, il était encore plus tendu que d'habitude, car EXT-2 a eu un dysfonctionnement aléatoire. C'est probablement quelque chose d'exceptionnel, mais sans EXT de secours ni possibilité de redémarrage, tout le monde est stressé.

James me regarde avec impatience. Je suppose que cela veut dire que sa question n'est pas rhétorique.

Je pose mon téléphone sur mon bureau et range mes affaires dans mon sac.

— Heuh... rien. Juste une vidéo sur YouTube.

Il rit.

— Quoi, une autre vidéo de chat devenue virale ?

Je produis un son sans réelle signification entre un grognement et un bourdonnement, mais cela semble marcher, car il se retourne vers son bureau. James est un bon collègue. Il ne mange jamais rien qui sente mauvais dans notre espace et son bureau est toujours bien rangé. Mais je ne suis pas près de lui dire que je souris comme une idiote parce qu'un mécano hyper canon vient de me texter. Et qu'il l'a fait *toute la journée*.

Même si, bizarrement, j'en ai vraiment très, très envie.

— N'oublie pas, il reste des brioches salées dans la salle de pause, dit-il, les yeux fixés sur son écran d'ordinateur.

Avec un autre grognement / bourdonnement, je sors de notre cabine, le téléphone à la main.

Je suis en route.

Flynn répond avec un émoji au pouce levé.

Argh. Des émojis. Encore un autre langage à déchiffrer. Je suis douée en acronymes de la NASA, en russe et en français. J'espère que cette version moderne des hiéroglyphes sera plus facile à comprendre que celle des Égyptiens.

Le pouce levé semble plutôt explicite, heureusement.

Quelques personnes me saluent lorsque je passe près d'elles, certaines me rappelant les restes. J'acquiesce, mais bien que je ralentisse en passant devant la salle de pause, sentant l'odeur des délicieuses brioches, je continue à avancer.

Lorsque j'ai parlé à Flynn, par texto, de mon choix de repas habituel, si on peut appeler le fait de grappiller des restes de repas, il a insisté pour m'emmener manger un vrai dîner après le travail ce soir.

J'étais trop choquée qu'il soit vraiment venu me chercher pour me raccompagner à la maison pour refuser.

Non que j'aie pensé qu'il ne viendrait pas quand il m'avait dit qu'il le ferait... Mais tout de même. J'ai du mal à croire qu'un garage propose aussi un service de chauffeur à tous ses clients. Et je ne pense pas qu'il leur fasse office de traiteur sur le marché. Je ne suis pas sûre de ce que Flynn prépare, enfin, s'il prépare quelque chose. Peut-être que c'est juste un mec bien qui fait une bonne action. Pourquoi est-ce qu'il faut toujours que je questionne les motivations des mecs ? Je déteste que mon passé m'ait rendue aussi parano.

Mais je pousse néanmoins la porte de sécurité et marche à vive allure vers l'entrée ouest de la NASA avec un grand sourire.

Le soleil est bas dans le ciel, planant au-dessus de la NASA alors que je traverse le campus. Il y a toujours de la lumière, donc je ne sais pas pourquoi Flynn veut venir me chercher. C'est pas comme si j'allais me faire attaquer de jour. Ou même de nuit, cela dit. La zone autour de la NASA est généralement sûre.

Mais je ne vais pas le lui dire. D'un, je suis sûre qu'il rejetterait mon argument valable pour une raison ou une autre. De deux, si jamais il ne le faisait pas, je ne ferais pas un autre trajet dans sa super voiture, et ce, par ma propre faute. Et de trois, eh bien, *Flynn*.

L'humidité est si élevée qu'elle provoque un brouillard de sueur qui parsème ma peau et je suis reconnaissante qu'il ne fasse qu'une vingtaine de degrés. Je ne serai pas dégoulinante de sueur quand je rejoindrai Flynn. Juste légèrement transpirante.

Les arbres du mémorial Challenger me jettent de l'ombre.

— Jackie. Tu as besoin qu'on te raccompagne chez toi ?

Une élégante voiture argentée ralentit près de moi. Ian est plutôt beau gosse dans sa chemise boutonnée blanche, sa cravate argent et ses lunettes d'aviateur.

Je fais de gros efforts pour continuer à le regarder dans les yeux, mais je ne peux empêcher le rougissement qui se précipite sous ma peau.

— Heuh, non merci. Je, euh, vais retrouver Flynn, dis-je avec un geste vers l'avant. Au parking du bureau des badges.

— C'est vrai, ça ?

Les narines de Ian se dilatent alors qu'il lutte contre un sourire. Il perd la bataille. Je grommelle :

— Oh, tais-toi.

Ian éclate simplement de rire.

— Soyez prudents sur la route, tous les deux !

Avant que je puisse répondre, il s'éloigne et tourne au coin de la rue.

Depuis la confrontation entre Ian et Flynn l'autre jour, Ian a été bien plus détendu au travail. Je ne suis pas sûre de savoir de quoi il s'agit, mais cela a apporté un certain soulagement car je ne cherche plus de signes d'attirance inexistants. Je peux me focaliser sur mon travail. Stupide Jul', avec ses allusions et chantages stupides. Je savais bien que Ian ne me voyait pas de cette manière.

Je tourne au coin de la rue et dois faire une pause pour

reprendre mon souffle. Pas à cause de ma marche rapide ou de la chaleur, mais parce que je suis submergée par la vue à couper le souffle de Flynn penché contre sa voiture, les bras croisés sur sa poitrine, des biceps plein les manches. La même pose que l'autre soir.

— Yo, dit-il, faisant s'agrandir mon sourire.
— Salut, Flynn.

Beurk. Je dois me battre contre l'envie de lever mes yeux au ciel au son de ma voix, clairement essoufflée. Espérons que Flynn mettra ça sur le compte de ma marche.

— Tu es très jolie, chérie.

Il se dégage de sa voiture et avance vers moi. Son odeur m'entoure lorsqu'il se penche pour embrasser ma joue.

La chaleur irradiant de ma peau n'a rien à voir avec la température, mais je vais prétendre que c'est le cas. Je mets beaucoup de choses sur le compte de la météo du Texas. Je ne suis pas non plus certaine qu'il ne se moque pas de moi. C'est vrai, j'ai échangé ma tenue habituelle de jean et T-shirt pour une chemise et un treillis, c'est loin d'être glamour. Je porte toujours mes Converse adorées.

Il prend mon sac, m'accompagne du côté passager et ouvre la porte. Il attend que je sois assise avant de placer mon sac à mes pieds, de fermer la porte et de faire le tour de la voiture pour se glisser derrière le volant. Je dois être une mauvaise féministe, parce que je trouve ce côté chevaleresque vraiment très attirant.

— Tu n'as pas encore mangé, hein ? demande-t-il, les mains sur le volant.

— Non. Je m'en suis souvenue.

Il acquiesce, une main descendant vers le contact. Cette action me fait me redresser, les jambes parfaitement perpendiculaires au siège, les pieds bien à plat sur le tapis de sol, les paumes posées sur mes cuisses. La position optimale pour profiter de ce moment.

Ce moment étant où sa main manivelle sur le contact, et où le grondement du moteur filtre à travers chaque point de contact que j'ai avec la voiture, envoyant des frissons et des vibrations à travers moi comme la propulsion à réaction de la navette spatiale au décollage.

— Tu aimes les sushis ?

— Hum ?

Je cligne des yeux, obligée de m'agiter sur le siège pour m'empêcher d'avoir un orgasme maintenant, là, tout de suite, dans sa voiture, garée devant mon lieu de travail. *Reprends-toi, Jackie.*

Ses lèvres tremblent de la même manière que celles de Ian un peu plus tôt quand il essayait de ne pas sourire. La paranoïa s'installe en moi. Les gens se comportent toujours comme ça avec moi et je ne suis *pas* si drôle que ça.

— Je demandais si tu aimes les sushis.

— Oh, ah, non.

Mince. Peut-être que j'aurais dû dire oui ?

— Dieu merci.

Sa réponse est si peu logique que je ne peux m'empêcher de rire.

— Pourquoi tu me demandes ça, alors ?

Il hausse les épaules, l'air penaud.

— Je ne sais pas, les filles que je connaissais aimaient les sushis en général.

— Oh.

Et voilà, adieu !

Il s'éclaircit la gorge.

— Peu importe. On est à Houston, il y a cinq restaurants par coin de rue. Qu'est-ce que tu veux manger ? Français ? Italien ?

On pourrait aller à Perry's. On est mardi, je suis certain qu'on n'aura pas de souci à trouver une table.

Je regarde mes treillis. Il n'y a pas moyen que j'aille dans un restaurant si exclusif dans ma tenue de travail. Flynn porte un jean et ne semble pas s'en préoccuper, mais hello ? Pourquoi est-ce que quiconque aurait une objection au fait qu'il porte un jean quand il le porte de cette manière ? Sexy et tout. Mais moi en treillis ? Pas tellement. Je demande :

— Qu'est-ce que tu penses de Jimmy Johns ?

— Jimmy Johns, il répète lentement. La chaîne de sandwichs ?

Je me fais à l'idée.

— Oui, ils ont un excellent sandwich italien.

Il continue de me regarder. Mer... credi. Qu'est-ce que j'ai fait ?

— Je veux dire, tu *as* parlé de nourriture italienne, je grommelle en me tordant les doigts.

Son rire me fait relever la tête. Sa main soulève le levier de vitesses et je le regarde monter, ses longs doigts masculins frôlant légèrement ma joue avant de redescendre.

— C'est parti pour un sandwich italien !

Flynn

— JE VOUDRAIS LE NUMÉRO HUIT, s'il vous plaît, avec des chips au vinaigre et une petite boisson, déclare Jackie en sautillant sur les pointes de ses chaussures.

C'est vrai que je n'ai jamais vraiment eu de rendez-vous amoureux. Je n'ai jamais pris le temps de connaître quelqu'un et de voir si ça marcherait entre nous. Quand j'étais plus jeune, je sortais plutôt avec des gens de mon groupe social, et cela durait parfois plus longtemps que d'autres. Et les seules obligations étaient les noms de famille et la valeur nette de chacun. Mais j'aurais pensé que des rendez-vous amoureux d'adultes seraient plutôt synonymes d'un restaurant où l'on s'assoit et où la nourriture est amenée par des serveurs et non de menu marqué à la craie et de caissier boutonneux.

Jackie baisse les yeux vers les chips devant elle, et attrape l'un des sachets, manquant la manière dont l'ado au comptoir la reluque. Elle attrape le sac et se tourne vers moi.

— Tu veux un sandwich italien toi aussi, ou est-ce qu'il y a autre chose qui te tente ?

Elle dit ça avec un visage impassible, fronçant les sourcils à mon air narquois. Je ne pense pas que Jackie comprenne les sous-entendus. Mais ça me fait quand même sourire, parce que je *vois* autre chose qui me tente... elle. Je ne sais pas grand-chose sur sa famille, son salaire, son futur héritage, mais je l'aime bien quand même.

— Je voudrais aussi un numéro huit, avec des chips nature et une grande boisson, dis-je à l'ado, m'approchant de Jackie pour qu'il puisse en tirer la conclusion correcte qu'on est ensemble.

Et c'est à ce moment-là que je sais que je l'ai dans la peau, parce que je ressens le besoin d'afficher le fait de sortir avec elle aux yeux d'un ado à peine pubère avec trois poils pour toute moustache.

Jackie cherche son portefeuille dans son sac, mais je l'arrête de la main.

— J'espère que tu ne trouves pas ça trop cavalier, mais là où j'ai grandi, les filles ne payent pas pendant les rendez-vous.

Jackie cligne des yeux pendant que je tends ma carte au caissier.

— C'est un rendez-vous ?

Le jeune rit, mais est assez gentil pour essayer de le cacher en toussant. Mon Dieu, cette fille sait vraiment comment casser un mec.

— Oui, Jackie. C'est un rendez-vous.

Ma voix est un peu plus sèche que je ne le voudrais.

— Oh.

Elle me fixe une minute avant que le plus grand, sexy, beau sourire illumine son visage.

— Vraiment ?

Tout mon embarras s'estompe en face du petit génie le plus naïf que j'aie jamais rencontré.

— Oui.

Je me baisse, effleurant ses lèvres des miennes, savourant sa surprise à mon contact.

— Vraiment.

Nous nous fixons, le moment brisé lorsque le caissier fait glisser ma carte et notre reçu avec numéro de commande vers moi. Avec un air désormais plus envieux qu'amusé, il nous fait signe vers le comptoir du côté.

Cela ne prend qu'une minute pour que notre numéro soit appelé. Jackie s'empare de la dernière table disponible pendant que je remplis nos verres.

Nous mangeons dans un silence confortable jusqu'à ce que je voie deux mecs de l'autre côté de la pièce reluquer Jackie qui lèche le sel des chips de ses doigts. Quand elle se penche en avant pour siroter son verre, enroulant ses lèvres charnues autour de la paille, je sais que je ne suis pas le seul à bander. Voir à quel point elle semble inconsciente de l'attention qu'elle attire me fait rire.

— Qu'est-ce qui est si drôle ? demande-t-elle, essuyant sa bouche avec une serviette.

Elle regarde sa chemise comme si elle cherchait une tache.

— Je pensais juste à quelque chose que mon grand-père avait l'habitude de dire.

Elle pousse ses lunettes de l'index.

— Et quoi donc ?

— Il aimait dire à mon père qu'il ne voyait pas plus loin que le bout de son nez.

Elle acquiesce, attrapant une autre chips dans le sac.

— Ah, Alexander Pope.

Je cligne des yeux.

— Hein ?

— Cette expression.

Elle met la chips dans sa bouche, la machant avant de continuer.

— Ça vient d'Alexander Pope, Essai sur l'homme . Il me semble que la citation est quelque chose comme « Toujours il avance, ne voyant pourtant jamais plus loin que le bout de son nez. »

Je ne sais pas pourquoi son cerveau continue de me surprendre. Elle m'a parlé de ses deux masters, un en physique et l'autre en aéronautique et astronautique, qu'elle a ensuite suivi par un doctorat. Tout ça avant son vingt-neuvième anniversaire. Mais à chaque fois qu'elle ouvre la bouche, je suis étonné par son savoir. C'est tellement sexy.

J'essaie sans réussir de me décaler sous la table.

— Je pense que Papy sera vraiment contrarié de ne pas l'avoir trouvée lui-même, vu à quel point il aimait la répéter.

Jackie rit, et le son apaise les aspérités de ma journée à la boutique. Être avec Jackie est apaisant. Pas de problème, pas de jeu. Juste Jackie.

— Sauf si ton grand-père était en vie dans les années 1700, je ne pense pas qu'il puisse l'avoir inventée.

Elle sourit en attrapant une chips.

— Tu vas devoir le lui dire gentiment la prochaine fois qu'il le dit.

— Papy est mort. Mais je suis sûr qu'il grommelle dans sa tombe.

— Oh, dit-elle, ses mains s'arrêtant de bouger. Je suis désolée.

J'éloigne d'un geste ses excuses.

— C'est bon. C'était il y a longtemps. Il est parti comme il le voulait, sur un cheval. Le vieux ne savait jamais quand s'arrêter. Il essayait encore de dompter des chevaux à soixante-dix-huit ans. Il a été projeté par un étalon du nom d'Angus qui était particulièrement énervé et n'appréciait pas les tentatives de Papy de le débourrer.

Elle reste silencieuse un moment avant de demander :

— Est-ce que vous avez dû euthanasier le cheval ?

— Angus ? Grand Dieu, non. Papy aurait détesté ça.

Je prends une longue gorgée avec ma paille.

— Ce bon vieil Angus a parcouru le ranch jusqu'à sa mort.

— Au ranch ?

— Euh, ouais. Ma famille... possède un ranch. Au nord-ouest de Houston.

Merde. L'appréhension noue mon ventre. Je n'avais pas réalisé à quel point je voulais que Jackie apprenne à me connaître sans tous mes bagages émotionnels jusqu'à maintenant.

— Ouah, souffle Jackie, les yeux ronds, et mon ventre continue de se nouer.

Notre table tremble alors qu'elle remue sa jambe à toute vitesse. J'attends qu'elle connecte mon nom de famille et le ranch et en arrive à la conclusion logique du million de dollars. Elle posera des questions sur le pétrole, le prix du bœuf...

— Donc ça veut dire que tu sais monter à cheval ? Attraper un taureau au lasso ?

Je la regarde, l'air absent, mon esprit ne faisant pas le lien.

Elle rougit et la couleur se répand le long de son cou.

— Je, euh, me demandais juste si tu étais, tu sais... Un cow-boy ?

Je ris, la libération de toute cette peur me faisant me sentir plus léger et heureux que je ne l'aurais cru possible. Mon rire s'arrête abruptement lorsque Jackie regarde ses genoux, ses épaules se repliant.

— Désolé, j'arrive à dire, essayant de couvrir mon rire avec une toux. Désolé. C'est juste que...

J'ai du mal à trouver des mots, ne voulant pas parler d'argent ou de mes expériences précédentes avec des femmes.

— Ici, au Texas, être un cow-boy n'est juste pas si exceptionnel. Ton enthousiasme m'a perturbé une seconde.

Sa tête reste baissée. Je me penche en avant et lève son menton de la main, attendant qu'elle croise mon regard.

— Je ne me moquais pas de toi, chérie. Promis.

Elle hoche la tête, mais évite mon regard dès que je retire ma main. *Et merde.*

Je prends sa main, et elle me laisse faire, bien que ses yeux soient toujours baissés.

— Si ta définition d'un cow-boy, c'est de savoir monter à cheval et attraper un animal au lasso, alors oui, tu peux dire que je suis un cow-boy.

Même avec ses yeux qui m'évitent, je vois ses dents mordre sa lèvre inférieure. Je lutte contre un gémissement alors que mon jean se resserre davantage.

— Vraiment ?

De sa main libre, elle remonte ses lunettes.

— Ouais.

Je prends une autre gorgée de soda, essayant de calmer la vague de luxure causée par ses tressautements.

Elle relève les yeux, l'air émerveillé.

— C'est trop cool, souffle-t-elle.

Et la voilà partie, me posant des questions sur les chevaux, les lassos et le bétail. Elle me demande même si je porte un chapeau de cow-boy quand je monte à cheval. J'essaie de tenir le rythme de son esprit rapide et de ses questions comme je peux.

Une fois qu'elle a terminé avec ses questions, son souffle est court et sa lèvre inférieure est gonflée à force d'être mordillée. Et c'est là que je comprends.

Merde alors. Jackie a un penchant pour les cow-boys.

Voilà qui me convient.

SEPT
DRAPEAU NOIR

Jackie

Waouh. Flynn est un cow-boy. Un *cowboy*.

Ça n'a même pas semblé le déranger que je m'obsède là-dessus tout à l'heure. Au lieu de ça, ses yeux se sont faits plus doux et les deux côtés de sa bouche se sont élargis lorsqu'il a souri, dispersant mes pensées embarrassées comme une pluie de météorites. C'était presque apaisant de ne pas penser un instant. Comme une sieste bien méritée pour mon cerveau.

— Est-ce que tous les hommes de ta famille sont des cow-boys ?

— Mon frère est le plus grand cow-boy de toute ma famille. Il s'occupe du ranch, dit Flynn en passant une main dans ses cheveux. J'ai grandi en attrapant du bétail au lasso et en montant des chevaux, mais je tiens de mon père et suis plutôt tombé amoureux des chevaux des moteurs.

— Ton père est aussi mécanicien ?

Le visage de Flynn s'obscurcit un instant.

— Heuh, non. Il n'était pas mécano. Il pilotait des voitures de course, en fait.

Mon estomac s'est noué.

— Était ?

— Ouais, lui et ma mère sont morts dans un accident de voiture, il y a longtemps.

Je ferme les yeux et soupire. Sérieusement, combien de fois est-ce que je vais gaffer en un seul rendez-vous. Mon trouble intérieur doit se voir sur mon visage, car Flynn me rassure vite.

— Vraiment, ce n'est pas grave. Tu ne savais pas, dit-il en serrant ma main. Nous n'étions pas si proches que ça, en fait. Ils étaient toujours sur les circuits. C'est Papy qui nous a élevés. Après que lui et mes parents furent morts, Holt a pris le relais et obtenu notre garde.

Le silence s'intensifie un instant. Je laisse échapper :

— Ma mère est morte juste après ma naissance. Cardiomyopathie. Ils ne savaient pas qu'elle en souffrait. Ce n'est que quand son cœur a lâché douze jours après que je sois née qu'ils l'ont réalisé.

Il est silencieux une minute, serrant ma main une fois de plus.

— Jackie. Je suis vraiment désolé.

J'acquiesce. Je n'en parle pas habituellement, mais je me suis dit que si je savais à propos de ses parents, il devait savoir pour les miens.

— Ce n'est vraiment pas grave. Quelqu'un dont on n'a pas de souvenir peut difficilement nous manquer.

— Mais le fait de pas avoir de mère peut quand même te manquer.

Il passe ses doigts le long de mon visage, glissant une mèche rebelle derrière mon oreille.

— Je suppose.

Je ne suis pas sûre de ce que je peux dire d'autre. C'est bien moi, ça, parler des trucs déprimants lors de mon tout premier rendez-vous.

— Et ton père ?

— Mon père ? Oh, il est super. Je veux dire, on ne parle pas beaucoup ou quoi, mais nous avons programmé des rendez-vous téléphoniques. Il est *vraiment* très organisé. Nous nous appelons une fois tous les quinze jours, plus pour nos anniversaires respectifs et pour Noël si jamais ça tombe sur les semaines sans appel. Sinon, on ne se parle que par e-mail.

Il me regarde bizarrement, alors je me dépêche d'expliquer :

— Il est vraiment très occupé par son boulot. Il est ingénieur chimiste dans l'Est, où j'ai grandi.

Je souris, espérant qu'il ne trouve pas ma relation avec mon père étrange. Je comprends que certaines personnes peuvent penser qu'elle l'est, mais cela marche pour mon père et moi. Et vraiment, Flynn n'a pas besoin de me trouver encore plus bizarre qu'il ne le fait probablement déjà.

— On ne parle peut-être pas autant que d'autres familles, mais il ne m'a jamais fait me sentir mal d'être différente.

— Différente ? Tu veux dire super intelligente ? demande Flynn, sa langue sortant pour attraper sa paille.

Mon esprit se vide temporairement.

— Heuh... Oui, euh, je suppose que c'est une assez bonne description.

Je me concentre sur le pliage de mon emballage de sandwich. Je me demande si ce serait trop étrange de l'utiliser pour un origami.

— Est-ce que c'était problématique d'être aussi intelligente ? demande-t-il en attrapant une autre chips. Je ne peux pas imaginer que ce soit le cas.

Je parle en pliant les coins de l'emballage.

— Au départ, c'était seulement frustrant. C'était comme si je savais tout avant même que mes professeurs ne fassent leurs cours. J'étais, et *suis toujours*, une avide lectrice. J'ai toujours eu le nez plongé dans un livre.

Je replie les côtés droit et gauche vers le haut, créant une forme de diamant.

— Et lorsque les profs me voyaient lire au lieu de faire attention à ce qu'ils disaient, ils essayaient de me coincer en me posant des questions. Mais je n'ai fait que les contrarier parce que je pouvais répondre à tout ce qu'ils me demandaient.

Je m'arrête pour remonter mes lunettes, puis j'appuie sur les plis pour les accentuer.

— Je veux pas, c'est pas comme si j'étais *si* intelligente que ça. Je...

— Jackie.

La voix de Flynn me surprend et je lève les yeux pour tomber nez à nez sur son expression sérieuse.

— Tu es *si* intelligente que ça. Et il n'y a rien de mal à ça. Tu devrais être fière, c'est cool, dit-il, frôlant ma pommette de ses doigts. Et super sexy.

Je tousse en prenant une inspiration comme la personne super intelligente que je suis, et je me reconcentre sur le pliage de mon emballage.

— Eh bien, ce n'est pas cool quand on saute deux classes et que personne ne veut être ami avec la gamine de douze ans qui est plus intelligente qu'eux. Et ce n'est pas si sexy quand pour chaque soirée, match de football et week-end, j'étais seule à la maison parce que je n'avais ni ami ni rancard.

Je hausse les épaules et plie la partie inférieure de l'emballage pour qu'elle rencontre le diamant, puis retourne le tout.

— Ensuite, lorsque je suis arrivée à la fac à seize ans, les gens me prenaient pour la fille du prof quand j'étais, en fait, son assistante.

— Ouah, Jackie.

Flynn ramasse ce qui est maintenant un emballage de sandwich en forme de cœur, légèrement taché de graisse, mais plié de manière experte.

— Je peux garder ça ?

— Heuh, bien sûr.

Je hausse les épaules, mon embarras se dissipant face à la stupéfaction surprenante de Flynn pour un origami basique.

— Je peux t'en faire un plus joli, par contre, si tu veux. Tu sais, avec du papier non gras et tout.

Flynn sort son portefeuille de sa poche arrière.

— Non, dit-il, glissant le cœur à l'intérieur avec soin. C'est parfait.

Je souris. Il l'est vraiment. Parfait.

———

De retour dans ma résidence, je suis à nouveau nerveuse. Flynn est capable de calmer mon esprit et de déclencher mes synapses électriques, et tout cela en même temps. C'est une chose qui défie toute logique scientifique et me laisse vraiment perplexe. Il a vraiment un don unique.

Jusqu'ici, il a été un parfait gentleman. Me raccompagnant chez moi, m'accompagnant jusqu'à ma porte, repartant après un bisou platonique sur ma joue. Mais ce soir, il a mentionné un rendez-vous. Qu'on était vraiment en rendez-vous. Cela change les choses. Une fois que l'on classe un objet, certains détails et hypothèses doivent être formulés en fonction de la définition de cette classification.

Comme les baisers. Les rendez-vous en comportent généralement, n'est-ce pas ? Et pas sur la joue.

J'aurais dû faire des recherches là-dessus.

— Attends, dit-il, sautant par-dessus les deux dernières marches pour atteindre le palier.

Je m'arrête, n'ayant pas réalisé que j'avais monté les escaliers en courant.

— Oh. Désolée.

Je suis à nouveau essoufflée. Je monte tous les jours ces escaliers à la course sans problème, mais je les blâme toujours pour mon manque d'oxygène.

Flynn s'approche de moi, sa main repoussant le bout de ma queue de cheval. J'ai de la chair de poule sur tout le corps.

— J'aimerais te revoir.

— Vraiment ?

Il n'a pas été au même rendez-vous que moi ? Je suis à peu près sûre qu'évoquer plusieurs décès de famille et les traumatismes de mon enfance tout en faisant de l'artisanat avec des ordures ne sont pas les standards auxquels Flynn devrait tenir ses rendez-vous.

Il recule, passant la main dans ses cheveux.

— Je veux dire, si tu veux. Je ne veux pas te forcer à aller à un autre rendez-vous. Surtout qu'on n'aurait pas dit que tu savais que celui-ci en était un.

— Non ! je m'écrie, en sautant sur mes pieds.

Sa tête recule.

— Non, je veux dire, oui, dis-je plus calmement. J'aimerais sortir encore avec toi.

Ma tête bouge sur le rebond de mes pieds.

Mer... cure. Qu'est-ce qui ne va *pas* chez moi ?

Un grand sourire envahit le visage de Flynn et je pourrais faire la Macarena devant lui et m'en foutre. Il a le *meilleur* sourire.

— Bien, dit-il en s'approchant à nouveau. C'est bien.

Puis son nez frotte le côté de mon cou, effleurant vers le haut jusqu'à mon oreille.

— Ça va, ça ? murmure-t-il.

Je hoche la tête, essayant de me souvenir de respirer.

— Tu sens tellement bon, Jackie.
— Des phéromones.
Flynn s'arrête, reculant un peu.
— Pardon ?
— Des phéromones.
Je regarde le plafond, essayant de me concentrer.
— Les hommes et les femmes envoient et reçoivent des signaux odorants. Ces signaux odorants sont appelés des phéromones. Ce sont des messagers chimiques en suspension dans l'air, qui sont secrétés par le corps. Ils ont un effet physique ou émotionnel sur un autre membre de la même espèce.
Du coin de l'œil, je vois que Flynn penche la tête sur le côté.
— Je sens des phéromones ?
— Oui, j'acquiesce. Tu sens probablement mes phéromones grâce à ton organe voméronasal, ce qui est ensuite relayé à l'hypothalamus, qui, comme tu le sais, est responsable des émotions, des hormones et du comportement sexuel.
— Ah, oui.
Flynn se replonge dans mon cou, prenant une nouvelle grande inspiration.
— L'hypothalamus.
Je tremble. Je ne sais pas s'il en est conscient, mais depuis qu'il est entré dans mon espace personnel, l'accent de Flynn est plus prononcé. Entre sa proximité, les vibrations de son accent et la douche éraflure de sa barbe de trois jours contre mon cou, je vais devoir changer de culotte rapidement. Mon hypothalamus travaille vraiment dur maintenant.
Il tient mon visage dans le creux de sa main, le contact forçant mon regard à croiser le sien.
— Je vais t'embrasser maintenant.
Je sens mes yeux s'agrandir. Je suis sûre a 90 % qu'il ne veut pas dire sur la joue.
— Ça te convient, si je t'embrasse ?

Je ne peux pas trouver ma voix pour demander de clarification sur l'endroit dudit baiser, donc je hoche simplement la tête.

Il se penche lentement, ses yeux ne quittant pas les miens jusqu'au dernier moment, juste avant que nos lèvres ne se touchent et que je ferme les yeux. Son baiser est doux, léger, comme ceux que j'ai reçus jusqu'ici. Mais il commence à être plus fort et mon corps entier tressaute, se raidissant sous l'effet du choc. Il recule et je peux lire une question dans ses yeux.

— Heuh... Désolée ?

Je ne suis pas vraiment sûre de la raison pour laquelle je m'excuse, si ce n'est qu'il a sans doute embrassé plus de filles que moi de mecs. Des filles qui ne suranalysent sans doute rien et ne se bloquent pas lorsqu'elles sont excitées. Des filles qui savent ce qu'elles *font*.

Au lieu d'être fâché, ou pire, de se moquer de moi, Flynn sourit, ses yeux se font doux. Puis il me fait rire en frottant le bout de son nez contre le mien. J'adore les baisers esquimaux.

— Tu veux réessayer, chérie ?

Entre ses baisers espiègles et ses mots gentils, une partie de la tension quitte mes épaules et ma nervosité disparaît. J'ai envie de ça. J'ai envie de *lui*. Il faut que je lui montre combien j'ai envie de lui, même si je n'ai pas d'expérience en matière de baisers.

Gardant mes yeux dans les siens, je fais tomber mes clés, le bruit du métal résonnant contre le béton. Lentement mais fermement, je monte mes mains le long de ses bras, le long de son cou, mes doigts s'enfonçant dans ses cheveux, inclinant sa tête plus bas.

— Oui, dis-je dans un souffle avant de coller ma bouche à la sienne.

Mon contact manque probablement de finesse, mais Flynn ne semble pas s'en préoccuper. Et lorsque sa langue passe contre les parois de ma bouche, quelque chose se brise en moi et je gémis.

Tout à coup, mes mains sont partout. Attrapant ses épaules, se baladant sous son T-shirt. Mon Dieu, la sensation de sa peau est impossible à décrire. Mes ongles ne sont pas longs, et je pense que c'est une bonne chose pour Flynn, car autrement il aurait eu des marques sur tout le torse.

Flynn passe une main sur mes fesses et m'attire contre lui. Cette fois-ci, c'est de sa gorge dont sort le gémissement. Mes lunettes sont tordues lorsque Flynn recule après notre baiser. Doucement, du bout des doigts, il les redresse avant de faire se toucher nos nez une fois de plus.

— J'aurais jamais pensé qu'un génie pouvait embrasser de cette manière.

Tout ce qui me faisait me sentir bien disparaît. Je suis d'un seul coup revenue à la fac, je surprends les mecs demandant à mon nouveau petit ami si l'intello était un bon coup à la sortie du cours. Sa manière de rire et de dire « Pas encore, mais elle le sera quand j'en aurai fini avec elle ». Il n'y avait aucune question sur la personne dont ils parlaient. Je savais qui était l'intello. Je suis toujours l'intello. Le génie. La personne bizarre.

Je regarde le bout de mes Chucks qui dépassent de l'ourlet de mon pantalon.

— Je vois.

Ma voix est froide, mon corps à nouveau rigide.

Flynn sent le changement et fronce les sourcils, se baissant pour essayer de croiser mon regard.

Je ne le laisse pas faire. À la place, je m'accroupis, j'attrape mes clés et me redresse en un mouvement rapide.

— Maintenant que tu as satisfait ta curiosité, je suis certaine que tu as des choses plus importantes à faire qu'embrasser l'intello.

Je déverrouille ma porte, soulagée d'avoir utilisé la bonne clé du premier coup. J'entre et me retourne, la vue de Flynn imprimée dans mon esprit avant de claquer la porte.

Entrant dans ma chambre d'un pas raide, je m'assois sur le bord du lit, l'entendant frapper à la porte et m'appeler plusieurs fois, marmonnant que ce n'est pas terminé. Heureusement, j'entends bientôt ses bottes s'éloigner bruyamment de l'appartement.

À ce moment-là, tout ce que je peux penser est qu'il va vraiment falloir que je déménage car les portes ne semblent pas si sécurisantes si on peut entendre si bien à travers elles.

Mais plus tard, lorsque je vais au lit, repensant à tout le rendez-vous, cherchant des signes que j'aurais pu rater sur la fausseté de Flynn, je ne trouve rien. À la place, je vois son visage, juste avant de lui claquer ma faible porte au nez.

Il n'avait pas l'air fier ou satisfait. Il avait l'air confus et blessé.

Et j'ai une horrible sensation qui s'installe en moi. La sensation que je ne suis pas aussi maline que je le pense.

HUIT
CYCLE DE PUISSANCE

Jackie

— Houston, nous avons un problème.

Je soupire. La voix de Tom Hanks dans l'un de mes films préférés, que j'utilise comme sonnerie pour mes textos, est en train de devenir le son le plus enquiquinant de l'univers. C'est le deuxième jour depuis qu'on s'est embrassés ou Flynn me harcèle de messages. Je n'ai pas réussi à travailler de la journée. On dirait bien que Flynn ne sait pas quand abandonner. Et je ne sais toujours pas que penser de notre baiser.

Les messages ont commencé de manière assez inoffensive : *Qu'est-ce que j'ai fait ?* et *Je suis désolé.*

Lorsque je n'ai pas répondu, ils ont changé. *La Terre est la plus grosse planète, hein ? Elon Musk devrait être le chef de la NASA.*

Il devient plus difficile de ne pas répondre.

Flynn : *C'est quoi ta planète préférée ? Moi, c'est Pluton.*

Il est forcément en train de plaisanter. Tom Hanks continue son bavardage.

Flynn : *Elle tient son nom de mon personnage Disney préféré.*

D'accord. Trop, c'est trop.

Jackie : *Pluton a été découverte en 1930, avant la création du compagnon canin de Mickey. C'est de toute façon un sujet controversé. Pluton a été déchue de son statut planétaire en 2006 et reclassée en tant que planète naine par l'UAI.*

Jackie : *Et arrête de me faire des textos.*

Je ne comprends pas. Si j'avais raison, et qu'il ne faisait que me manipuler lorsqu'il m'a embrassée, pourquoi m'envoyer des messages ? Est-ce que sa fierté en a pris un coup parce que j'ai capté son petit jeu de « embrasse l'intello ? » et l'ai remis à sa place ? *Et* si j'ai tort, ce qui est hautement improbable mais néanmoins statistiquement possible, alors pourquoi est-ce qu'il veut continuer de parler à la tarée qui l'a embrassé comme une star de porno avant de lui claquer la porte au nez ? Il n'y a pas moyen qu'un mec comme lui, grand, sexy et super cool, veuille sortir avec une intello sans expérience et naïve telle que moi. Ça n'a aucun sens. Je n'aime pas les choses qui n'ont aucun sens.

Mon téléphone sonne à nouveau.

Flynn : *L'UAI ? L'Université pour Astronautes Interstellaires ?*

Je lève les yeux au ciel. Il doit être en train de se moquer de moi.

Jackie : *Non. L'Union astronomique internationale.*

Jackie : *Et arrête de me laisser des messages.*

— Jackie, qu'est-ce que tu penses de la proposition d'EVA que je t'ai envoyée par e-mail ?

Surprise, je sursaute sur mon siège, faisant reculer ma chaise à quelques mètres du bureau. Ian est penché contre le bord de ma cabine.

Une autre raison d'être fâchée contre Flynn. Il prend une partie du temps et de l'énergie cérébrale dont j'ai besoin pour travailler. J'utilise mes talons pour ramener ma chaise à mon bureau et me retourne vers Ian.

— Pardon. Je n'ai pas eu l'occasion d'y jeter un œil. Qu'est-ce que ça raconte ?

L'un des sourcils de Ian se lève.

— Je l'ai envoyé à la première heure ce matin.

Vu qu'on est après le déjeuner, j'aurais dû le lire.

— Désolée, j'ai, euh... été vraiment occupée par le...

— Ne t'inquiète pas. Je demanderai à Sean.

— Je suis désolée. Vraiment. Je suis juste un peu... préoccupée.

Ian sourit et se retourne dans ma cabine. Ou, comme j'aime le considérer, mon propre centre des commandes. James n'est pas là. Une autre des raisons qui en font un excellent collègue avec lequel partager mon espace de travail.

J'ai de la chance que notre cabine comporte une vraie fenêtre. Les fenêtres à la NASA sont comme une rare éclipse hybride. Elles existent, mais personne ne le croit vraiment avant d'en voir. Surtout dans les bâtiments de l'ère de la course à l'espace, qui sont plus vieux et datent de l'époque où les États-Unis pensaient que l'URSS les espionnait. Ce qui bien évidemment était le cas. Mais quand même, c'est maintenant l'équivalent de travailler dans la Batcave.

— Je pensais juste à la mise en service prochaine de la navette de ravitaillement Progress, explique Ian. Je sais que nous avons de nouveaux logiciels à installer sur le vieil EXT, mais j'ai créé une planification EVA supplémentaire au cas où on voudrait incorporer une procédure pour attacher un panneau protecteur afin de protéger les câbles extérieurs.

— Oui.

Je hoche la tête en réfléchissant à son idée.

— Je suis entièrement d'accord. Le risque que cela se reproduise est infime, mais nous pensions la même chose avant que les câbles de l'ordinateur principal soient percutés. Je suis vraiment surprise qu'il reste du câblage externe sur la station, sans parler de ces deux ordinateurs cruciaux. Nous devrions les déplacer et tout gérer en interne.

Ian acquiesce. Nous sommes souvent d'accord sur les choses ayant à voir avec l'espace.

— Mais bonne chance pour convaincre Sean, ou les gens haut placés, de financer les matériaux ou les EVAs nécessaires pour ça, dis-je en laissant apparaître mon exaspération.

Il rit et soupire.

— Ouais, je sais. Les risques que cela arrive sont probablement bien plus minces que celui que les câbles soient heurtés par un autre débris spatial.

Nous partageons un sourire familier. C'est agréable d'avoir quelqu'un qui parle la même langue que moi, pour ainsi dire. Mais en regardant le joli visage de Ian, je ne peux m'empêcher de me demander s'il sait démarrer une voiture en court-circuitant le neiman.

―――

« Tut tut »

J'ai fini par donner à Flynn ses propres sonneries d'appel et de message. Il a détruit mon amour pour l'un des meilleurs films au monde et la voix de l'un des meilleurs acteurs. Je ne peux pas laisser ça continuer. Je ne regarde pas des films de voitures. Ou je n'en ai pas vu. Du moins, pas encore. Il est possible que j'en ai acheté quelques-uns sur Amazon cette semaine. *Fast and Furious. 60 secondes chrono. American Graffiti.* Pour faire des recherches. Aucun rapport avec un certain mécano. Non, non.

Enfin bref. Je ne connais pas de citation de films de voitures. Donc Flynn a droit à un klaxon comme sonnerie.

Flynn : *L'atterrissage sur la Lune était un canular.*

Il. N'a pas. Osé.

Jackie : *Des photos haute définition prises par l'orbiteur de reconnaissance lunaire ont montré des preuves du site d'atterrissage d'Apollo et les traces de pas laissées par les astronautes. En outre, les preuves photographiques révèlent que cinq des six drapeaux plantés par l'équipe d'Apollo 11 se tiennent toujours sur la lune à ce jour.*

Flynn : *Photoshop.*

Jackie : *Sérieusement. Arrête de m'envoyer des messages.*

―――――

Rose et Trish ont maintenu le contact toute la semaine. Bien que j'aie fait attention à ne pas dire à Rose quand je sors du travail, au cas où elle déciderait de le dire à Flynn. Je n'ai pas besoin qu'il se pointe une fois de plus. Du moins, c'est ce que je me dis, même si sa voiture me manque. Seulement sa voiture.

Je pense que nos messages récents sont plus sûrs que de se voir en face à face. Même si c'est le mec qui fait les textos les plus chiants du monde.

En fait, j'ai dû appeler mon opérateur de téléphonie mobile et changer mon abonnement pour inclure les SMS illimités. Le type au bout du fil était étonné que je n'ai pas déjà cette option. Genre, je suis la seule irréductible de moins de trente ans au cœur d'un monde de SMS continus.

Rose dit qu'elle commence un nouveau chapitre de sa vie, qui inclut arrêter de parler à ses amis toxiques. Je ne suis pas sûre de savoir ce que cela signifie, si ce n'est que je ne dois pas être toxique vu qu'elle nous a déclarées nouvelles meilleures amies. Cela me fait autant plaisir que cela m'effraie. Trish est nouvelle dans le coin et semble amusée de se retrouver meilleure amie avec une étudiante de vingt et un ans et une intello de la NASA.

Je suppose que moi aussi, je suis en train de commencer un nouveau chapitre de ma vie. J'ai commencé à regarder les maisons en vente dans le coin, et j'ai même appelé mon conseiller financier pour changer certains de mes investissements en liquidités. Une nouvelle voiture et une maison ne sont pas des choses bon marché.

Jul' serait fière de moi si elle n'était pas trop occupée à être distraite par les défaillances potentielles de l'ISS. Heureusement, EXT- 2 n'a pas eu d'échec aléatoire depuis notre dernière réunion.

Je n'arrête pas de penser à la GTO rouge et à la Mustang de Flynn. J'ai fait un peu de recherche et bien qu'elles ne coûtent pas forcément cher à acheter, entretenir les voitures anciennes est problématique. Mes recherches montrent aussi que bien qu'il soit installé depuis relativement peu de temps dans le coin, le garage de Flynn est le mieux évalué et le plus fiable pour les reconstructions et l'entretien des voitures anciennes dans un rayon de 60 kilomètres. Je ne suis pas sûre qu'une voiture vaille le coup de me mettre dans les mains de Flynn, même mécaniques, à l'avenir.

Rose ne parle jamais de Flynn. Une partie de moi veut lui demander « Quel est le problème de ton frère ? », mais la plus grande partie de moi ne veut pas qu'elle soit de son côté. Parce que je suis à peu près sûre que la famille passe avant la fille qui t'a ramenée à la maison quand tu étais bourrée. Qu'on la déclare meilleure amie ou pas.

Le boulot est stressant, mais les filles continuent de m'amuser avec les textos groupés.

Trish : *Tu as acheté des bottes au final ?*

Jackie : *Non*

Rose : *Comment ça se fait que tu n'as pas de bottes ?*

Trish : *Elle est ingénieure. Les ingénieurs ne portent pas de bottes de cow-boy.*

Rose : *C'est raciste.*

Jackie : *Je suis à peu près sûre que ce n'est pas la définition de raciste.*

Rose : *Ça devrait.*

Trish : *Tu peux emprunter les miennes. Voir comment tu te sens avec.*

Jackie : *C'est pas grave.*

Trish : *Quoi ? Mes bottes ne sont pas assez bien pour toi ?*

Jackie : *Non. C'est pas ça.*

Trish : *C'est quoi alors ? T'aimes pas mon style ?*

Rose : *Et voilà, tu as réussi à énerver la naine du Sud, maintenant, Jackie.*

Trish : *Je suis pas une naine, punaise !*

Rose : *Dis-moi la vérité, est-ce que tu as tapé de ton petit pied après ton message ?*

Trish : *Je te hais.*

Jackie : *Du calme, vous deux.*

Jackie : *J'ai de grands pieds, d'accord ? Tes chaussures ne m'iront pas.*

Trish : *Oh.*

Rose : *Si tu étais un mec, de grands pieds voudraient dire un gros kiki.*

───

J'AI MAL AUX POUCES. À force de taper des messages.

Je n'arrive pas à savoir si je dois être dégoûtée ou fière de moi. J'étire mes bras au-dessus de ma tête, m'enfonçant dans le canapé tout en fléchissant mes pouces douloureux. Les portes claquent, les gens déambulent bruyamment dans les escaliers... Le bruit blanc de ma résidence s'abat sur moi, permettant au stress de ma journée de s'effacer.

« Tut »

Je ferme un œil et plisse des yeux vers mon téléphone, qui est sur la table passe, posé à l'envers. Je peux sentir mon rythme cardiaque s'accélérer.

Des études ont montré qu'à chaque fois que quelqu'un reçoit un appel ou un message, son cerveau libère une dose de dopamine dans son corps. La dopamine est créée naturellement dans plusieurs parties du cerveau et est essentielle pour penser, se déplacer, dormir, l'humeur, etc. La dopamine aussi nous fait vouloir, désirer et chercher. Elle augmente notre niveau d'excitation et est plus puissamment stimulée en petite quantité qui ne satisfait pas entièrement notre cerveau, comme un texto. Les textos sont similaires au fait de boire de l'alcool, de prendre de la drogue et de coucher avec quelqu'un.

Alors ce n'est pas de ma faute si en six jours je suis passée de frustration à excitation au son de la sonnerie de Flynn. Et même si je sais que je ne devrais pas, je tends la main et attrape le téléphone, les yeux rivés sur l'écran.

C'est de la science.

Flynn : *J'adore quand tu me parles intelligemment.*

Je suis en train de perdre à son jeu. Parce qu'une grande partie de moi veut vraiment le croire. Et une autre sait par expérience qu'on ne joue pas dans la même ligue et qu'il serait astronomiquement irréel qu'il soit vraiment intéressé par moi.

« Tut tut »

Flynn : *Ça me fait bander.*

Eeeet... Arrêt du cerveau.

Je peux être une intello. Je peux donner des cours d'astronomie et combattre les théories du complot les plus bizarres. Mais qu'est-ce que je suis censée faire avec ça ?

Je mets mon téléphone en silencieux et l'enfonce entre les coussins de mon canapé.

NEUF
NOUVEL ÉLAN

Jackie

Des caresses aussi légères que des chuchotements parcourent *mon corps.*
— *S'il te plaît, je supplie.*
— *S'il te plaît, quoi ?*
Sa voix est douce mais sévère. Des frissons courent le long de mon cou.
— *S'il te plaît.*
Je lève les bras, voulant le toucher. Mais il n'est pas là.
— *Dis-moi ce que tu veux.*
Sa voix est plus ferme, exigeante.
— *Flynn...*
Boum ! Boum ! Boum !
Je m'assois si vite que je tombe presque du canapé. Quel est ce bruit ? Mon cœur ? Possible. Je veux dire, je peux le sentir se cogner contre ma cage thoracique, et l'entendre malgré ma respiration intense. Ce rêve. Mon Dieu, *tous* ces rêves. Mes fantasmes ont mis mon vibrateur hors service.

Boum ! Boum ! Boum !

Oh, ce n'est pas mon cœur. C'est la porte.

— Ouvre, pute !

Une voix familière accompagne de nouveaux coups contre ma porte.

— Rose ? Je crie.

— Ouais, et Trish-la-biche est avec moi.

— Tu m'appelles Trish-la-biche, maintenant ? Vraiment ?

— Tu préfères la naine du Sud ?

Je lutte pour me lever du canapé ; leur dispute, claire, même à travers la porte de l'appartement, aide à chasser les restes de mon rêve. Je prends une grande inspiration et expire lentement, faisant ralentir les battements de mon cœur. Une fois que je suis sûre de ne pas avoir la voix de quelqu'un qui vient de courir un marathon, je déverrouille la porte. Avant de pouvoir l'ouvrir d'un centimètre, elle est repoussée et Rose et Trish entrent d'un pas décidé.

— Heuh, salut ?

Je balbutie, reculant pour les laisser entrer.

— Meuf, on est là pour te sauver.

Trish porte plusieurs sacs de courses à chaque bras. Elle se tourne d'un côté puis de l'autre, regardant mon appartement et me renversant presque sur le canapé au passage.

— Joli canapé, dit Rose, en désignant le meuble confortable et moderne datant du milieu du siècle sur lequel je viens de faire la sieste.

Je n'ai pas grand-chose dans mon appartement, Je suppose que j'ai toujours considéré cet endroit comme temporaire, même si j'ai été trop occupée par le travail pour déménager. Mais ce que je possède, j'ai dépensé une fortune dessus. Le canapé en tweed vert est une chose sur laquelle John Glenn aurait pu s'assoir et ma table tulipe circulaire blanche surmontée de marbre tient à peine à côté de la cuisine. Mais elle est géniale, alors je l'ai achetée.

— Qu'est-ce que tu fais dans cet appart si tu peux te permettre d'acheter ce genre de choses ? demande Trish en désignant la table.

— Je ne sais pas. Je n'ai jamais trouvé le temps de chercher un autre endroit pour vivre, je suppose, dis-je en passant la main sur l'accoudoir du canapé. Mais j'ai toujours pensé que lorsque je le ferai, ça ressemblerait...

Je ne finis pas ma phrase, ne voulant pas admettre la vérité, mon visage chauffant sous le coup de l'embarras.

— Que cela ressemblerait à quelque chose qui sort de l'ère de la course à l'espace ? demande Rose, qui semble clairement comprendre là où je voulais en venir.

Je baisse la tête, regardant la moquette propre mais miteuse.

— Heuh... ouais.

— Cool. Ça te ressemble, dit Trish.

Je relève la tête d'un seul coup, me demandant si elle se moque de moi, mais l'expression sincère sur le visage de Trish me soulage de cette crainte.

— Tu adorerais la baraque de mon frère, alors, dit Rose.

Voilà qui pique mon intérêt. Je n'ai pas pu vraiment regarder l'intérieur de la maison de Flynn lorsque j'ai déposé Rose l'autre nuit. Toutes les lumières étaient éteintes, et, honnêtement, j'étais trop distraite par la vision d'un Flynn torse nu.

Mais avant que je puisse trouver une manière intelligente de demander à Rose ce qu'elle veut dire sans être complément transparente, elle change de sujet, me pointant du doigt.

— Tu as travaillé toute la semaine et as ignoré nos textos.

Je cligne des yeux, peu préparée à cette accusation.

— Mais non. J'ai répondu, dis-je en pliant mes pouces douloureux pour le prouver.

Trish lève les yeux au ciel.

— Et ceux d'aujourd'hui ? Tu n'y as jamais répondu.

Je me retourne et tire mon téléphone de sous les coussins du canapé. Dix messages et quatre appels manqués. Aucun de Flynn.

Pas que je compte ou quoi que ce soit.

— Oh. Désolée. Je ne les avais pas vus.

— Ouais, eh bien, au cas où tu ne le saurais pas, ta résidence est pourrie. Elle va parfaitement avec ta voiture.

Rose ouvre la porte de ma chambre et se penche pour allumer la lumière. Je m'écrie :

— Attends !

Mais c'est trop tard.

— Merde, Jackie, dit-elle, debout devant la porte de ma chambre et regardant à l'intérieur.

— Quoi ?

Trish retire les sacs de ses poignets et se rue après Rose, qui vient de rentrer dans la chambre.

Super. Vraiment super. Je les suis.

Lorsque j'ai emménagé, je savais que ce n'était pas le meilleur appartement. Mais il était proche du travail et le propriétaire avait l'air de m'apprécier, ce qui était peut-être dû au fait de payer un an de loyer en avance. Un souci en moins, tout ça. Ce qui a rendu ledit propriétaire extatique. Assez pour me laisser un peu redécorer.

Avec sa permission, j'ai ainsi transformé ma chambre en havre. Mon havre de geek et de romantique.

Presque tout est blanc. Les murs sont blancs, les rideaux sont blancs, les oreillers sont blancs et il y a la couverture blanche la plus duveteuse que j'aie pu trouver.

— Ils t'ont laissée peindre le plafond ? demande Trish.

Je hausse les épaules.

Tout est blanc... sauf le plafond. Lui, je l'ai peint en noir, mélangé avec le bleu sombre le plus profond que j'aie pu trouver, ajoutant un soupçon de bordeaux et une spirale argentée. Le tout éclaboussé avec de la peinture qui brille dans le noir. Cela a pris une semaine pour réussir à obtenir le mélange de couleurs que je voulais. Et une autre pour retirer toute la peinture phosphorescente de mes cheveux.

Des recherches ont prouvé que les gens qui dorment correctement ont une meilleure mémoire. Lorsque notre cerveau se repose, les régions chargées de créer et de garder les souvenirs communiquent. Un bon sommeil permet la consolidation, le procédé de transfert des souvenirs de la mémoire temporaire, située dans l'hippocampe, à la mémoire à long terme, dans le néocortex. Tout ça pour expliquer pourquoi j'ai mis autant d'énergie à décorer ma chambre.

Et aussi peut-être parce que tout ce blanc rend plus facile de prétendre que je suis astronaute en mission dans la Station spatiale internationale, admirant les abysses de l'espace.

Rose regarde les nombreuses piles de livres de ma chambre. À part le plafond, ce sont les seules touches de couleur. J'ai des livres empilés en forme de table de nuit près de mon lit et une grande bibliothèque qui va jusqu'au plafond contre un mur. Trish se place à côté d'elle et je commence à transpirer pendant qu'elles examinent ma collection de livres en silence.

C'est le seul endroit où je laisse mon côté intello s'afficher. J'adore les livres. J'adore apprendre. Beaucoup de mes livres traitent de sujets tels que l'astronomie, les mathématiques et l'ingénierie. Mais surtout, j'aime tous les fantasmes sexuels de cow-boy entre les pages de mes romans d'amour.

Les doigts de Trish passent sur l'une de mes séries de romans à l'eau de rose préférées, écrite par Audrey Cole. Elle se retourne vers moi, la main toujours sur les livres, et me fait un clin d'œil. Je n'arrive pas à déchiffrer l'expression de Rose. Elle est peut-être jeune. Elle a peut-être l'air doux et naïf des jeunes filles du Sud des États-Unis. Mais j'ai l'impression que tout ça est juste une façade, et que Rose est derrière de nombreuses machinations.

— Punaise, meuf, dit-elle avec un sourire en coin.

Je laisse échapper le souffle que je ne savais pas que je retenais. Je ne suis pas habituée à avoir qui que ce soit dans mon appartement. En fait, je suis presque certaine que personne n'est rentré dans mon appartement depuis mon arrivée il y a plus d'un an. Et personne sur Terre n'est au courant que je lis des romans d'amour. Jul' ne compte pas puisqu'elle est sur orbite, en ce moment.

Rose me regarde avec l'air de calculer quelque chose, mais au moment où je me prépare à encaisser ce qu'elle va dire, elle s'éloigne et se dirige vers mon placard.

— Voyons ce à quoi on a à faire, dit-elle en ouvrant les portes.

Elle me jette un regard par-dessus son épaule et secoue la tête.

— Sérieusement ?
— Quoi ?

Trish se place près de Rose.

— Oh, ma puce, c'est trop triste.
— *Quoi ?* Je répète.

J'ai des fringues. Des fringues de qualité. Tous mes T-shirts sont dans mon placard. La penderie est réservée à mes tenues de travail. J'ai dépensé beaucoup d'argent pour certains de ces pantalons. J'ai même une jolie robe droite qu'une des vendeuses de Joseph A. Banks a qualifiée de « classique ». Je veux dire, je ne l'ai jamais portée, l'étiquette est probablement encore dessus, mais Rose et Trish ne savent rien de cela.

— C'est un mélange entre *Working Girl* et Les Tronches, murmure Rose.

Trish quitte la pièce et revient avec les sacs.

— Pas de souci, nous sommes venues préparées, chantonne-t-elle en jetant les sacs sur le lit.

— Relooking ! s'exclament Rose et Trish en même temps, comme si elles avaient répété ou quelque chose dans ce genre.

Ma première réaction est de me cacher. Littéralement. De marcher jusqu'à ma penderie, de fermer les portes et d'attendre qu'elles s'en aillent. Mais cela serait bizarre, pas vrai ?

Je me force à penser à l'Opération Vie Sociale. Puis je regarde la pile de sequins, de bottes, de maquillage, de bretelles et est-ce que... Oui, c'est un string.

Je plie mes pouces endoloris, place un sourire sur mon visage et réussi à dire :

— Ouais. Relooking. You-pi.

Des condamnés à mort ont eu l'air plus enthousiaste, j'en suis sûre.

— Et qu'est-ce que tu penses des Blow Jobs ? demande Rose.

Je m'étouffe presque avec ma gorgée de rhum-Coca.

— Ou des Sex on the Beach ?

Je regarde Trish, pensant que la question doit être pour elle, mais elle me regarde avec impatience. Eh bien, qu'il en soit ainsi.

Je redresse mes épaules, ajuste mes épaules, et réponds :

— Je pense que la logistique de l'histoire serait contre-intuitive. Il me semble difficile d'être intime en souffrant du frottement abrasif du sable dans ses régions inférieures.

Rose a l'air confuse le temps d'une seconde puis éclate de rire.

— Je parlais de shots. Tu sais, un Blow Job, celui avec du Baileys et de la crème chantilly ? Ou un Sex on the Beach, avec de la vodka et de l'eau-de-vie ?

Nous sommes de nouveau au Big Texas Saloon. J'ai droit à une vraie soirée entre filles. L'Opération Vie Sociale est un succès. Je n'arrive pas à y croire. C'est assez pour me faire oublier la manière dont mes deux nouvelles amies m'ont habillée. Enfin, presque. C'est difficile d'oublier qu'on a un bout de dentelle coincé dans le derrière.

Une nouvelle information inattendue a été obtenue ce soir : les strings sont diaboliques.

— Oh, dis-je, mon visage soudain chaud. Je n'en ai jamais bu.

La bouche de Rose reste ouverte.

— Jamais ?

Elle se tourne vers Trish.

— Tu bosses ici, pourquoi est-ce qu'il n'y a pas de shots à cette table ?

— Je ne travaille pas ce soir, grosse maline.

— Et ? Utilise tes connexions. Pour l'amour de Dieu, c'est une urgence.

— En quoi est-ce que c'est une urgence ?

— Cette nana, dit Rose en me pointant du pouce, a rejeté non pas un mais deux mecs qui l'ont invitée à danser. Elle n'arrête pas de gigoter dans sa nouvelle tenue *et* elle est décidée à ignorer mon frère qui l'a appelée et textée, genre, un milliard de fois cette semaine.

Elle tape la table.

— Il nous faut des shots.

Je ne sais pas si je suis censée répondre ou pas, mais j'ai soudain besoin de me défendre.

— Je ne *sais* pas danser.

Je remets à plus tard le fait que Rose soit au courant de ma situation avec Flynn.

— Bien.

Trish se lève sur son tabouret, ce qui est un exploit vu ses talons de dix centimètres, et agite les deux bras au-dessus de sa tête comme un sémaphore. Elle attire ainsi non seulement l'attention des barmans, mais aussi celle de toutes les personnes du bar.

— Il nous faut trois Blow Job et trois Sex on the Beach par ici, crie-t-elle, les bras toujours au-dessus de la tête.

L'un des barmans rit et hoche la tête dans notre direction.

Trish s'assoit, ignorant l'agitation qu'elle vient de provoquer. Elle regarde ma poitrine.

— Si j'avais su ce qui se cachait derrière tes T-shirts et jeans, Jackie, j'aurais porté mon push-up.

Trish farfouille dans sa robe et remonte ses seins dans son soutien-gorge. Quelques mecs trébuchent en passant à côté de nous.

J'éclate de rire.

— Trish, je pense que tu viens de donner à ce type une crise cardiaque.

Elle me fait un clin d'œil

— Je suis toujours bonne, alors.

— Ne pense pas que je n'ai pas remarqué ta manière d'ignorer mon commentaire sur Flynn, dit Rose, redirigeant la conversation. Et je sais que tu n'es pas gay, parce que même une salope comme moi était intriguée par toutes les saletés sur ta bibliothèque.

— Ce ne sont pas des saletés. Et ne dis pas que tu es une salope. Je jure, entre toi et Jul', vous faites reculer la condition féminine de plusieurs dizaines d'années.

Je la regarde par-dessus mes lunettes et prends un air sérieux. Elle lève les yeux au ciel, donc je pense qu'il va falloir que je travaille là-dessus.

— Jackie kiffe les cow-boys, dit Trish. Pas étonnant que tu aimes cet endroit.

— Ces mecs ne sont pas de vrais cow-boys.

Rose fait un geste en direction du bar et de la piste de dance.

— Je t'emmènerai au ranch, à l'occasion. Tu seras au paradis.

— Au ranch ? demande Trish.

— Oui, le ranch à bétail de ma famille est à environ deux heures d'ici.

— Attends, dit Trish en levant la main. Ta famille a un ranch ?

L'expression de Trish s'est changée en concentration. Peut-être que Trish kiffe les cow-boys, elle aussi.

— West. Rose West.

Les yeux de Trish s'agrandissent.

— Tu veux dire que ta famille est propriétaire *du* ranch West ?

Au petit hochement de tête de Rose, la bouche de Trish s'ouvre en grand. Pour la première fois depuis que je la connais, Rose a l'air mal à l'aise. Et une fois de plus, je nage en pleine confusion.

Rose semble soulagée lorsque le barman arrive avec nos shots.

— Les filles, dites-moi si vous avez d'autres envies de Blow Job ou de Sex on the Beach. Je serai plus que ravi de vous aider.

Se remettant de sa gêne, Rose lui tape le bras en riant.

— Tu seras le premier à le savoir, chéri.

Elle mate ses fesses quand il s'éloigne.

Trish fait une grimace.

— Beurk. Non. C'est Craig. Il n'y a que le train qui ne lui est pas passé dessus.

— Donc il doit savoir s'y prendre, marmonne Rose dans sa barbe alors qu'un autre mec s'approche de la table. Il est grand, et pas mal dans le genre mec plus vieux.

Sans me demander, il prend ma main et m'entraîne vers la piste de danse.

— Désolée, mais je ne danse pas.

Je retire ma main de la sienne. Son sourire disparaît, et il s'éloigne.

— Quel trou du cul. Il n'a même pas demandé, il est juste parti du principe que tu allais danser avec lui, dit Rose avec un grognement. Les hommes...

Je suis trop amusée pour être embêtée. Je trouve cela drôle de me dire qu'en seulement une semaine, je suis passée de seule dans un bar, sans amis et personne ne m'invitant à danser à rejeter des mecs et parler avec des amies.

L'Opération Vie Sociale est une réussite.

— À quoi est-ce que tu penses avec ce sourire ? demande Trish.

J'attrape le shot qui a l'air le moins dangereux, les lumières du plafond illuminant le liquide rouge.

— Je me disais juste qu'il faudra que je remercie Jul' de m'avoir fait chanter la prochaine fois que je lui parle.

— Putain oui, tu dois la remercier, Rose lève son propre shot de Sex on The Beach et le tape contre le mien.

— Cul sec, les putes !

Je les regarde Trish et elle vider le contenu de leurs verres d'un seul trait.

— Pourquoi t'as pas bu ? Ça porte malheur de trinquer et de ne pas boire, m'apprend Trish.

— Ah bon ?

— Eh bien, si c'est pas le cas, ça devrait l'être, ajoute Trish avec un geste vers mon verre. Allez, cul sec, meuf.

— Allez ! dit Rose, poussant le verre plus près de mes lèvres.

Cela sent comme du sirop contre la toux, j'ai donc un doute. Je prends néanmoins une grande inspiration, mets la tête en arrière, et laisse la liqueur glisser le long de ma gorge. Mes yeux piquent un peu mais sinon cela a un goût sucré.

— Il va peut-être falloir que je réévalue le sexe sur la plage, dis-je en me léchant les lèvres. Du moins, si c'est aussi délicieux que ce shot.

Rose rit.

— Meuf, il te faut juste du sexe, sur la plage ou plaquée contre ce mur, là-bas.

Je marmonne :

— Il me faut juste un nouveau vibro.

Trish et Rose rient tant qu'elles doivent poser leurs têtes sur leurs bras pour essayer de reprendre leur souffle.

Trish lève légèrement la tête et essuie les larmes de ses yeux.

— Écoute, je suis la première à chanter les louanges de l'invention du vibro. J'en ai trois de formes différentes, avec des fonctions différentes. Un pour chaque occasion, comme on dit. Mais, ma puce, tu es intelligente et adorable. Je ne vois pas de raison pour laquelle tu ne puisses pas laisser un mec, qui sait ce qu'il fait, s'occuper de toi.

La chaleur qui se répand sur mon corps est probablement une combinaison de gêne et d'alcool. Mais je suis certaine que c'est juste l'alcool qui me fait me confier.

— Les mecs me pompent.

— Oh, je suis certaine que si tu leur demandes gentiment, ils le feront, dit Trish avec un sourire sur le côté.

— Et qu'ils mordront, aussi, ajoute Rose en imitant un chat et griffant l'air.

— Peu importe.

— Est-ce que tu viens de nous sortir « peu importe » ?

Rose regarde Trish.

— Madame l'ingénieure de la NASA nous donne du « peu importe ».

Cette fois, la chaleur vient définitivement de l'embarras.

— Oubliez ce que je viens de dire. Ça ne fait rien.

— Oh non, tu ne vas pas t'en sortir comme ça, Jackie, dit

Trish. J'attends ton histoire de mec depuis que j'ai posé les yeux sur toi assise seule au bar. Allez, crache le morceau, meuf.

— Histoire de mec ?

— Ne change pas de sujet.

Je soupire et prends une grande gorgée de mon verre.

— Il n'y a rien à dire, vraiment. Je ne vois juste pas l'attrait des mecs.

— Tu réalises que tu dis de la merde, pas vrai ? Surtout maintenant qu'on a vu les livres dégueulasses que tu aimes, dit Rose.

— Ce ne sont pas des livres dégueulasses. Ce sont des *romans d'amour*, dit Trish, qui a l'air étonnamment sur la défensive pour moi.

Rose lève les deux mains.

— D'accord, d'accord. Osef.

J'étudie le tourbillon de crème fouettée sur les autres plans de la table.

— Vous saviez que les Romains aussi utilisaient des abréviations ?

Rose et Trish me regardent bizarrement.

— Enfin bref, dis-je en bredouillant, je suis assez maline pour connaître la différence entre le sexe dans ces romans et la réalité.

— Oh, meuf. Si tu penses que du bon sexe n'est qu'un fantasme, il faut vraiment que tu couches avec quelqu'un. Et rapido.

Rose se penche vers moi et me tapote la main.

— Mais d'abord, il faut que tu racontes tout à ta petite Rose.

— Prenons un autre shot. Je tends la main vers le Blow Job, mais Rose tape dessus pour l'éloigner.

— Hé !

— Pas de shot avant que tu craches le morceau.

— Bien. Je redresse les épaules.

— Lors que j'étais à l'école supérieure, j'étais A. P.

— Accro au Porno ? s'écrie Rose. Je savais bien que tu étais une petite cochonne !

Trish lève les yeux au ciel

— J'étais assistante pédagogique. Punaise, dis-je en repoussant mes lunettes le long de mon nez. Enfin bref, je m'occupais de ce que beaucoup de gens appellent le cours pour les nuls, le cours de rattrapage en maths. C'est le cours que tous les sportifs prenaient en espérant avoir de bonnes notes facilement.

Rose prend un air narquois.

— Ils kiffaient la prof ?

Trish lui donne un coup sur l'épaule.

— Laisse-la finir !

— Pardon, s'excuse Rose, me faisant signe de continuer.

— C'est pas grave. Je suppose qu'on peut dire qu'ils kiffaient la prof. Ou du moins je pensais que c'était le cas pour au moins un d'entre eux.

Je m'arrête, replongeant dans mes souvenirs.

— Qu'est-ce que tu veux dire ?

— J'ai toujours eu du mal à me faire des amis. J'ai sauté deux classes, donc j'ai toujours été beaucoup plus jeune que mes camarades de classe. Mais là, j'avais pratiquement le même âge que tous les élèves, dis-je en fixant la boule à facettes qui tourne au-dessus de la piste.

— Il y avait un joueur de baseball du nom de Brian Hampson.

— Putain de merde, s'écrie Trish en tapant la table. *Le* Brian Hampson ?

— Tu le connais ?

Je ne pensais pas que Trish était fan de baseball.

— Je sais qu'il existe. L'équipe des Houston Astros vient de l'engager comme arrêt-court. Et, je veux dire, tu as *vu* cette pub pour les sous-vêtements Nike ? dit-elle en s'éventant. Il est *trop canon*.

— Oui. Ça, il l'est, je marmonne.

— Alors, qu'est-ce qu'il s'est passé ?

Rose nous ramène à nos moutons.

— C'était la première personne avec laquelle j'ai couché.

— Tu as perdu ta virginité avec Brian Hampson ? hurle Rose.

— Chuuttt ! dis-je en faisant les gros yeux.

— Putain, meuf, si tu allais attendre aussi longtemps, je dirais que Brian Hampson était le bon choix.

Trish me salue avec son verre.

— Bien ouej.

— Je suppose qu'on peut voir les choses de cette manière. Mais c'était juste un jeu pour lui.

— Qu'est-ce que tu veux dire ? demande Rose.

— Pendant qu'il essayait de me charmer, il avait l'air sincère. Il m'a invitée à sortir. Il m'a présentée à ses amis. Il a tenu ma main en soirée. C'était... C'était super. J'avais l'impression de...

— De quoi, ma puce ? me demande Trish, sa voix se faisant douce.

— Rien.

Elles ouvrent toutes les deux la bouche pour parler, mais je les coupe.

— C'était une blague. Une vraie. Il avait fait un pari avec les mecs de l'équipe. Le lendemain du jour où on a couché ensemble, je l'ai entendu leur parler après la classe. Ils lui ont demandé si l'intello était bonne au pieu. C'était juste un pari. Il a réussi à ce que l'intello écarte les jambes.

Nous sommes silencieuses un instant. La musique continue de jouer, les danseurs dansent, mais notre table est silencieuse. Je fixe la piste de dance, incapable de regarder mes amies dans les yeux. J'essaie de me concentrer sur le fait de ne pas pleurer pour ne pas me ridiculiser un peu plus.

J'ajoute en clignant des yeux.

— Comme je viens de le dire. Ce n'est rien.

— Eh bien, je pense que tu es bête, dit Rose.

Trish tourne la tête vers elle :

— Enfin, Rose !

— Ce mec était un connard. Un sale connard, dit Rose, secouant la tête en parlant, sa coiffure bouffante se balançant. En fait, je pense qu'on peut toutes se mettre d'accord là-dessus, non ? Rose regarde Trish, qui acquiesce, puis moi. Je suis trop choquée pour dire quoi que ce soit.

— D'accord, donc ce mec était un connard. On est d'accord, continue Rose. Mais Jackie, combien de mecs y a-t-il dans le monde ?

Sa question me prend au dépourvu mais permet à mon esprit de revenir au présent en parcourant les chiffres.

— Il y a environ sept milliards de gens dans le monde. Donc grosso modo, et sans prendre cela pour argent comptant, on peut dire sans trop se tromper qu'il y a environ 3,5 milliards d'hommes sur Terre.

— Et parmi ces 3,5 milliards, combien sont en âge de sortir avec toi ?

— En âge de sortir avec moi ? C'est plus compliqué. En gros je sais que la génération des Baby-Boomers a créé un choc au niveau de la population mondiale, et mis au monde la génération X, ensuite il y a les milléniaux... Je suppose que c'est eux dont tu parles lorsque tu parles d'être en âge de sortir avec moi, mais tu sais il faut aussi prendre en compte...

Rose m'interrompt.

— Bébé. Je t'adore. Tu es super intelligente et tu as clairement un air de geek sexy qui te va très bien. Mais rends-moi service et donne-moi juste une estimation, d'accord ?

— Oh, ok, d'accord. Voyons, je dirais, en considérant que nous ne sortirions qu'avec des mecs ici, aux États-Unis ; alors je peux faire une estimation, bien que je tienne tout de même à préciser que j'ai horreur de deviner, d'environ quarante millions de mecs en âge de sortir avec moi.

Trish sourit et Rose lève les yeux au ciel. Elle va se donner mal à la tête à force.

— Et, sans compter Flynn, avec combien de mecs as-tu couché ou es-tu sortie ? demande Rose.

— Heuh, un ?

— Et toi, qui aimes les probabilités et tous les trucs de matheux...

— De matheux ?

— Oui, de matheux. Ne m'interromps pas, gronde Rose en me fusillant du regard. Comme je le disais, toi qui aimes tous les trucs *de matheux*, tu as décidé que tu laisserais un mec, certes un gros, un énorme connard de mec, représenter le reste des quarante millions de mecs sur la planète.

Ma bouche reste ouverte.

— Est-ce que ça te semble logique ?

Lorsque je continue de la regarder fixement, elle se tourne vers Trish.

— Blow Job ?

DIX
RÉSONANCE ORBITALE

Flynn

J'ARRIVE à Big Texas en me disant qu'il va falloir que j'achète à Rose un second cadeau d'anniversaire. Peut-être de nouvelles bottes pour aller avec la selle que je lui ai offerte. Elle les mérite pour m'avoir texté la localisation de Jackie. J'ai essayé de la contacter toute la semaine, mais, sauf si je compte les fois où elle m'a répondu complètement excédée, il est difficile de la faire parler.

Je l'aperçois de l'autre côté du bar, assise à une table avec Rose et une petite brune qui doit être Trish.

Mon Dieu.

J'essaie de me tourner subtilement. Tout pour cacher mon début d'érection.

Un connard passe par leur table et prend la main de Jackie. Je vois rouge le temps d'une minute jusqu'à ce que Jackie retire sa main de celle du mec et secoue la tête. Ce n'est qu'une fois que le type s'éloigne que je relâche la respiration que je retiens.

Lorsque Rose m'a texté *Je suis à BT avec Jackie et Trish.*

Aide-moi à me débarrasser des vautours qui tournent autour de ta meuf, je pensais qu'elle se moquait, essayant de me rendre jalouse. Je ne pensais pas qu'elle parlait littéralement.

Je veux dire, c'est pas comme si Jackie n'était pas super canon. Elle l'est. Mais les mecs sont souvent stupides, intéressés uniquement si assez de chair est révélée. Jackie se présente d'une manière qui n'attire pas l'attention, mais j'aime ça chez elle. Je veux dire, qui porte des T-shirts avec la table des éléments ? Jackie, voilà. C'est original, comme elle. Elle aussi super intelligente et certains mecs n'ont pas la confiance en eux nécessaire pour briser ce bouclier criant « j'ai de meilleures choses à faire » que Jackie ne sait probablement pas qu'elle brandit.

Heureusement que j'ai l'habitude de regarder sous le capot et que même après la fin désastreuse de notre baiser de l'autre soir, je n'ai jamais manqué de confiance.

Ce soir, par contre, même avec ce bouclier, les mecs l'abordent. Et ce n'est pas étonnant. Ses cheveux sont tirés en arrière en une demi-couette, dégageant son visage tout en tombant le long de son dos. Bien que les lumières multicolores changent de couleur à chaque fois qu'elles tournent, je sais que ses mèches sont un captivant mélange de blanc, blond, d'or et de chocolat, tourbillonnant ensemble comme le chatoiement irisé de l'huile moteur. Les pointes bouclées tombent légèrement sur son siège. Ses lunettes excitantes sont bien en vue.

Jackie porte une robe. Et elle doit être courte, parce que même si elle est assise en ce moment, la robe est remontée sur ses cuisses, laissant les mecs voir ses longues jambes musclées. Des jambes sans doute musclées par toute la marche qu'elle fait lorsque sa voiture la laisse tomber et les trois étages qu'elle monte toujours à toute vitesse. Elle porte une veste en cuir. On dirait une veste de motard, mais elle moule parfaitement son corps. Entre ça et les bottes de cow-boy à clous et à talons, il y a de quoi donner faire fantasmer tout homme sur les bibliothécaires.

Dieu sait que j'ai passé les derniers jours avec assez de fantasmes sur mon propre petit génie.

Ses lèvres brillent dans la lumière du bar. Des lèvres que je veux fixer pendant qu'elle m'explique quelque chose de complexe et de scientifique. Ou qu'elle gémit mon nom. Ou juste autour de ma queue. Je me demande si elle me donnerait une leçon sur l'histoire des pipes si je le lui demandais. Elle les appellerait sans doute fellations, utilisant le vocabulaire académique en repoussant ses lunettes.

Je gigote à nouveau.

La tête de Jackie s'incline en arrière, elle rit probablement à quelque chose d'inapproprié que Rose a dit. Son rire me rend étrangement heureux. Jackie semble être quelqu'un de si sérieux, ou mieux, quelqu'un qui a l'habitude d'être sérieux. Rose ne m'a pas dit grand-chose sur Jackie, proclamant que c'est par solidarité féminine, mais j'ai glané ce que je pouvais depuis que Jackie a arrêté de me parler. Cette fille est un bourreau de travail qui a récemment décidé d'élargir sa vie sociale. Apparemment, Rose la trouve à la fois hilarante et fascinante, et, pour une fois, j'approuve des choix de ma sœur en matière d'amies. J'aimerais juste savoir ce que j'ai fait pour énerver Jackie.

Je me dirige vers le bar, prends un siège et commande une bière. Je pense qu'un peu d'observation pourrait m'aider. Ça, et laisser les filles prendre un autre verre. Je n'ai pas peur de ne pas la jouer réglo. Cela fait longtemps que je n'ai pas fait ce genre de choses. Et je n'ai jamais été intéressé par quiconque ressemblant à Jackie. Elle est tellement éloignée des nanas pourries gâtées de mon passé.

Dieu merci.

Dix minutes plus tard, j'ai toujours les yeux rivés sur elle. J'ai probablement l'air d'un type louche, mais vu que la plupart des hommes ici regardent aussi la table de Jackie, je ne suis pas le seul. Heureusement, les filles sont trop prises par leur conversation pour le remarquer.

Jackie semble particulièrement animée ce soir : ses mains s'agitent, ses cheveux longs frémissent, son index remonte frénétiquement ses lunettes. Parfois, elle a l'air gêné, d'autres, l'air de donner des conférences.

La professeure Darling Lee. Oh, je peux vraiment l'imaginer.

Sinon, les sièges de tabouret de bar en bois se sont *pas* confortables quand on a une érection.

Rose dit quelque chose à Trish, ce à quoi la petite brune sourit et hoche la tête en réponse. Rose met ses bras sur les côtés et crie : « Blow Jobs ! »

Merde. Elles vont se faire jeter avant que je puisse tenter quoi que ce soit. Je cherche des yeux les videurs, mais bien qu'ils aient entendu ma sœur (qui ne l'a pas entendue ?), ils secouent juste la tête en se marrant. Je suppose qu'ils peuvent voir que les filles leur apportent des clients sous prétexte de les mater, donc ils sont prêts à laisser quelques petites choses passer.

Rose et Trish sautent de leurs tabourets et se tiennent près de la table, les mains derrière leur dos. Elles font signe à Jackie de les suivre. Ce qu'elle fait, glissant de son siège en faisant attention et en passant les mains sur le bas de son corps. Peu importe à quel point elle tire dessus, cette robe ne s'allongera pas. Cela n'empêche pas Jackie d'essayer.

Rose commence à jeter sa tête en arrière, mais ce n'est que lorsque je vois la crème chantilly dans les shots que je réalise ce qui est en train de se passer. *Oh putain, non.*

Je me lève, sortant mon portefeuille de ma poche arrière pour pouvoir payer pour mon verre et arrêter ces conneries.

Putain de Rose. Je suis sûr que c'est son idée. Pas de bottes pour elle. Elle aura de la chance si je la laisse garder la putain de selle après ce coup-là.

J'entends des cris de joie. Je lève les yeux à temps pour voir Trish et Rose essuyer leurs bouches avec le dos de leurs mains. Je pose l'argent près de ma bouteille de bière et fais le tour du bar dans leur direction. À travers un trou dans la foule attroupée autour d'eux, je vois Jackie penchée par-dessus le bord de la table, ses sourcils froncés en concentration. Elle lève ensuite le cou, alignant ses lèvres directement au-dessus de la crème chantilly. Elle baisse le visage, la bouche grand ouverte, aspirant la crème et enveloppant de ses lèvres pulpeuses le rebord du shot.

Je me fige.

En un mouvement, elle incline la tête en arrière, cambrant son cou et son dos dans la direction opposée, tournant le verre à liqueur de plus de 180 degrés, le contenu s'écoulant dans sa bouche. Je peux voir son cou avaler de là où je suis.

Mon Dieu.

Elle relâche ses bras, qui étaient derrière son dos, sort le shot de sa bouche (*Est-ce que j'entends un pop ?*) et le repose bruyamment sur la table. Rose et Trish restent bouche bée et la fixent, comme tout le monde dans la pièce. Le sourire de Jackie est radieux. Et ce n'est pas le genre de mots que j'utilise habituellement.

Lorsque tout le monde continue de la fixer, son sourire s'efface un peu.

Jusqu'à ce que Rose crie :

— Et ouais, pute ! C'est comme ça qu'on fait un Blow Job !

Le bar éclate dans un pandémonium d'acclamations, de regards lubriques et de bières.

Et voilà que je ne sais pas si je dois tuer ma sœur ou lui acheter un putain de poney.

———

Jackie

MER... *cure*. Ça. C'était. Super.

Mon cœur bat la chamade, mon visage doit être rouge et, vu la réaction de Rose, je suis à peu près sûre que j'ai géré la prise de Blow Job comme une pro. C'était difficile. La montagne de crème chantilly, en plus de la hauteur de la table, en faisait un véritable challenge. Mais en mesurant l'angle et avec l'aide de la hauteur de mes nouvelles bottes, j'ai pu m'incliner vers l'avant au niveau du bassin et... et puis merde. Qui s'occupe de la science ? Les Blow Job, c'est génial.

Aussi, il est possible que je sois un peu éméchée.

Malheureusement, pas assez pour oublier le bout de dentelle toujours coincée entre mes fesses. Ce string doit s'en aller.

Non pas que je ne sois pas reconnaissante envers Rose. D'après Trish, Rose l'a kidnappée un peu plus tôt et l'a emmenée dans une virée shopping dont le but était de mettre mon look à jour. L'élément déclencheur étant que mes pieds sont trop grands pour ses bottes et que personne ne veut porter les sous-vêtements des autres. C'est juste bizarre.

Trish m'a dit que Rose n'avait même pas regardé les prix, qu'elle s'était juste baladée en attrapant des fringues et avait sorti sa carte de crédit. C'est gentil à Rose de vouloir m'aider avec mes problèmes de garde-robe apparents, mais passer par la banque fait définitivement partie de mes plans afin de pouvoir glisser du liquide dans son porte-monnaie. Je ne vais pas laisser une étudiante s'endetter parce que mes tenues habituelles semblent plus sorties des *Tronches* que de *Sex and the City*.

Et maintenant j'ai des bottes. De vraies bottes de cow-boy.

D'accord, je n'ai pas exactement vu les héroïnes sur les couvertures de mes livres porter des bottes avec des clous... Mais quand même. Elles comptent. Rose les a achetées, et elle a grandi dans un ranch. Ça en fait de vraies bottes de cow-boy.

Je salue la foule attroupée autour de nous et dis aux filles que je vais aux toilettes. Trish saute de son siège pour me suivre, mais Rose l'arrête. Elle fait signe à quelque chose derrière moi, mais lorsque je me retourne, tout ce que je vois, ce sont des visages inconnus.

Je fraye mon chemin entre des inconnus et arrive aux toilettes. Pour une fois, il n'y a pas de queue. C'est un soulagement.

Non, j'ai rien dit. Le vrai soulagement, c'est quand je ferme la porte des toilettes et que je retire l'espèce de fil dentaire en dentelle.

Ça va beaucoup mieux.

Je le mets dans la poche de mon blouson et je ressors, m'arrêtant en m'apercevant dans le miroir de plein pied.

Je me penche d'un côté et de l'autre en observant mon reflet. Si je me retiens de m'accroupir ou de me pencher pour toucher mes orteils, ce qui, j'en suis à peu près sûre, n'arrive pas normalement aux filles pendant les soirées, je pense que je peux limiter les leçons d'anatomie gratuites rendues possibles par le retrait de mes sous-vêtements.

Je cherche mon téléphone dans mon autre poche. Toujours pas de texto de Flynn. Bien. C'est ce que je voulais.

Pas vrai ?

J'ouvre mes textos et notre conversation. Le dernier, *Ça me fait bander*, semble me fixer. L'alcool vibre dans mes veines au rythme de la musique que j'entends hurler dans les haut-parleurs. Mes pouces volent sur l'écran.

Jackie : *À quel point ?*

Oups. Est-ce que c'est de ça dont les gens parlent lorsqu'ils préviennent qu'il ne faut pas boire et texter en même temps ?

Les trois points apparaissent sous mon message. Oh mon Dieu. Flynn vient de le lire.

La panique me submerge jusqu'à ce que je regarde mes yeux dans le miroir. Il est vrai que je suis peut-être hors de mon élément, et dans un décor inhabituel. Mais je suis une femme qui, si j'en crois même un millième de ce que disent Trish, Rose et Jul', est au moins légèrement attirante. Je peux texter un mec attirant. Je peux être sexy. Je peux écrire des *sextos*.

L'alcool et les talons me sont peut-être montés à la tête.

Me sentant plutôt pas mal fiérote après mon discours d'encouragement, je me salue d'un petit signe de tête dans le miroir et ouvre la porte, sautillant presque. Franchissant le seuil du bar, la chaleur de la barre bondée et le battement palpitant de la musique me frappent, me faisant hésiter.

— Salut, chérie.

Je me retourne, la main sur la poitrine.

Flynn est là, appuyé contre le mur, rappelant étonnamment la première fois que je l'ai vu. Sauf que cette fois, il me remarque. Cette fois, il me parle. Lorsqu'il voit que je remarque son téléphone dans sa main, un sourire en coin apparaît sur son visage.

— J'ai eu ton message.

Oublié, mon discours d'encouragement d'il y a quelques instants sur le fait d'être une femme confiante. Mon corps entier brûle d'humiliation. Je me racle la gorge, essayant de trouver des mots qui me donneront un peu moins envie de mourir. Incapable de le regarder dans les yeux, je m'adresse à un point au-dessus de son épaule droite.

— Oui, eh bien, l'attrait de ce texto en particulier était qu'il n'avait pas la complexité et le désordre d'une interaction en face à face.

Je me déplace pour ajuster mon regard mais marque un temps d'arrêt lorsque Flynn s'approche. L'odeur de son eau de Cologne, subtile mais enivrante, emplit mes poumons, et, je déteste l'admettre, mais il est possible que je regrette d'avoir retiré le string car je me sens devenir humide. Les phéromones. Ces saletés de phéromones.

Flynn tend la main, penchant mon visage vers le sien avec deux doigts.

— Ouais, mais l'attrait de l'interaction en face à face réside dans la simplicité de mettre ta main sur moi pour que tu puisses voir exactement *à quel point* je bande.

J'ouvre la bouche. Je la referme. Mon esprit est simplement vide.

— Il me faut un verre.

Je me retourne et vais vers notre table. Rose et Trish sourient comme des idiotes. Je leur demande :

— Plus de shots ?

— Ma belle, tu devrais peut-être garder l'esprit clair avec celui-là, dit Trish.

Je me retourne pour voir Flynn déambuler après moi.

— Je ne sais pas. Avoir l'esprit clair ne semble jamais m'aider dans ces situations.

Peu aidantes, Trish et Rose ne font que sourire.

Deux mains se posent sur mes épaules.

— Laisse-moi retirer ta veste.

Flynn l'a à moitié enlevée de mes bras avant que je ne puisse l'arrêter.

J'essaie de lever les coudes pour arrêter sa progression, mais c'est trop tard. Le cuir lui tombe des mains.

— Mon Dieu, Jackie.

— Tu as réussi à lui faire retirer la veste ! Bravo, frérot !

Rose lève son poing pour qu'il le tape, mais il la laisse en plan. Je ne peux qu'imaginer que ses yeux sont toujours fixés sur une certaine partie de mon corps désormais exposée à la vue grâce à la robe que Rose et Trish m'ont fait porter. La seule raison pour laquelle j'ai accepté était la promesse de la veste de motard. D'un, parce que j'ai toujours rêvé d'une veste en cuir - c'est trop cool, tout ça. De deux, elle va avec mes bottes. Et de trois, et la chose la plus importante, elle couvrait le haut de la robe.

Jusqu'à maintenant.

Oui, cette robe est courte, mais la partie la plus scandaleuse est le dos. L'avant plonge en V, rien de trop indécent. C'est le dos, ou plutôt *son manque total* de tissu dans le dos qui rend la robe si scandaleuse.

Inutile de le préciser, je ne porte pas de soutien-gorge.

Sentant ses yeux sur mon dos, je me retourne lentement. Flynn déglutit. Réaliser que sans le string, la seule chose qui me recouvre est un bout de tissu extensible rose pâle me donne la chair de poule.

Le regard de Flynn se pose sur ma poitrine, où le fait de ne pas porter de soutien-gorge a rendu clair qu'il est possible que j'aie un peu froid sans la veste.

— On va danser, dit Flynn, jetant ma veste sur la chaise avant de me guider sur la piste, une main sur mon dos nu.

Le contact de sa main est suffisant pour m'envoyer un électrochoc, me faisant avancer. Mais je reviens à moi au bord de la piste.

— Je ne danse pas. Je ne sais pas danser le two-step. Je me penche en arrière contre sa main, essayant de changer de direction. Non merci.

Flynn continue de me pousser et m'aide à monter sur les planches de bois surélevées.

— Le two-step, ce n'est que deux planètes en orbite autour du soleil.

Il me fait tourner et me prend dans ses bras. Mes cheveux, qui étaient éparpillés autour de mes épaules, flottent à nouveau le long de mon dos, recouvrant la majeure partie de ma peau exposée.

Je me raidis encore plus.

— Tu te moques de moi ?

Il a l'air vraiment confus.

— Non. Pourquoi je ferais ça ?

— Heuh...

J'essaie de me souvenir que ce que disait Rose. Peut-être que Flynn *est* différent. Statistiquement, il y a de bonnes chances. Mais son analogie est fausse.

— Des planètes en orbite autour du soleil, ce n'est pas tout à fait juste, hein ? dis-je, essayant d'ignorer le tremblement qui traverse mon corps alors qu'il se penche. Je veux dire, les planètes gravitent autour du soleil, mais il n'y a pas deux planètes qui soient simultanément en orbite autour du soleil. Chacune a sa propre trajectoire de rotation, qui, je suppose, peut être comparée à celle des couples sur la piste de danse.

Je regarde par-dessus son épaule, perdue dans mes pensées.

— Vraiment, le two-step ressemble plus à la résonance orbitale des lunes de Jupiter, en particulier les lunes galiléennes.

— La résonance orbitale ?

Flynn sourit. Son sourire est tellement sexy. Il se passe des choses merveilleuses au coin de ses yeux.

— Humm ?

— Tu parlais de résonance orbitale ?

— Oh, oui. La résonance orbitale.

Je suis reconnaissante aux lumières clignotantes et à l'atmosphère tamisée qui permet de cacher mon visage, qui s'est probablement empourpré, et regarde par-dessus son épaule, loin de son sourire si déconcentrant.

— C'est quand deux corps en orbite, comme toi et moi, provoquent une influence gravitationnelle régulière et périodique l'un sur l'autre. Ainsi, de la même manière que nous maintenons notre trajectoire rotative sur la piste de danse, comme les lunes autour de Jupiter, nous créons notre propre orbite. Un cercle faisant un cercle dans un cercle, si tu veux.

— Tu veux dire comme ça ?

Tout à coup, je tourne. Avant que mes pensées ou mes pieds puissent me faire trébucher, les mains de Flynn sont de retour, me guidant à nouveau vers lui.

— Je danse !

Je réalise alors que je danse depuis que Flynn me fait parler d'orbites.

— Tu m'as eue !

Mais je ne suis pas fâchée, loin de là. J'éclate de rire à la joie de faire partie des couples qui orbitent sur la piste de danse. Je peux sentir mon centre de gravité contrôlé par l'une de ses mains sur ma hanche pendant de l'autre serre ma main droite. Les lumières scintillantes se brouillent comme il me fait faire le tour de la piste, naviguant à travers et autour des autres couples comme l'une de ses voitures de course se faufilant dans la circulation.

Je ris encore lorsque je penche ma tête contre la sienne.

Il ne sourit plus, bien que ses yeux soient doux. Il a un regard que je ne peux pas définir, mais peu importe, il fait s'accélérer ma respiration. Je suis consciente de la petite taille de ma main dans la sienne. Des mains qui peuvent construire, créer et restaurer. Elles sont grandes et rugueuses contre les miennes et soudain, je les veux partout. La main sur ma hanche fléchit et se déplace vers le bas, un doigt passant sous le tissu dans le dos.

Je trébuche.

— Je te tiens !

Il s'approche, jusqu'à ce que nos corps s'alignent comme des aimants. La poussée et l'attraction de nos forces dansent les unes contre les autres au rythme d'une chanson de country que je ne peux nommer mais que je n'oublierai jamais.

Tout ce qui existe, c'est son corps qui bouge contre le mien. Qui avance, se balance, recule. Je n'arrive pas à penser, je réagis simplement en tandem à ses mouvements. Je suis étourdie. Je prends une grande inspiration, ce qui pousse mes seins contre sa poitrine. Il sent bon. Tellement bon. Et il bande.

Il bande *vraiment*.

ONZE
COMPTE À REBOURS

Jackie

Je suis à nouveau dans la voiture de Flynn. La verte. Mais la différence créée par une danse et l'absence de culotte est significative. Comme la découverte de la glace sur Jupiter.

Et puis il y a l'alcool. Par Neptune, l'alcool.

Je blâme Flynn. Et Rose. Et Trish. En fait, tous mes nouveaux amis sont de mauvaises influences.

Une minute. Est-ce que Flynn est un ami ? Je ne peux pas m'empêcher de regarder vers le bas alors que les muscles de ses cuisses se contractent et fléchissent quand il change de vitesse.

L'Opération Vie Sociale n'incluait pas de beaux mecs. Juste des amis. Apprendre à être plus sociable. M'aider à devenir plus normale dans un contexte social pour pouvoir passer les derniers obstacles sur mon chemin pour devenir astronaute. Mais je ne suis pas sûre de pouvoir classer Flynn comme ami. On n'est pas excitée par les cuisses de son ami et on n'imagine pas tracer les contours des abdos d'un ami avec sa langue. Non ? Sans parler du rendez-vous, ou du baiser. Celui avec la langue.

Je pourrais juste mettre ma fascination sur Flynn sur le compte de l'alcool. Mais même moi ne peux ignorer le fait que j'étais très consciente de son existence depuis qu'il est rentré fâché et torse nu dans la chambre de Rose. Ou quand je l'ai attaqué comme du césium au contact de l'eau. Boum.

Oh, voilà que je pense à des réactions chimiques dangereuses. Combien de verres j'ai bus déjà ? Voyons, le rhum-Coca du départ, le Sex on the Beach et le Blow Job. Après notre danse, la foule a essayé de me faire donner une autre démonstration de mes talents avec les Blow Job, mais Flynn a mis le holà.

Je pouffe.
— Qu'est-ce qui est si drôle ? Demande Flynn
— Mes talents avec les Blow Jobs.
La voiture fait un léger écart.
— Putain, Jackie.
J'éclate de rire.

Après un verre d'eau et une autre danse, Flynn m'a aidée à remettre ma veste et m'a poussée vers sa voiture. J'étais sur le point de refuser. Vraiment. Mais un regard vers Rose et Trish, qui se sont tapé dans les mains après l'initiative de Flynn, et j'ai su que je n'obtiendrais aucune aide de leur part.

D'accord, soyons honnêtes. Je n'ai jamais vraiment voulu d'aide.

C'est vrai, j'ai repoussé Flynn après ce baiser des plus perturbants, mais après un relooking, avoir appris le two-step, des shots aux noms sexuels et mon tout premier sexto, j'ai fini par admettre que je ne veux pas *vraiment* le repousser.

En plus, Rose m'a fait remarquer que ma logique est défectueuse. Une logique défectueuse est juste la pire chose au monde.

Flynn est plus vieux que Brian ne l'était, plus mature. Il a travaillé dur pour devenir l'un des meilleurs dans son domaine et tient une affaire qui tourne bien. Ça demande beaucoup de dévouement et de dynamisme. De la concentration. De l'engagement. Toutes ces choses sont juste aussi attirantes que ses muscles. Ou, du moins, presque.

Les phares d'une voiture passant à côté illuminent le visage de Flynn, rendant les creux sous ses pommettes plus prononcées. Il lève la main du levier de vitesse et la passe dans ses cheveux, repoussant les mèches tombées en avant. Les manches de sa chemise sont remontées, révélant les tendons de ses avant-bras. Il laisse tomber sa main sur le levier de vitesse tandis que l'autre repose sur le dessus du volant. En pompant l'embrayage et en appuyant sur l'accélérateur, il passe les vitesses, ses mouvements fluides.

À partir d'indices contextuels de certains de mes romans d'amour, j'avais compris le concept de l'attirance pour les bras, mais ce n'est qu'en regardant Flynn que *je l'ai vraiment* compris. Un excellent rappel que la théorie et la pratique sont deux choses *très* différentes.

Il est tellement beau.

Mais je découvre qu'il est bien plus que ça. Il a un sens de l'humour. Il est confiant mais pas arrogant. Et il semble bien m'aimer, même quand j'étale ma science. En fait, *spécialement* lorsque je l'étale. Personne n'avait vraiment aimé ce côté de moi auparavant.

Et puis, c'est le grand frère de Rose. J'aime bien Rose, et Rose adore Flynn, donc je n'ai pas tort de bien l'aimer. Il y a beaucoup de logique défectueuse là-dedans, mais je vais activement ignorer tout ça cette fois.

Il y a plus de déplacement, plus de flexion musculaire. Je remue sur mon siège, mais je me fige lorsque je sens ma robe se relever. Le cuir chaud me caresse les fesses.

La main de Flynn reste sur le volant. Il regarde la route droit devant, mais je suis à peu près sûre qu'il a vu la progression de ma robe dans sa vision périphérique.

Il laisse échapper une longue et lente inspiration, puis prend à gauche à Clear Lake Forest, approchant la vicinité de sa maison. Sa super, super maison.

— Quand est-ce que tu as acheté cet endroit ?

Je me penche pour avoir une meilleure vue lorsqu'il passe dans l'entrée. Tout en essayant de tirer discrètement ma robe vers le bas.

La robe ne coopère pas.

Flynn tend la main vers le pare-soleil du côté passager et appuie sur la télécommande d'ouverture du garage qui y est accrochée. Je prends une grande inspiration, appréciant son odeur. Contrairement à moi, qui pue probablement l'alcool et la sueur, il sent bon. Son odeur sexy me donne envie de faire des recherches pour savoir si les compagnies d'eau de Cologne mettent des phéromones dans leurs bouteilles. Mais je suis à peu près sûre que ce que je respire ne vient que de Flynn.

— Il y a environ deux ans. Un peu après avoir ouvert le garage.

— Qu'est-ce qui t'a donné envie d'ou... attends une seconde. C'est ma voiture ?

La porte du garage s'ouvre entièrement, révélant ma vieille Honda rouillée. Moins la bosse.

— Oui, je... Flynn secoue la tête et sourit, se garant à côté d'elle dans le grand garage pour trois voitures.

— J'avais un peu oublié qu'elle était là, à vrai dire.

— Tu as oublié que tu avais ma voiture garée dans ton garage ?

Il acquiesce.

— Pourquoi est-ce que tu voudrais l'avoir ici ?

— Eh bien...

Il passe encore la main dans ses cheveux.

— J'ai pensé que tu pourrais essayer de passer par le garage quand je n'y étais pas pour récupérer ta voiture. Donc je l'ai ramenée ici lorsque j'avais fini de la réparer, rit-il. Comme ça, tu *aurais été obligée* de me parler.

Je reste sans voix. D'abord, c'est un excellent plan. Ensuite, ça montre qu'il m'aime vraiment bien. Il me faut un moment avant de réaliser que je suis en train de le fixer, la bouche légèrement ouverte.

Flynn se penche et met sa grande main sur ma joue.

— Et je voulais vraiment te parler.

Son pouce passe sur ma lèvre inférieure. *Oh.* Je suis sûre qu'il va m'embrasser jusqu'à ce qu'il se penche en arrière et sorte de la voiture. Je cligne des yeux plusieurs fois, essayant de me vider la tête, pendant que Flynn fait le tour de la voiture et ouvre ma porte. Il me tend la main.

Je mets ma main dans la sienne et sors les jambes de la voiture, essayant d'éviter de tout lui montrer, mais je suis à quatre-vingt-dix pour cent sûre que lorsque je me lève, il faut à ma robe une seconde de plus que je ne le voudrais avant qu'elle ne retombe sur mes fesses.

Comment je le sais ? Parce que Flynn prend une grande inspiration avant de m'attirer contre lui.

Flynn

UN MEC ne peut supporter qu'un certain nombre de choses, et j'ai atteint ma limite. Putain, je l'ai atteinte lorsque Jackie a bu le Blow Job. Et encore lorsque j'ai fait glisser la veste en cuir de ses bras nus, révélant la grande étendue de peau visible et le fait que sa robe était quasi inexistante à corriger ma métaphore sur les orbites et le two-step. Et encore lorsque qu'elle a gloussé, *gloussé, putain,* dans ma voiture en pensant au Blow Job. Mais maintenant que j'ai vu cette fesse blanche glisser contre le cuir beige de ma voiture, j'ai vraiment atteint ma putain de limite.

Je me penche, la descente rendue plus facile par ses talons et son expression choquée. Sa bouche déjà ouverte, je plonge, ma langue caressant la sienne. Les paumes de mes mains passent sous sa veste en cuir et le long de son dos nu, l'attirant plus près. Mes bras l'entourent jusqu'à ce que mes doigts passent, effleurant les côtés de ses seins, si facilement accessibles vu le bout de tissu qu'elle porte. Elle est petite mais solide, comme une Lamborghini construite pour les courbes d'un circuit automobile. Ses bras sont pliés entre nous, ses mains sur ma poitrine, ses doigts attrapant l'encolure de mon T-shirt.

Jackie a un goût sucré, mélange des shots qu'elle a bus et de son brillant à lèvres. Je recule suffisamment pour faire glisser mes lèvres sur sa mâchoire et le long de son cou.

Putain, je bande.

Qu'est-ce qui me rend si fou chez elle ? Peu importe si elle parle, boude, crie ou est silencieuse, je la *veux*. Je veux être avec elle, en elle.

Me souvenant de la manière dont notre dernier baiser s'est terminé, je me recule lentement, regardant son visage et ses lunettes de travers, attendant sa réaction. Ses yeux sont toujours fermés et un sourire à la Mona Lisa s'étend sur son visage. Je ne peux pas m'en empêcher, je me penche à nouveau pour frotter le bout de mon nez contre le sien. Un geste plus doux que sexy. Mais son sourire se fait plus grand alors merde, je suppose que je suis doux à présent.

Ses yeux s'ouvrent. De si près, ils ressemblent à ceux d'une chouette. Des yeux marron. Je ne suis pas poète ou quoi que ce soit, et je ne suis pas sûr que la couleur marron soit sexy, mais en ce moment, ce sont les plus beaux yeux qui existent.

— Jackie.

Je frotte à nouveau mon nez contre le sien.

— J'ai besoin de te faire entrer à l'intérieur avant que je ne t'arrache cette robe pour te faire des choses sur ma voiture pour lesquelles d'autres collectionneurs me tueraient.

— Ça a l'air marrant.

— De rentrer dans la maison ?

— Eh bien, oui. Mais aussi, le truc sur la voiture.

Je la serre fort contre moi et gémis :

— Mon Dieu, chérie. Tu vas me tuer.

Elle soupire et se laisse aller à mon étreinte, tournant sa tête pour la poser contre ma poitrine.

— Je me moque même que tu m'appelles comme ça.

— Quoi ?

— Chérie. Je déteste quand les gens m'appellent comme ça, d'habitude. Mais j'aime bien quand tu le fais.

Je dépose un baiser sur le sommet de sa tête.

— Ah oui ?

— Ouais.

Le mot lui échappe dans un souffle, les petits cheveux autour de son visage dansent.

— Chérie, il y a beaucoup de choses que j'espère faire, et j'espère que tu les aimeras.

Je ferme les yeux un instant, rassemblant la force dont j'ai besoin pour m'éloigner d'elle. Mais lorsque je le fais, j'attrape sa main, ne voulant pas tout à fait abandonner son contact.

Nos doigts entrelacés, je mène Jackie hors du garage et par la porte de côté de la maison. Lorsque j'allume les lumières, elle s'arrête en plein mouvement, tirant sur mon bras.

Pendant une minute, je m'inquiète qu'elle soit en train de reconsidérer les choses, jusqu'à ce que je voie son visage. Yeux écarquillés, bouche ouverte, le regard vif, non embué par l'alcool, elle scanne les alentours.

Elle a toujours l'air excité, mais ce pourrait être à cause de ma maison.

Une partie de moi est fière, de la même manière que lorsque les gens apprécient une restauration particulièrement significative. Et il y a une satisfaction étrange, presque d'homme des cavernes, à ce que la femme qui m'intéresse admire la maison sur laquelle j'ai travaillé si dur.

Les années 1960 sont sur mon radar depuis que j'ai mis la main sur mon insaisissable Boss 429 Mustang 1969. Les gens pensent que j'ai acheté ma maison à cause de la popularité de la série Mad Men. Ils riraient sans doute tous si je leur disais que je l'ai achetée parce qu'elle allait avec ma voiture.

— C'est très beau, Flynn, dit Jackie, les yeux passant sur la bande de fenêtres et les baies vitrées coulissantes en verre qui servent de mur à l'arrière de ma maison.

— Et regarde le plafond !

Elle sautille et pointe la poutre apparente du toit en pente. *Putain*, qu'est-ce qu'elle est mignonne.

— Je pense que je t'ai sans doute perdue. Tu n'étais pas censée regarder ma poutre, dis-je en m'approchant d'elle. Du moins, pas celle du plafond.

Elle commence à rire mais s'arrête d'un seul coup, s'exclamant :

— C'est une table Noguchi ?

Elle s'avance dans la partie salon du plan ouvert.

— Un vrai fauteuil Eames Lounge Chair ?

Elle passe les doigts sur le palissandre brésilien et le cuir, marmonnant entre ses lèvres :

— C'est pas vrai.

Cela remue l'autre partie de moi. Celle qui n'est pas fière mais s'attend juste au pire. S'attend à ce que Jackie dévoile sa vraie personnalité et commence à parler d'argent et…

— Je pense que la table de ta salle à manger coûte plus que mon loyer sur l'année, déclare-t-elle en riant.

Voilà, on y est.

J'essaie de rire avec elle, mais ses mots sont comme un coup de poing dans le ventre. Elle penche la tête sur le côté lorsqu'un son incohérent sort de ma poitrine.

Je me frotte la nuque.

— Ça veut pas dire grand-chose.

— C'est vrai, dit-elle, souriant toujours. Et j'adore ce quartier, mais les maisons ont habituellement besoin de beaucoup de travaux.

Je veux lui demander comment elle s'y connaît à propos de ces choses-là, mais j'ai peur de la réponse. Cette fille coche toutes les cases et plus encore, m'attirant dans une prise de conscience et un besoin immédiat et dévorant. Ce qui est déjà terrifiant en soit, mais la conversation actuelle rappelle trop de fantômes et de souvenirs douloureux,

— Je l'ai éventrée après l'avoir achetée.

Je regarde le plafond et le sol en Terrazzo, tout sauf elle.

— J'ai fait venir des gens pour le gros du travail, mais j'ai presque tout fait moi-même.

— C'est vrai ? C'est super impressionnant.

Ses yeux se focalisent à nouveau sur moi, et la manière dont ils brillent en passant sur mon corps élimine une partie de ma tension. Enfin, pas partout. Une partie de moi est aussi tendue maintenant que lorsque j'ai vu Jackie au bar.

— Oui, je suis doué de mes mains, dis-je, les levant pour qu'elle les voie, la détournant de l'érection qui pousse contre ma fermeture éclair.

Je lui fais signe de s'approcher d'un geste des doigts.

Les yeux sur mes mains, elle rougit jusqu'au cou en avançant.

— Tu veux que je te montre à quel point je suis doué ?

Elle acquiesce et je pose mes mains sur ses épaules, retirant le cuir et exposant sa belle peau d'autant plus.

Elle se dandine, le retirant entièrement, le mouvement faisant balancer ses seins.

Je louche un instant.

— Jackie...

— Non, me coupe-t-elle, laissant sa veste tomber par terre. Appelle-moi chérie. Je ne me sens pas comme Jackie là, tout de suite.

— D'accord, chérie.

Mais ses mots me perturbent.

— Comme *qui* est-ce que tu te sens ?

— Comme le genre de fille que tu ramènerais vraiment chez toi.

J'entends les mots, mais je ne suis pas sûr de savoir ce qu'elle veut dire. Je suppose que ça se voit sur mon visage, car elle commence aussitôt à revenir en arrière.

— Oublie ça, tu peux m'appeler Jackie, c'est bon. Oublie ce que j'ai dit.

Elle redresse ses lunettes et se met sur la pointe des pieds pour m'embrasser, mais c'est à ce moment que mon cerveau percute enfin. Et je ne suis pas très content.

Je lève les mains pour attraper son visage, la forçant à me regarder dans les yeux.

— Je veux clarifier quelque chose.

— Non, vraiment, c'est bon. Je promets de ne plus parler. Juste...

Elle prend une grande inspiration et je devine que les mots suivants lui coûtent.

— Juste embrasse-moi. S'il te plaît.

Je ne peux pas m'empêcher de sourire à sa délicatesse, sa vulnérabilité. Mais je ne veux pas qu'elle se sente vulnérable. Pas avec moi.

— Jackie. Écoute.

Sans le vouloir, l'une de mes mains bouge le long de son

corps, s'installant dans le creux de sa hanche, mon pouce la caressant d'avant en arrière.

— Je ne sais pas quel genre de personnes tu penses que je ramène chez moi. Mais peu importe ce que tu imagines, arrête. Je n'ai jamais amené de fille ici avant toi.

Son air sceptique me fait rire.

— Sérieusement, dis-je en me penchant et posant doucement mes lèvres sur les siennes. Donc, si tu veux savoir quel genre de fille je ramène chez moi, je vais te le dire. Elle est superbe. Vraiment sexy. Et ça prend en compte ses longs cheveux ainsi que ses lunettes séduisantes et leur épaisse monture. Mais ce qui vraiment en fait la fille que j'amène chez moi, c'est qu'à chaque fois qu'elle ouvre la bouche, c'est une putain de révélation.

Ma main remonte, mon pouce frottant la peau sensible sous ses seins.

— Et cette fille, c'est toi Jackie. À cent pour cent toi.

Lorsqu'elle se lèche les lèvres, je dois compter jusqu'à dix pour reprendre le contrôle.

Je réduis le peu de distance entre nous.

— Je te jure que si j'avais eu un professeur qui te ressemblait quand j'étais à l'école, j'aurais prêté bien plus d'attention en cours.

Je ris, ce qui fait se frotter nos poitrines l'une contre l'autre.

— Ça, et je me serais probablement blessé à force de marcher avec une érection permanente.

— Vraiment ?

— Humm humm.

Je baisse ma tête, effleurant le bout de son nez avec le mien.

— Ne doute jamais du fait que tu es exactement le genre de fille que je veux ramener chez moi. Tu es celle que je ne m'attendais pas à voir accepter.

— Oui, murmure-t-elle, son souffle chatouillant mon cou.

Nous sommes si près l'un de l'autre que nos fronts se touchent presque. J'essaie de prendre mon temps, de m'assurer qu'elle comprend... ce qu'il se passe, quoi que ce soit. Peut-être qu'elle pourrait alors me l'expliquer. Tout ce que je sais, c'est que ce n'est pas temporaire. Ce n'est pas pour un soir, et ça veut dire... Quelque chose. Quelque chose que je ne peux pas nommer mais qui est là, planant au-dessus de nous comme les vapeurs d'un moteur en feu.

Cette fois-ci, quand elle s'avance pour m'embrasser, je ne l'arrête pas.

DOUZE
DÉCOLLAGE

Jackie

— Mène-moi à la chambre.

C'est ma voix, mais elle ne lui ressemble pas. Essoufflée, mais sûre d'elle. Le résultat de ses mots, qui étaient tout ce que je n'avais pas réalisé que j'avais besoin d'entendre.

Mes mains se baladent sur son dos, passent sous ses bras, s'agrippent à ses épaules. Il tire sa bouche de mes lèvres, les dents frôlant ma mâchoire et le long de mon cou. Mon corps se presse contre le sien, mais il n'est pas assez proche. Je saisis sa main, le tirant à travers la pièce, devant la cuisine et dans le couloir. Je m'arrête, ne sachant pas quelle chambre est la sienne. J'espère que Flynn prendra le relais et ouvrira la voie.

Au lieu de ça, me voilà plaquée contre le mur par ses bras puissants, ses épaules se contractent sous sa chemise, ses yeux me fixent intensément. Il se jette sur ma bouche pour la posséder.

Ce n'est pas lent. Ce n'est pas doux. C'est tout ce que je veux.

Il attrape mes fesses et me soulève, mes jambes s'enroulant autour de sa taille automatiquement. Ses hanches se frottent contre les miennes, écartant mes cuisses, s'enfonçant contre moi.

Oh. Mon. Dieu.

Flynn se frotte contre moi. Et c'est vraiment fantastique. Il m'embrasse et se frotte, et tout ce que je peux faire est réagir. Gémissant, le dos cambré, ayant besoin de plus de friction, de plus de tout.

— Attends.

Flynn respire fort lorsqu'il relève la tête.

— Attends ?

Je ne peux pas attendre. Je ne me suis jamais sentie aussi vivante. Je me fous de ne pas avoir fait cela depuis une éternité, ou qu'on n'ait jamais eu de rendez-vous à proprement parler. Il n'y aura pas d'attente.

— Tu es bourrée.

— Je ne suis pas bourrée.

Mon ton est indigné, je l'entends moi-même. Mais sérieusement, si c'est la raison pour laquelle il a arrêté de se frotter contre moi, il le mérite.

— Il est possible que tu ne le réalises pas.

Il laisse échapper un grand soupir.

— Je ne veux pas que tu regrettes ce qui est en train de se passer.

Je mets mon doigt contre sa poitrine et appuie. Fort.

— Tout d'abord, je réalise tout.

Flynn ouvre la bouche pour me contredire, mais je le coupe :

— J'ai bu trois verres ce soir. Dont trois que j'ai terminés. Et deux verres d'eau. L'alcool typique a, en moyenne, environ 40 % d'alcool par 30 millilitres ou par shot. Avec mon poids de 55... D'accord, plutôt 58 kilos, dis-je en haussant les épaules, il faut à l'alcool un peu plus de trois heures pour traverser mon corps, ce qui fait que le taux d'alcool dans mon sang se situe entre 0,6 et 0,9 grammes d'alcool par litre de sang.

Je retire mon doigt de sa poitrine et l'utilise pour remettre en place mes lunettes, qui ont glissé pendant qu'on s'embrassait.

Flynn grogne.

Je ne sais quoi en penser, alors je continue.

— Alors, bien que je ne devrais pas conduire ou utiliser de grosses machines, je ne suis certainement pas ivre.

Un cheveu s'est échappé du truc que Trish a utilisé pour me coiffer et chatouille mon nez. Je souffle pour qu'il s'éloigne de mon visage avant de renchérir :

— De plus, les signes habituels de l'ivresse sont la maladresse et les troubles de l'élocution. Comme le montre ce petit intermède, je crois que mon élocution est parfaitement intacte. Je voudrais aussi souligner que je porte des talons, dis-je, en levant un pied et pointant mes nouvelles bottes. Je ne porte jamais de talons. Et pour l'instant, je n'ai trébuché qu'une seule fois, sur la piste de danse, ce dont je te tiens pour responsable, vu que je t'avais dit que je ne savais pas danser.

Un sourire s'étend sur le visage de Flynn.

— Ah ouais ?

Punaise, ce sourire me fait des choses. Je bouge, ce qui le fait jongler avec mon poids et me pousser plus fort contre le mur. Peut-être que je devrais me sentir mal d'avoir rendu difficile le fait de porter, mais je sens son érection contre moi et j'arrête de me sentir coupable.

Je me racle la gorge et fixe un point au-dessus de son épaule, rassemblant mes pensées. Une de mes nouvelles habitudes, semble-t-il.

— Oui. Parce que, tu vois, l'alcool affecte plusieurs neurotransmetteurs, y compris le cervelet...

— Jackie ?

— Hum ?

Je cligne des yeux, le regardant.

— Tu n'es pas ivre.

— Précisément.

Je penche la tête sur le côté, ne comprenant pas la nécessité de sa déclaration.

— Est-ce que ce n'est pas ce que je viens de t'expliquer ?

— Oh si, chérie. Tu me l'as expliqué. Tu me l'as *très* bien expliqué.

Il accentue ses mots avec un cercle de ses hanches, ce qui fait se vider mon esprit, avant de reculer, ce qui fait glisser mes jambes vers le sol.

Une fois que je suis stable, il s'agenouille devant moi et commence à tirer sur mes bottes. Mes longs cheveux tombent en avant comme un rideau quand je le regarde, nous enfermant.

Une fois les bottes disparues, ses doigts remontent, faisant des cercles derrière mes genoux.

— Maintenant, où en étions-nous ?

Il plonge la tête jusqu'à l'ourlet de ma robe. Il fait vibrer mon corps, prenant une profonde inspiration. La chaleur se répand sur mon corps comme des flammes.

— *Putain*, Jackie. Tu sens si bon. J'adore tes phéromones, ajoute-t-il, ses mains remontant.

— Euh, Flynn, je devrais te dire…

Un courant d'air froid tourbillonne autour de mes hanches.

— Putain, Jackie.

Il me regarde.

— Pas de culotte ?

Je devrais être embarrassée, je devrais m'éloigner. Je devrais lui dire que mon manque de sous-vêtements actuel n'est pas habituel, que les strings ont été inventés par le diable. Mais je ne dis rien, hoche seulement la tête, mes lunettes descendant le long de mon nez.

— Putain.

Une de ses mains palpe mes fesses, tandis que l'autre va vers le noyau de mon être, me trouvant mouillée et pleine de désir.

— Oh, Jackie. Petite coquine.

Je m'éloigne brusquement de ce contact, si peu habituée à ce genre de plaisir. À ce désir. Il y a tellement de sensations. Trop de sensations. Mes jambes commencent à trembler.

Il se penche et embrasse légèrement le petit carré de boucles avant que ses mains ne me quittent. J'ouvre la bouche pour protester, mais je suis dans ses bras, portée dans le couloir avant même de pouvoir parler.

Je n'ai même pas la possibilité de regarder autour de moi avant d'être jetée au centre du lit. Mais honnêtement, à ce stade, toute mon attention est sur Flynn. Le matelas plonge alors qu'il s'agenouille sur le lit, se plaçant au-dessus de moi à quatre pattes. Il reste là, m'encadrant et me regardant fixement. C'est comme s'il essayait de mémoriser mes traits, même si je ne sais absolument pas ce qu'il trouve de si intéressant.

Puis une main se lève pour retirer mes lunettes. Il s'assoit en arrière et replie soigneusement les branches avant de se reculer pour les poser sur la table de chevet. Je cligne des yeux plusieurs fois, essayant de faire la mise au point. Flynn me facilite la tâche en se penchant, son poids sur un bras, son autre main caressant les contours de ma joue avant de glisser le long de mon cou. Il s'arrête là, me serrant contre lui un moment. C'est délibéré et même si, au début, je trouve cela bizarre, je sens que la pression dominante se répercute dans mon corps. Sa main continue vers le bas, caressant le côté de ma poitrine avant de la palper. Il caresse et caresse jusqu'à ce que j'ai l'impression que mon mamelon coupe à travers le tissu fin de ma robe. Je me tortille, levant les jambes plus haut, essayant d'apaiser la douce douleur qu'il crée.

Son pouce effleure mon téton gonflé, me berçant encore plus dans la stupéfaction érotique dans laquelle je me trouve.

Un soudain pincement me surprend et je me renverse, ma robe maintenant enroulée sur mes hanches. Me voyant entièrement exposée, son attention quitte mon sein, sa main enserre mon sexe.

Je ne peux pas m'en empêcher, je gémis. Il m'en faut plus. Et si le sourire sur son visage est une indication fiable, il le sait.

Une légère pression et de petites caresses semblables à des chuchotements. Ce n'est pas suffisant, mais c'est tout ce qui existe en ce moment. Ses doigts sont glissants à cause de mon désir grandissant et ils se baladent sur mon sexe, me rendant folle.

Lentement, il glisse un doigt à l'intérieur. Je gémis. Une fois assis, il enroule le bout de son doigt, touchant cet endroit secret que même mon vibromasseur préféré ne peut trouver à chaque fois. Mes yeux se révulsent sous l'effet du plaisir.

Son pouce fait le tour de mon clitoris pendant qu'il augmente la pression à l'intérieur. Il me déchire, me brise avec chaque geste et chaque caresse. Tandis que ses doigts continuent leur exaspérant mélange de rythme et pression, sa bouche trouve le pouls dans mon cou. Ses lèvres s'y attardent, d'abord doucement puis plus fort, aspirant ma chair tendre avec sa bouche. Sa barbe de trois jours est rugueuse autour du toucher soyeux de sa bouche et de sa langue... des sensations opposées qui font frémir mon corps.

Incertaine de ce qu'il faut faire et submergée de sensations, je passe mes doigts dans ses cheveux. Nos yeux se rencontrent et nous nous regardons. À cet instant, je vois avec une clarté surprenante qui n'a rien à voir avec ma vue. Je le vois et, ce faisant, je sais qu'il me voit, moi. Tout de moi.

Il pousse plus fort, ses doigts poursuivant leur danse sur ma chair sensible. Il fredonne des sons d'encouragement lorsque mes hanches se soulèvent au rythme qu'il a établi.

Je ferme les yeux pour me concentrer sur l'explosion imminente, mais il pousse son front contre le mien en chuchotant :

— Ouvre-les, tirant mes cheveux de son autre main.

Mes yeux rencontrent les siens. Le vert dans les siens se fait plus intense, bien que sa beauté ne soit pas appréciée en ce moment où l'éruption solaire sous ma peau se développe, la chaleur infusant mes os.

Et puis d'un seul coup, un flash de luminosité m'aveugle, plus rien ne compte sauf la sensation d'énergie déchirant mon corps, s'enroulant le long de ma colonne vertébrale.

Je crie, déchirée par l'assaut de sensations pendant que les doux baisers de Flynn et ses lentes caresses accentuent les derniers tremblements de mon corps. Un laps de temps non quantifiable s'écoule avant que je ne revienne à moi-même.

La réalité de l'endroit où je suis, et de la personne avec laquelle je me trouve, envahit progressivement mon cerveau. Rien n'a de sens. Ce qui vient de se passer n'arrive généralement qu'aux héroïnes dans les livres, aux demoiselles sauvées par les cow-boys et à des femmes autres que moi.

Mes yeux se concentrent sur Flynn, sur son regard doux avant qu'il ne frotte son nez contre le mien. Cette action simple et attachante me fait presque pleurer.

Je fais rarement quoi que ce soit sans analyser les résultats, étudier les variables. Décrire les procédures.

Mais à ce moment-là, en regardant dans les profondeurs insondables des yeux de Flynn, si similaires aux trous noirs qu'ils me rappellent, je ne pense pas. Je le pousse simplement sur son dos, le chevauche et tire ma robe au-dessus de ma tête. Il m'a donné un orgasme qui rivalisait avec l'éclair soudain d'une éruption solaire.

Il est juste qu'il voie des étoiles.

Flynn

Putain de merde.

Il n'y a jamais eu de femme plus belle. Les cheveux de Jackie tombent autour de son corps nu comme une putain de déesse émergeant de la mer. Je ne suis loin d'être un poète, mais face aux seins parfaitement arrondis de Jackie, rebondissant légèrement de sa soudaine prise de contrôle sexuelle, et avec ses tétons roses délicieusement serrés et sombres, je parierais que ma précieuse Mustang que je pourrais écrire le meilleur putain de sonnet depuis ceux de Shakespeare.

J'ai essayé d'être quelqu'un de bien. Mon plan avait été de la faire jouir et de la laisser dormir. Elle a dit qu'elle n'était pas ivre, et je la crois. Même sobre, qui pourrait donner cette adorable conférence sur l'alcoolémie et le fonctionnement du cervelet, pour l'amour de Dieu ? Mais le sexe n'est pas mon but avec Jackie. Cela ne l'a jamais été. Alors j'ai pensé qu'il fallait avancer lentement, prendre notre temps.

Mettre le sexe de côté jusqu'à ce que j'aie au moins réussi à l'emmener à un vrai rendez-vous.

Mais en regardant l'objet de mon désir en face, ou dans ce cas précis, en poitrine, je trouve que je suis plutôt en manque de chevalerie. Elle est une telle contradiction d'affirmation et de timidité qu'elle m'excite d'autant plus. Je la *veux et c'est tout*.

Ses doigts saisissent le bas de ma chemise et je me recroqueville, l'aidant à l'enlever. Le mouvement m'amène au niveau de ses mamelons et je m'en voudrais de ne pas accorder un peu plus d'attention à ces beautés. Ils sont la perfection même, tout comme Jackie.

Je leur donne un coup de langue en rapide provocation avant de m'y accrocher comme un homme affamé. Elle se penche en avant, son poids tombant sur ses bras alors qu'elle s'accroche de chaque côté de ma tête, me repoussant sur le lit. J'embrasse, attrape et tire sur un sein avec ma bouche pendant que je palpe le second. Ses hanches ont commencé à onduler sur mon jean, le tissu rugueux frottant contre ma queue, me faisant presque éjaculer.

Ses mains atteignent ma ceinture, tâtonnant maladroitement pour ouvrir la boucle. Je me dis une dernière fois qu'il faudrait que je ralentisse Jackie, mais lorsque sa main s'enroule autour de ma queue, mon esprit se vide et c'est à mon tour d'en profiter. Je donne à ses seins un dernier baiser chacun avant de faire rouler Jackie sous moi.

— Attends ! Je voulais...

J'embrasse sa bouche avec force avant de me relever et de me diriger vers la table de chevet.

Les lunettes de Jackie reposent sur le dessus et l'image se brûle dans mon cerveau avec la même force que l'image d'elle nue sur mon lit. Les épaisses montures noires montrent encore plus clairement avec qui je suis et à quel point cette femme en particulier m'a enroulé autour de son petit doigt.

Je prends un préservatif dans le tiroir et enlève le reste de mes vêtements, me tenant debout nu près du lit. Ma verge durcit à la vue de son regard lubrique. Mon érection est telle que c'en est douloureux. Ses yeux sont rivés sur mon sexe et je jure que je peux presque entendre son esprit scientifique évaluer l'ajustement anatomique. Ses genoux se serrent l'un contre l'autre, son souffle haletant.

Je tends une main pour faire le tour de sa cheville et la tirer. De mon autre main, je me caresse. Ce qui pourrait être une erreur, car Jackie se lèche les lèvres comme si elle était sur le point de consommer une friandise savoureuse.

Bordel.

Je sais qu'elle veut enrouler ses lèvres autour de moi, tout comme elle l'a fait pour le shot, mais je ne peux pas encore laisser cela se produire. Je ne pourrais pas tenir. Et la première fois que j'éjacule, j'ai besoin d'être en elle.

Sans détourner le regard d'elle, j'enroule le préservatif et je remonte sur le lit. Elle enroule immédiatement ses jambes autour de moi, me rapprochant d'elle.

Je m'arrête, m'assurant de la regarder dans les yeux.

— Est-ce que ça va ?

Ses sourcils se froncent.

— Est-ce encore parce que tu crois que je suis ivre ? Parce que je voudrais quand même te signaler que même si l'alcool peut augmenter le désir sexuel, il peut surtout diminuer la capacité sexuelle, en particulier chez les hommes. Alors si tu as du mal à te sentir *prêt*...

Je l'interromps en lui dévorant la bouche, et cette fois je l'entends. Je grogne vraiment. Sa putain d'intelligence et son attitude vont me tuer.

J'incline ses hanches vers le haut, et d'un seul mouvement, je me glisse en elle. Ses parois internes serrent mon membre en un plaisir intense, le meilleur et le plus douloureux que j'aie jamais connu. Cette poussée est comme un déclencheur, et soudain je me déchaîne. Je soulève ses jambes en les accrochant sous mes bras alors que je commence à aller et venir en elle. Nos mouvements créent un courant électrique qui crépite comme une torche de soudage à travers le métal.

C'est du sexe bruyant, le meilleur du genre. Des gémissements et des grognements, tous des marmonnements incohérents qui ne font que souligner à quel point tout est agréable. Ou peut-être qu'elle dit des choses, des choses excitantes, mais mon esprit est trop ivre de sensations pour les comprendre.

La sueur scintille sur sa peau et une rougeur se propage des racines de ses magnifiques cheveux aux pointes de ses mamelons durcis.

Je me décale et bouge mes mains pour attraper ses minces

poignets, les plaçant au-dessus de sa tête. Puis je plante mes genoux sur le matelas avant de recommencer à bouger.

Mes yeux rencontrent les siens, mon sang rugit dans mes oreilles, palpitant au rythme rapide de mon cœur. Les yeux de Jackie s'écarquillent, mais elle ne détourne pas les yeux de cette soudaine intimité. Laisser quelqu'un me regarder dans les yeux ainsi, me voir brut et exposé, devrait me perturber. Mais ce n'est pas le cas. Au lieu de cela, la dilatation de ses pupilles me stimule et je la pilonne de plus en plus intensément et profondément. Chaque poussée enfonce mon bassin contre son clitoris, créant plus de pression. Bientôt, il n'y a plus que les sons de nos souffles, des claquements de peau et le bruit sourd de la tête de lit qui cogne contre le mur alors que nous nous concentrons sur le plaisir qui s'enflamme entre nous.

Et tout à coup, ça arrive. Son dos se cambre, ses parois intérieures se serrent autour de moi. Je pousse une fois, deux fois de plus avant de m'arrêter, ivre de plaisir, mes yeux se fixant toujours dans les siens pendant que je gémis.

— Chérie.

TREIZE
MÉTADONNÉES

Jackie

Ma bouche est comme la surface aride de Mars, et j'ai mal dans des endroits qui n'ont pas été touchés par quelqu'un d'autre que moi depuis longtemps.

Oh, par Neptune, qu'est-ce que j'ai fait ?

Flynn. J'ai couché avec Flynn.

Quand mon cortex cérébral revient en ligne, tous les détails de la nuit dernière me traversent le cerveau, provoquant un lent sourire qui s'étend sur mon visage.

Putain de merde, j'ai couché avec *Flynn*.

Je lui ai dit hier soir que je n'étais pas ivre, et c'était le cas. Mais dans la lumière vive du matin, je peux dire, avec une certitude absolue, que ces shots avaient assurément abaissé mes inhibitions. Ai-je vraiment … ?

Oui. Oui, je l'ai fait.

Mon sourire s'élargit.

Je suis sur le ventre, un bras jeté sur le côté du lit. Super. *La grâce incarnée*, Jackie. Doucement, je ramène ma main vers mon visage et me retourne.

L'autre moitié du lit est vide. *Hum.*

Le mauvais côté, c'est que le fait qu'il ne soit pas là déclenche une petite étincelle de panique dans ma poitrine. Mais le bon côté, c'est que Flynn n'est pas là pour voir mon visage de gueule de bois, qui, j'en suis sûre, comprend de la bave séchée au coin de ma bouche et des coulures de mascara sous mes yeux.

Je me redresse, heureuse de constater que je ne me sens pas mal. J'ai juste soif. En regardant autour de moi, je remarque ce que je n'avais pas vu la nuit dernière. Comme j'étais si occupée, tout ça.

Une baie vitrée au-dessus du lit laisse entrer beaucoup de lumière naturelle. Donc soit Flynn est un lève-tôt, soit il arrive à dormir sous un soleil aveuglant. Entre son travail de mécanicien et le fait qu'il ne soit pas au lit en ce moment, je penche plutôt pour la première option. Des murs bleu clair, des meubles en chêne miel et, bien sûr, le grand lit king size sur lequel je suis allongée.

Sa chambre semble être la Terre de ma chambre spatiale. Je ne vais pas trop y réfléchir.

Tout est un peu flou et je parcours la pièce du regard à la recherche de mes lunettes. Elles sont exactement là où Flynn les a placées hier soir, pliées avec soin sur la table de chevet. Je souris en pensant au soin qu'il leur a apporté, même dans le feu de l'action. Je les mets pour continuer mon inspection avec une parfaite clarté.

La porte du placard est ouverte. C'est un dressing, donc je ne peux pas voir tout ce qu'il contient, mais juste à l'entrée, il y a un tas de linge sur le sol. Le reste de la pièce est assez bien rangé. Pas de vêtements éparpillés, de vaisselle sale ou de désordre.

Ma robe et ma veste reposent sur une chaise près de ce que je suppose être la porte de la salle de bains. À la lumière du jour, je n'ai pas trop envie de remettre cette robe. Surtout sans alcool dans le sang ou sans pression des filles pour m'en donner le courage. Je tends l'oreille, essayant d'entendre Flynn, mais je n'entends que le silence. Une fois hors du lit, je me dirige vers la commode sur la pointe des pieds. Sûrement, après la nuit dernière, j'ai le droit de piquer un T-shirt et peut-être un boxer.

Je m'arrête. Ou peut-être pas. Je veux dire, Flynn n'était pas là pour me dire bonjour quand je m'étais réveillée. De plus, mes vêtements ont été placés pour moi... C'est peut-être sa façon de me dire de foutre le camp.

Putain de merde. Est-ce que c'est en train de se reproduire ? Est-ce qu'il a en a fini avec moi maintenant que nous avons eu des relations sexuelles ?

Haletante, je me rassieds sur le lit et je lutte pour ralentir ma respiration. Une fois que je serais sûre à soixante-quinze pour cent de ne pas me mettre à hyperventiler, je commence à penser aux raisons de ne pas réagir de manière excessive.

Premièrement, j'ai décidé hier soir que Flynn n'était *pas* Brian.

Deuxièmement, j'aime bien Flynn. En mettant de côté le fait qu'il est bien trop beau pour moi, il est adorable. C'est aussi un frère attentionné, un mécanicien talentueux. Et il aime mes lunettes.

Troisièmement, je suis une femme adulte. Je suis une ingénieure de la NASA et un putain de génie. Je peux gérer cette situation.

Et quatrièmement, si Flynn se révèle être un connard, je laisserai juste une critique cinglante de sa boutique sur Yelp comme la femme adulte et très mature que je suis.

Me sentant plus calme, je me remets sur mes pieds, attrape ma robe et me dirige vers la porte non ouverte.

Oui, c'est bien la salle de bains.

Je tombe sur mon reflet dans le miroir. Toute la lumière naturelle aide à éclairer les preuves des activités de la nuit dernière. Les frottements de sa barbe ont laissé des traces sur mon cou et, oh, sur mes cuisses aussi. Punaise, j'ai même des suçons sur la clavicule.

J'ai presque trente ans et des suçons.

Enfin, vu que je n'ai jamais eu de suçon auparavant, je suis un peu fière de moi.

Je fais glisser la robe par-dessus ma tête et observe le reste des dégâts. Mes cheveux sont... bouffants. Aucune autre façon de les décrire qui n'implique pas de les comparer à un nid d'oiseau ou à un buisson d'amarante roulant à travers le désert.

Je trouve une bouteille de bain de bouche dans l'armoire que je mets à bon escient et je passe mon visage sous l'eau pour me débarrasser des restes de maquillage. Ma peau tiraille, mais c'est mieux que d'affronter Flynn après une nuit de sexe de folie avec des yeux de raton laveur.

De retour dans la chambre, j'enfile ma veste. Dans un bar bondé et faiblement éclairé, ma robe avait l'air bien. À la lumière fraîche et enquiquinante du jour, je ne pense même pas que cette chose pourrait être considérée comme une chemise de nuit, et encore moins appropriée pour une sortie en public.

Je sursaute lorsque mon téléphone vibre. En tapotant le devant de mon corps, je le trouve dans la poche de ma veste. Des notifications indiquent que j'ai reçu des e-mails du travail. Je peux les regarder plus tard. Mais ce qui attire mon attention, ce sont les nombreux textos d'hier soir.

Rose : *Ton talent avec les Blow Jobs est légendaire !*
Rose : *N'oublie pas de dire à Flynn de sortir couvert*
Trish : *Ignore Rose. Amuse-toi bien, ma puce.*

Je clique sur une série de photos que Rose a envoyées hier soir. Il y a plusieurs selfies de nous faisant des grimaces idiotes, une photo d'une Trish qui ne se doute pas qu'elle est prise en photo, un gros plan de mon décolleté, et une photo de Flynn et moi qui dansons.

Sur fond flou de danseurs virevoltants, Flynn et moi semblons seuls sur la piste de danse. De profil, ma tête est renversée de rire. C'est le moment où j'ai réalisé que j'avais dansé tout au long de ma conférence sur la résonance orbitale. J'ai l'air heureux, léger, insouciant.

Mais ce n'est pas mon image qui retient mon attention. C'est Flynn.

Son regard est attentif. Concentré uniquement sur moi. Un sourire joue sur ses lèvres alors qu'il me serre contre lui. Il a l'air... captivé. Captivé par *moi*.

Il paraît qu'une image vaut mille mots. Je ne suis pas sûre de pouvoir en trouver un millier pour décrire cette photo candide, mais l'expression sur le visage de Flynn me fait me sentir mieux par rapport à lui ce matin. Je remets mon téléphone dans ma poche et prends une profonde inspiration pour me donner du courage avant de me frayer un chemin dans le couloir et dans la cuisine.

Mer... cure.

Flynn est pieds nus et porte un T-shirt Henley moulant dont il a relevé les longues manches, ainsi qu'un jogging gris. Il s'active sur une casserole avec une spatule. Et si cela ne suffit pas à provoquer des palpitations cardiaques, ses cheveux sont tout ébouriffés et ses lèvres sont pincées sur le côté. Le début de barbe ornant son menton me rappelle les traces de frottement entre mes jambes. Je sens mon visage rougir au moment où il me regarde, spatule à la main. Son visage est vide, comme si je l'avais réveillé d'une rêverie. Puis il cligne des yeux, un lent sourire illuminant son visage.

— Mer... cure ?

Mince alors. Je l'ai dit à voix haute ? J'ouvre la bouche pour...

— Merde !

Flynn pose violemment la casserole et secoue la main.

— Pardon, dit-il, l'air un peu penaud. Je me suis brûlé. Et j'ai aussi brûlé le petit déjeuner, à première vue.

Il passe son autre main dans ses cheveux, puis place les deux sur ses hanches.

— Mais je fais pas un mauvais café.

Il sort une tasse d'une armoire.

— Ou du moins, c'est ce que Rose me dit.

— Est-ce que Rose est là ?

Mon Dieu, s'il vous plaît, faites que Rose ne soit pas là.

— Non. Elle m'a envoyé un texto hier soir pour me dire qu'elle dormait chez Trish.

— Vraiment ?

Je marche vers les tabourets poussés sous l'îlot de cuisine.

— Ouais, mais c'est Rose, dit Flynn en haussant les épaules. Cette nana a un super appartement en plein centre-ville, mais ne l'utilise jamais.

Je sors un tabouret et m'assois. L'imposant îlot nous sépare, et j'en suis reconnaissante parce que lorsque je m'assois, la robe remonte à nouveau sur mes jambes.

— Est-ce que je peux t'aider ?

Je lui pose la question tout en regardant le comptoir surmonté de coquilles d'œufs, d'un bol, d'un fouet et d'un carton de lait ouvert. Il y a des éclaboussures et des petites flaques partout.

Il se dirige vers la cafetière et me sert une tasse.

— Non. J'étais juste en train de nous préparer le petit déjeuner. Ou du moins d'essayer. D'habitude, je ne mange que des céréales, mais je me suis dit que j'allais faire plus d'efforts aujourd'hui.

Il soulève le carton de lait.

— Comment aimes-tu ton café ?

— Oh, euh, je n'en bois pas.

Mince, j'aurais dû le lui dire avant qu'il ne le verse.

Les sourcils de Flynn se haussent.

— Sérieusement ? Comment peux-tu ne pas boire de café ? demande-t-il en posant la tasse. Je ne suis pas très utile si je n'en ai pas bu au moins une tasse le matin.

Gênée par une chose aussi triviale que de ne pas aimer le café, ainsi que par le fait de ne pas savoir comment me comporter après une torride nuit d'amour, à ma grande horreur, je me mets à bredouiller.

— Eh bien, pendant ma première semaine à l'université, le groupe d'étude auquel j'étais affectée a pris une pause-café. Je n'avais jamais bu de café auparavant et je ne savais pas quoi commander. Avec le recul, je me dis que j'aurais dû demander à l'un des membres du groupe, mais je voulais m'intégrer. Je pouvais déjà dire qu'ils n'étaient pas heureux de se retrouver coincés avec la gamine.

Flynn me jette un regard bizarre.

— J'ai été à la fac à seize ans, tu te souviens ?

Il hoche la tête, et cela me fait continuer mes divagations :

— Quoi qu'il en soit, quand mon tour fut arrivé, j'ai juste commandé la même chose que le gars avant moi. Il s'avère qu'il avait pris un venti Americano. Après m'être forcée à le boire, j'ai dû retourner dans mon dortoir pour vomir. J'ai eu des secousses pour le reste de la journée. Je n'ai plus jamais voulu boire de café.

Je pousse mes lunettes sur mon nez et me force à arrêter de parler, me concentrant sur le fait de placer mes cheveux derrière mes oreilles et de plier mes mains sur le comptoir devant moi.

Flynn rit.

— Ouais, je peux comprendre que ça gâcherait le café pour toi.

Tout est silencieux le temps d'un instant, et je pense que ce n'est pas étonnant que je n'ai pas plus d'amis. Ou de rancards. Je suis à peu près sûre que les souvenirs d'enfance tristes et embarrassants ne figurent pas sur la liste des sujets appropriés du lendemain matin. Surtout si ces souvenirs d'enfance se sont produits à l'université.

— D'accord, pas de café pour toi. Du jus d'orange ? De l'eau ?

Il met la tasse pleine dans l'évier.

Je lui adresse un sourire reconnaissant

— De l'eau, ce serait génial. Merci.

Flynn ouvre un placard et attrape une bouteille d'eau.

— Voilà. À moins que tu ne veuilles un verre et des glaçons ?

— Non, ça va.

Je prends mon temps pour dévisser le capuchon et le pose doucement sur le comptoir, étudiant les fines stries de gris sur le comptoir en marbre blanc.

— Et maintenant pour le petit déjeuner.

Il prépare deux assiettes et en met une devant moi. Deux œufs, tous deux avec le jaune cassé, du pain plus que grillé et du bacon. Flynn examine les assiettes et soupire.

— Je sais que cela semble bizarre, mais je n'ai jamais essayé de faire cuire un œuf avant aujourd'hui. Rose ou Holt ont toujours préparé le petit déjeuner.

Il regarde la poêle.

— J'avais commencé par faire des œufs brouillés, mais je pense que j'y avais mis trop de lait. Ils étaient baveux comme je ne sais pas quoi.

Bien que mon assiette semble très peu attrayante, j'attrape un morceau de pain brûlé et en prends une bouchée. Je ne veux pas que Flynn pense que je n'apprécie pas ses efforts. Je m'assure que mon visage reste passif pendant que je croque les restes de pain carbonisé. Je prends une grande gorgée d'eau pour m'aider à l'avaler. Déterminée, je commence ensuite les œufs. Ils ne sont pas vraiment mauvais. Je n'avais juste jamais pensé que les œufs au plat pouvaient être aussi durs. Quand ma fourchette ne les coupe pas, j'attrape un couteau pour les scier.

Flynn éclate de rire.

— Arrête, s'il te plaît. Je veux dire, j'apprécie vraiment que tu aies essayé, mais j'ai failli me casser une dent sur ce bacon. Ça ne vaut pas le coup.

Le coin de sa bouche se transforme en ce sourire sexy que j'adore.

Je souris en retour.

— Ce n'est pas *si* mauvais.

— Si, ça l'est.

Il se lève, saisissant les deux assiettes. Après les avoir mis dans l'évier à côté de la tasse de café, il se tourne vers le placard et en sort deux boîtes.

— Alors, Lucky Charms, dit-il en secouant une boîte, ou Apple Jacks ? demande-t-il en secouant l'autre.

Je glousse. Qui aurait su que j'étais une fille qui glousse ?

— Il n'y a même pas de choix à faire. Des Lucky Charms, évidemment.

Il serre la boîte de céréales sur sa poitrine.

— Mon style de fille.

Une sensation étrange me traverse. Pas de gêne, mais de la chaleur, presque comme une manifestation physique de bonheur, coule sous ma peau. Ce qui est fou. Je suis folle.

En me raclant la gorge, j'essaye d'entamer une conversation normale et de ne pas bredouiller des trucs aléatoires.

— Avec ton ranch familial, qu'est-ce qui t'a donné envie de devenir mécanicien ?

Génial, maintenant je l'imagine avec sa combinaison de

mécanicien et un chapeau de cow-boy. Je prends une profonde inspiration par le nez et la laisse sortir lentement par la bouche pendant que Flynn verse les céréales et attrape le carton de lait qui est toujours sur le comptoir.

— Pendant un certain temps, je n'étais pas vraiment sûr de ce que je voulais faire, dit-il avant de secouer la tête. Non, ce n'est pas vrai. Je suppose que j'ai toujours aimé les voitures, mais je n'ai pas eu le courage de me lancer jusqu'à récemment.

Je ne peux pas imaginer Flynn autrement que confiant. Même quand il se tenait là, à préparer un petit déjeuner alors qu'il ignorait comment faire, il avait l'air sûr de lui. Il est tellement fascinant pour moi.

Je pose mon coude sur le comptoir et mon menton dans ma paume.

— Raconte-moi tout.

QUATORZE
SORTIE

Flynn

Jackie aime les Lucky Charms.

Il s'avère que c'est une fille qui aime les céréales et déteste le café. J'adore découvrir ces choses sur elle. De petites choses. Des choses intimes. Comme comment elle devient carrément sauvage quand elle est folle de plaisir.

— Je n'ai pas toujours travaillé sur des voitures. Comme je te l'ai déjà dit, je suis allé à l'université pendant quatre ans, comme la plupart des gens.

— Laquelle ?

— Baylor.

Elle hoche la tête.

— C'est une bonne fac.

— Ouais, je suppose.

— Tu ne l'as pas aimée ?

— Honnêtement, je ne me souviens pas de grand-chose. J'ai réussi à obtenir un diplôme, mais pas avec brio. J'étais toujours en contradiction avec mes parents et je me suis comporté comme un gros con. J'ai surtout fait la fête.

— Oh.

Je grimace en pensant à mon passé : un gamin stupide avec trop d'argent, empli d'aigreur et de colère à cause de la mort de mes parents. Mais la calme déception de Jackie retourne néanmoins mon estomac.

— Je me suis spécialisé en affaires, pensant que je...

Je m'arrête, ne voulant pas entrer dans le secteur pétrolier du ranch de ma famille. Au lieu de cela, j'agite ma cuillère en l'air avec indifférence.

— Mais heureusement, je me suis réveillé, et je suis parti en école professionnelle.

— Et est-ce que tu aimes ce que tu fais ?

— Ouip. Je ne peux pas imaginer être heureux en faisant quoi que ce soit d'autre.

— C'est vraiment le plus important, n'est-ce pas ? De faire quelque chose que tu aimes.

— Je suppose que oui.

— Nous sommes tous les deux très chanceux de pouvoir faire ce que nous aimons et de gagner notre vie ainsi.

Je ne prends pas la peine de lui dire que je n'ai pas à gagner ma vie. Que même si ma boutique ne rapportait pas d'argent, tout irait bien. Que j'ai plus de chance qu'elle ne le devine. Je ne sais pas pourquoi. Elle m'a parlé de sa mère, de sa relation étrange avec son père et des souvenirs difficiles liés au fait d'être plus intelligente que tous ses pairs en grandissant. La culpabilité que je ressens est plus que liée au fait de savoir que j'omets volontairement des choses, c'est de savoir que je crée une distance entre nous en le faisant. Mais je ne lui dis toujours rien.

J'essaie de lui poser des questions sur la NASA, mais elle semble plus intéressée par ma boutique et la restauration de voitures anciennes. Tout comme quand je lui ai expliqué comment démarrer une voiture en court-circuitant le neiman, elle s'imprègne de toute connaissance. J'ai le sentiment que Jackie sera capable de répéter tout ce que je lui dis comme une experte après cette seule conversation.

— Tu connais le lien entre les astronautes et les Corvette ? me demande Jackie.

— Non. Qu'est-ce que c'est ? Est-ce que beaucoup d'astronautes les conduisent ou quelque chose comme ça ?

— Eh bien, c'était le cas.

Elle pose sa cuillère et s'incline vers moi.

Je suis plutôt fier de moi lorsque je m'empêche de regarder ses jambes.

— Tu vois, Alan Shepard était un grand fan de voitures de sport. Beaucoup d'entre eux l'étaient, ajoute-t-elle en remontant ses lunettes. Beaucoup d'astronautes, je veux dire. Je suppose que cela a du sens, car, à cette époque, les astronautes étaient vraiment la définition des accros à l'adrénaline, dit-elle en regardant sur le côté. Sinon, comment pourrait-on expliquer leur volonté de s'attacher à une navette construite par le constructeur le plus bas, attachée à une fusée qui crée littéralement des explosions sous eux afin de les propulser vers l'inconnu ?

Elle secoue la tête, comme pour s'éclaircir les idées.

Des accros à l'adrénaline. Je sais tout sur ce sujet, ayant été élevé par deux d'entre eux.

— Pardon, où en étais-je ? demande Jackie.

Je me racle la gorge et me concentre sur le présent.

— Les Corvette ?

— Oh oui.

Elle se déplace vers l'avant, ses genoux effleurent le côté de ma cuisse et mes doigts se resserrent autour de la cuillère.

— Donc, Alan Shepard était connu pour se présenter à sa formation au volant d'une Corvette. Et après être devenu le premier Américain dans l'espace, GM lui a offert une Corvette qui avait un intérieur personnalisé, avec des altimètres, comme ceux utilisés par les pilotes.

Jackie ne pouvait pas être plus parfaite. Elle m'apprend quelque chose sur les voitures, tout en me filant la trique rien qu'en respirant. J'essaie de feindre la nonchalance.

— Cool. Ça devait être, quoi, une voiture de 1961 ?

— 1962, dit-elle avec un geste de la main. Mais ce n'était que le début. Après Shepard, personne n'a plus eu le droit de recevoir des voitures, de peur que le gouvernement ne donne l'impression que General Motors était le sponsor de la NASA. Mais certains concessionnaires de Floride ont contourné cette règle en offrant à tous les astronautes un accord leur permettant de louer une Corvette pour un dollar, et ils pouvaient relouer un nouveau modèle chaque année pour le même coût.

Sa robe remonte le long de ses jambes alors qu'elle bouge les mains, animée par la conversation.

Je me reconcentre sur ses yeux.

— Purée. Je suppose que ça paie d'être astronaute.

— Malheureusement, l'âge d'or des astronautes traités comme des rock stars est révolu. Ce que je trouve stupide. Ils sont *tellement* plus cool que les rock stars.

La moue sur son visage me fait rire. Il est rare qu'une femme puisse faire rire un mec et le faire bander en même temps.

Je prends mentalement note de me renseigner sur les Corvette de 1962.

Elle remue les céréales dans son bol. Il ne reste que celles qui ne sont pas en guimauve. Elle n'est peut-être pas accro à la caféine, mais cette fille aime vraiment le sucre.

Encore une chose que j'aime chez elle.

Je ne me souviens pas d'avoir jamais voulu connaître quelqu'un comme je veux connaître Jackie. Et je veux qu'elle me connaisse aussi.

Les mensonges par omission qui se sont accumulés entre nous m'atteignent. Je veux...

La bande originale de *L'Odyssée de l'espace* résonne à travers la pièce.

Jackie saute et attrape son téléphone dans la poche de sa veste.

Ce n'est probablement pas le meilleur moment pour lui dire que j'ai confisqué le string que j'ai trouvé dans son autre poche. Je me perds dans une rêverie en réalisant que cela signifie que Jackie ne porte toujours pas de sous-vêtements, avant de voir son visage pendant qu'elle regarde l'écran.

— Qu'est-ce qu'il se passe ?

Jackie tourne autour de moi et se précipite vers ses bottes près de la porte, commençant à les enfiler.

— Je dois y aller.

Bien que momentanément stupéfait par la vue de ses fesses nues pointant en l'air alors qu'elle essaie de mettre ses pieds dans ses bottes, je suis à ses côtés en quelques enjambées et prends son visage dans ma main.

— Hé. Qu'est-ce qui vient juste de se passer ? Ça va ? J'ai fait quelque chose ?

Elle cligne des yeux. Son expression s'adoucit.

— Non, non, bien sûr que non. Ce n'est pas ça. J'ai juste oublié Boondoggle's.

— Boondoggle's ? Le bar ?

Elle hoche la tête.

— Je ne comprends pas.

— L'équipage se trouvant actuellement sur l'ISS appelle aujourd'hui. Il faut que j'y sois.

Elle se penche à nouveau, essayant sans grand succès d'enfoncer son pied nu dans une botte.

— Jul' va me tuer.

— Attends une seconde.

Je dois fermer les yeux pour réfléchir et ne pas regarder ses fesses.

— Tu dois aller dans un bar pour parler aux astronautes ? Et qui est Jul' ?

Elle semble abandonner ses bottes et se redresse, levant les bras pour tordre ses cheveux en une sorte de nœud.

Elle ne doit honnêtement pas avoir la moindre idée de ce qu'elle est en train de faire. Entre la voir se pencher sans culotte, et la manière dont ses seins sans soutien-gorge remontent alors qu'elle tente de se coiffer à la hâte, mon esprit ne cesse de caler.

— C'est une chose que les astronautes font parfois pour remercier l'équipe. Ils viennent de terminer une sortie dans l'espace il y a quelque temps, et bien que les résultats aient été médiocres, tout le reste s'est bien passé. La NASA a un accord avec Boondoggle's, ce qui leur permet d'organiser une vidéoconférence à l'extérieur du bar et tout le monde peut se rassembler pour dire bonjour à l'équipage de la station et boire la bière que les astronautes ont payée. Un peu comme un Face Time depuis l'espace. Ou un apéro Skype.

Elle hausse les épaules.

— C'est un truc qu'on fait. Ça se fait depuis des années, en fait.

Je demande, essayant de garder le rythme :

— Et Jul' ?

— Jul' est mon amie. Elle est là-haut en ce moment. C'est elle qui m'a fait sortir le soir où j'ai rencontré Rose.

Jackie baisse les mains, abandonnant l'idée de coiffer ses cheveux.

— Elle a fait ça, hein ? Je suppose que je vais devoir la remercier.

Je glisse une mèche perdue derrière son oreille et redresse ses lunettes, appréciant qu'elle se détende sous mes mains.

— Mais pourquoi va-t-elle te tuer ?

— Qui ? Oh, Jul'. Une longue histoire de chantage.

Elle s'appuie contre le mur, essayant à nouveau de mettre ses bottes. Un de ses pieds entre enfin dans l'une d'elles.

— Mais en deux mots, si je ne me suis pas là aujourd'hui, elle dira à Ian que je veux, et je cite, « vraiment me le taper ».

Toutes mes pensées sur les fesses de Jackie, ses yeux doux et son cerveau sexy sont remplacées par une seule pensée : *Oh, non*.

— Je viens avec toi.

QUINZE
ARRÊT AU STAND

Flynn

Les cheveux de Jackie sont une tornade dans le vent.

J'adore ça.

Elle a demandé à ouvrir les fenêtres et maintenant elle essaye de se coiffer à deux mains.

— Tu es sûre que tu ne veux pas que je ferme les fenêtres ?

— Non non. Je vais y arriver.

Elle semble enfin arriver à les plaquer sur le côté de sa tête d'une main, son coude appuyé sur la portière de la voiture. Nous passons devant la NASA sur le chemin de son appartement, la brise de Clear Lake fouettant la voiture.

— Qu'est-ce que c'est, comme voiture, celle de Ian ? Tu le sais ?

Son intérêt pour son collègue, même s'il s'agit de voitures, assombrit ma bonne humeur.

— Une Tesla S P100D.

Je n'aime peut-être pas Ian, mais je dois tout de même admettre que ce mec a une super caisse. Elle va de zéro à quatre-vingt-dix kilomètres/heure en deux virgule cinq secondes.

— C'est un nom à coucher dehors, dit-elle.

Je souris en pensant à d'autres choses qui pourraient coucher dehors.

— Quoi ? Qu'est-ce qu'il y a de si drôle ?

Eh bien, il n'y a pas moyen que je lui dise que je pense à *ça*.

— Euh, je pensais à la résonance orbitale.

— Vraiment ?

Elle rebondit un peu sur le siège, l'air contente.

Je ris, ma bonne humeur revenue.

— Ne sois pas trop excitée. Je ne me souviens pas vraiment de quoi il s'agit. Pour moi, par contre, résonance orbitale est un nom à coucher dehors. Une Tesla S P100D est juste une belle bagnole.

— Je peux comprendre.

Sa tête s'incline en arrière, dévoilant le cou long et élancé que j'aime. Elle est tellement sexy, des mèches de cheveux dansant autour de son visage.

— Combien ça coûte ce genre de voiture, tu penses ?

Voilà mon humeur qui plonge à nouveau. Pourquoi cette question ?

— Je pense qu'il est peut-être temps de songer à changer de voiture, ajoute-t-elle.

Ma mâchoire se serre un instant avant de répondre.

— La Tesla de Ian te coûtera environ 135 000 dollars.

— Sérieusement ?

Elle s'assied sur son siège, un poing toujours verrouillé autour de ses cheveux.

— Ian doit être riche.

Je me surprends à vouloir sortir un « Pas autant que moi », mais je ne le fais pas. D'un, parce que je n'ai pas cinq ans. Et de deux, je me détesterais si j'essayais de gagner l'affection de

Jackie avec de l'argent. Et puis il y a aussi le fait que si je lui disais que j'étais plus que millionnaire, elle me demanderait pourquoi j'ai minimisé le ranch plus tôt. Alors je ravale mes envies de faire le malin, et le malaise que je ressens avec.

— Toi et Ian... ?

Une rafale de vent fouette quelques-uns de ses cheveux sur son visage, et je ne peux pas voir son expression.

— Oui, qu'est-ce que tu veux savoir sur nous ?

Nous. Heureusement que le volant de ma Boss est résistant, sinon il se serait brisé dans mes poings au moment où je passe la grille de sa résidence.

— Il t'a appelée « ma jolie », l'autre jour.

— Ah, oui, c'est vrai, hein ? dit Jackie en serrant ses lèvres. Je voulais l'interroger à ce sujet.

Je me gare sur la place encore vacante de Jackie.

— Je suppose que j'aurais dû conduire ma propre voiture. Je n'y ai pas pensé, dit-elle.

J'essaie de ne pas insister sur le fait qu'elle n'a pas répondu à ma question à propos de Ian.

— Ça fait partie de mon plan. De cette façon, tu devras revenir chez moi plus tard.

Elle rougit et je regarde les nuances de rouge voyager le long de son cou et entre ses seins. *Mince alors.*

Humeur rétablie.

Je me penche et embrasse son cou, mordillant son oreille.

— Tu vas m'inviter à rentrer, cette fois-ci ?

— Humm ? Oh. Oui, bien sûr. Mais je dois te prévenir, les filles sont venues hier soir avant notre sortie et elles ont en quelque sorte laissé une explosion de vêtements dans tout l'appart. On dirait mon propre sursaut gamma, grogne-t-elle alors que nous sortons de la voiture pour nous diriger vers les escaliers.

Je prends sa main en souriant alors que nous nous dirigeons vers les escaliers.

—Sursaut gamma ?

— Une explosion à très haute énergie. Ce sont les événements électromagnétiques les plus lumineux connus dans l'univers.

Je la laisse passer devant moi dans les escaliers, parce que je suis un gentleman et non parce que je peux, ainsi, regarder ses fesses.

— Une explosion à très haute énergie ? Ouais, ça ressemble bien à Rose, dis-je, les yeux rivés sur le bas de sa robe.

Ma blague la fait sourire par-dessus son épaule alors que nous atteignons le haut des escaliers. Une jambe sur le palier, l'autre sur la dernière marche, un bout de fesse légèrement visible à l'ourlet de sa robe, les cheveux, emmêlés après notre nuit de folie, jetés sur une épaule, les lunettes perchées sur son nez et un large sourire... je jure que je pourrais presque la jeter au sol juste là. Heureusement, je suis juste stupéfait par sa beauté, et Jackie continue son chemin vers la porte, les clés à la main.

La regarder ouvrir la porte me rappelle tellement la première fois où je l'ai ramenée chez elle, où je voulais faire plus que simplement lui embrasser la joue, mais me suis retenu, sachant que cette fille serait plus qu'un simple coup d'un soir. Je me penche en avant et je l'encadre de mes bras, voulant être plus proche d'elle. La serrure clique avec le tour de son poignet, mais au lieu de l'ouvrir, elle se retourne dans mes bras.

— Je n'ai jamais invité de mec à entrer.

Elle ajuste ses lunettes avec un air tellement innocent que j'ai du mal à ne pas me sentir comme le grand méchant loup. J'ai encore plus de mal à ne pas aimer ça.

— C'est vrai ?

Va te faire foutre, Ian, c'est moi le premier.

— Oui. Je ne... Je veux dire je n'ai pas...
— Jackie ?

Je me penche et frotte légèrement mon nez contre le sien.

— Oui ?
— Je vais t'embrasser maintenant.
— Oh. D'accord.

Je plonge la tête plus bas, caresse ses lèvres des miennes avant d'augmenter la pression. Je prends mon temps, la savoure, laisse ma langue lui faire de petites caresses tranquillement entre les baisers. J'attends que ses mains s'écartent de ses côtés et attrapent mon T-shirt avant de m'éloigner. Alors que ses yeux sont toujours fermés, je tends la main autour d'elle et tourne le bouton, ouvrant la porte.

— Et si on te faisait entrer et te changer pour que nous puissions arriver à temps à Boondoggle's ?

Et comme ça Ian saura qu'elle ne veut certainement pas coucher avec lui, parce qu'elle couche avec moi.

Ses yeux s'ouvrent avec un sourire.

— D'accord.

Dans l'appartement, je remarque tout de suite le canapé et combien il est dix fois plus cool que le mien. Et je pourrais totalement voir cette table de cuisine dans mon coin petit déjeuner.

Jackie traverse le petit espace de vie jusqu'à une autre porte, ramenant mon attention sur elle.

— Je ne serai pas longue. Mets-toi à l'aise.
— Ça ira.

Je prends mon temps pour me promener dans l'appartement. Avec sa taille, cela ne prend pas longtemps.

J'entends de l'eau couler et je dois prendre quelques respirations profondes après avoir imaginé Jackie mouillée, chaude sous les embruns. Cherchant à me changer les idées, je me dirige vers plusieurs cadres appuyés contre le mur. J'en retourne un, puis un autre, inclinant la tête sur le côté pour lire ce qui s'avère être plusieurs diplômes. Principalement de l'Université de Stanford, mais il existe également de nombreux certificats et récompenses de la NASA.

Ils devraient être accrochés. Je regarde l'espace limité sur le mur, en colère qu'elle n'ait pas de place pour ses accomplissements. Ils devraient être affichés bien en vue, un témoignage de son travail acharné. Je pense automatiquement à l'alcôve de mon vestibule. C'est un espace qui, selon le décorateur, serait idéal pour en faire un petit bureau.

Putain, je pense déjà à l'installer chez moi. *Reprends-toi, mec.*

Avec précaution, j'appuie les cadres contre le mur et je m'éloigne.

Outre le canapé et la table de la cuisine, tout semble être d'occasion ou sortir d'un dortoir d'université. Je suis sur le point de me poser sur le canapé quand j'entends des voix provenant de l'endroit où Jackie a disparu. Peu fier de l'épier, je m'appuie sur le mur à côté de la porte et tends l'oreille.

— Alors, je pensais à mes Converse, mon jean et peut-être à l'un des nouveaux hauts que Trish et toi avez apportés.

Il y a un bruit sourd.

— Désolée, j'ai laissé tomber le téléphone. Attends, laisse-moi te mettre sur haut-parleur. Je ne peux pas passer en revue tous ces vêtements d'une seule main, dit Jackie.

Il y a du bruit et puis la voix de ma sœur se fait entendre. Je lève mentalement les yeux au ciel. Rose n'a pas besoin d'être mise sur haut-parleur pour être entendue :

— Qu'est-ce qu'il y a entre toi et les Converse ?

— Qu'est-ce que tu veux dire ?

— Je veux dire, tu t'habilles comme un enfant.

— Les Chucks sont cool, insiste Jackie.

— Chucks ?

— Ouais, c'est comme ça que les Converse All Stars s'appellent : des Chucks. En hommage au basketteur Charles Taylor, qui portait et vendait ces chaussures. Beaucoup de basketteurs en ont porté par la suite, tout comme les athlètes des Jeux olympiques. Même les soldats en ont porté pendant l'entraînement au moment de la Seconde Guerre mondiale.

— Pourquoi tu sais tout ça ? Qu'à cela ne tienne, ne réponds pas. Tu sais tout.

Je veux gifler ma sœur pour cette remarque, surtout quand Jackie reste silencieuse.

— Je suis désolée, dit Rose. Je suis en train de faire ma connasse. J'essaie juste de comprendre pourquoi tu portes tout le temps ce qui est, malgré leur intéressante histoire, considéré comme des chaussures de lycéen.

La voix de Jackie semble faible au début.

— Ce ne sont pas des chaussures de lycéen, murmure-t-elle, avant de marquer une autre pause. D'accord, peut-être un peu, mais elles sont cool. Il y a des photos partout à la NASA de John Glenn portant des Chucks pendant son entraînement pour devenir astronaute.

— Parfois, je me demande à quel point ton cerveau est encombré, soupire Rose. Enfin, bref. L'apogée de John Glenn était avant ta naissance. Pourquoi cette obsession ? C'est comme si tu voulais vivre et t'habiller comme un mec des années 1960.

— J'aime la NASA et son histoire. Rien de bizarre à ce sujet.

— Tu es hyper intelligente. Je ne comprends pas. Tu pourrais concevoir un satellite interstellaire, gagner des millions dans le secteur privé ou inventer une machine à voyager dans le temps. Pourquoi cette obsession avec la NASA ?

Jackie marmonne quelque chose et j'appuie mon oreille contre la porte.

— Quoi ? demande Rose.

— Parce que ma mère l'adorait, d'accord ?

— Attends. Quoi ? Je pensais que ta mère...

— Ouais, elle est morte après ma naissance. Mon père ne parle jamais vraiment d'elle, mais quand j'étais petite, j'ai trouvé tout plein de trucs de la NASA qu'elle collectionnait. Des coupures de presse de l'époque de la course à l'espace, des livres d'astronomie. Il s'avère qu'elle était super fan de l'espace. Elle a cartographié les étoiles et une fois, elle est même allée en Floride pour assister à un lancement. C'était une folle de la NASA.

— Oh.

— Alors, en grandissant, j'ai commencé à lire des choses sur Mercury 7 et toutes les missions Apollo. J'ai adoré l'idée que l'espace soit le dernier territoire inconnu.

J'entends un autre mouvement.

— C'était le seul sujet de conversation de mon père en dehors de ses recherches et de mes notes. Et... je ne sais pas, je pense que ma mère aurait pensé que travailler à la NASA était cool aussi.

— Oui, Jackie. Je suis sûre qu'elle aurait trouvé ça cool.

Je dois faire des efforts pour entendre ma sœur. Pour une fois, le niveau de décibels de sa voix est normal.

Jackie ricane, et je ne peux pas en supporter plus. Je rentre dans la pièce.

— Flynn !

Les mains de Jackie vont vers sa serviette, enroulée de manière précaire autour de ses seins.

— C'est mon frère ? crie Rose, sa voix revenue au volume habituel.

— Oui, Rose, dis-je en direction du téléphone posé sur le lit. Je peux te demander pourquoi tu cries sur Jackie ?

— Je ne crie pas. J'aide juste une pote à choisir des fringues...

Je marche derrière Jackie et j'enroule mes bras autour de sa taille, geste qui déplace sa serviette vers le bas. Je lui caresse le cou, descendant jusqu'à son épaule. Elle glousse.

— Beurk. C'est dégueu, mec, dit Rose en fait semblant de vomir. Argh. C'est mon signal pour raccrocher. Je vous vois dans quelques minutes.

L'écran s'obscurcit.

— Dans quelques minutes ?

— Ouais. J'ai demandé des conseils vestimentaires, et Rose a pensé qu'une réunion de travail de la NASA avec des astronautes avait l'air d'être une putain de bonne idée.

— Une putain de bonne idée.

Je déplace mes mains sur ses côtés et sous la serviette.

— Je cite Rose.

Sa voix semble légèrement étranglée.

— Humm.

Je fredonne contre son cou, tirant la serviette sur le sol.

Nue et encore humide après sa douche, la peau de Jackie ressemble à un feu liquide. De haut en bas, doucement d'abord puis plus fort, je fais glisser mes mains sur son corps. Quand je prends ses seins dans mes mains, elle se cambre contre moi, écrasant ses fesses contre mon entrejambe. Mes yeux se ferment alors que ma verge palpite contre mon jean.

Une main lui pince un téton, tandis que l'autre bouge entre ses cuisses, plongeant dans l'humidité. Je murmure.

— Tout va bien ?

— Hum ?

Je plonge à nouveau.

— Tu as des courbatures ?

— Non. Je... je vais bien.

Ses bras remontent et attrapent mes fesses, me montrant à quel point elle va bien.

Ma poitrine gronde de plaisir et j'ajoute un doigt à mes caresses, l'étirant en elle, tandis que mon pouce fait le tour de son clitoris. Alors que j'exerce de plus en plus de pression,

Jackie commence à émettre des sons aussi sauvages que désespérés.

J'adore ça. Jackie la sauvage.

— C'est ça, chérie. Laisse-moi t'écouter.

Je pince plus fort son téton et elle sursaute avant de se raidir. Un profond gémissement sort de sa gorge.

Après les derniers tremblements, je retire mes doigts et tourne son corps dans mes bras. Ses yeux sont à moitié fermés et elle pose sa tête sur mon épaule.

— Où sont tes lunettes ?

— Sur la table de nuit, dit-elle, l'air à bout de souffle. Pourquoi ?

Je la fais reculer d'un pas jusqu'à ce que ses jambes touchent le lit. Je la penche en arrière, ses cheveux humides étalés sur sa couette blanche, l'éclat de la douche maintenant un éclat de sueur de son orgasme. Elle ressemble à un ange pornographique et j'adore ça.

— Ne bouge pas.

Je prends ses lunettes sur une pile de livres qui fait office de table de nuit et recule, passant au-dessus d'elle. Appuyant mon poids sur un poing, je place ses lunettes sur son nez de l'autre. Puis je me redresse, admirant la vue.

Mon génie, mon ange pornographique.

Je me débarrasse de mes vêtements, sors un préservatif de ma poche avant de me débarrasser de mon jean. Jackie commence à se redresser sur ses coudes, mais je l'arrête en répétant :

— Ne bouge pas.

Elle lèche ses lèvres et se réinstalle sur le matelas.

Je peux sentir ma queue palpiter lorsque je roule le préservatif dessus. Personne ne m'a jamais fait bander comme ça avant. Je me penche et attrape ses jambes, une dans chaque main, la tirant jusqu'à ce que ses fesses soient au bord du lit. Je mets ses chevilles sur mes épaules. La vue ne fait que s'améliorer.

Je grogne en entrant profondément en elle dès la première poussée. Je dois mordre fort sur ma lèvre pour ne pas éjaculer en me regardant entrer et sortir d'elle, mon membre glissant de son humidité. Je jette un coup d'œil à Jackie, les yeux encadrés par ses lunettes, les mains serrées sur la couette, et je suis envahi par l'envie de la dominer.

— Touche-toi.

Et elle le fait. Mon beau génie palpe ses seins pendant qu'ils rebondissent sous mes coups.

— Pince tes tétons.

Elle le fait.

— Plus fort.

Elle gémit en réponse, je ne sais pas si cela vient de mon ordre ou de l'acte. Mais c'est tellement sexy.

Je tends la main et soulève ses fesses avec mes mains pour pouvoir la pénétrer plus profondément. Après quelques coups de plus, la tête de Jackie tressaute tandis que ses mains quittent ses seins pour marteler le matelas.

— Flynn !

Le son de mon nom résonnant dans la pièce me fait perdre le rythme, mes poussées lentes puis rapides, puis à nouveau lentes jusqu'à ce que le chaos du moment se brise avec mon orgasme et que je frotte mes hanches contre les siennes jusqu'à ce qu'elle me suive à travers la ligne d'arrivée.

Jackie

. . .

Flynn tombe à genoux, mes jambes toujours sur ses épaules. Sortant une main de sous mes fesses, il la glisse sur mon ventre et entre mes jambes, là où je peux encore sentir le frottement de son sexe.

— Je t'ai encore salie, dit-il avec un sourire en coin. Désolé.

Je souris en retour.

— Non, tu ne l'es pas.

— Non. Je ne le suis pas, ricane-t-il en me tendant la main.

Je mets mes mains dans les siennes et il me tire vers le haut. Mes seins rebondissent légèrement devant son visage. Il se penche et embrasse doucement chaque sein avant de se lever et de se redresser.

Je le regarde mettre son pantalon, ses muscles se resserrant et se contractant avec ses mouvements.

Bon Dieu, cet homme est l'incarnation vivante de l'un des héros des couvertures de mes romans d'amour. Je jette un coup d'œil rapide sur l'étagère où repose ma collection. *S'il vous plaît, ne le laissez pas regarder là-bas.*

Je marche dans la direction opposée, vers ma commode, et en sors des sous-vêtements et des chaussettes. Il y a un string tout neuf sur le sol, qui provient de la virée shopping de Rose, mais je ne suis pas près d'endurer à nouveau cette torture.

J'essaie d'éviter le miroir. Dieu seul connaît l'état de mes cheveux. Je tente un coup d'œil et soupire. Clairement une coiffure qu'on a qu'après avoir couché avec quelqu'un. Je tire dessus et essaie de les tordre pour les coiffer. Échec.

Au moins, je ne porte pas ce bout de tissu qui n'a de robe que le nom. Je ne suis pas sûre que mes collègues me reconnaîtraient si je me présentais comme une prostituée sortant juste de son lit.

— Qu'est-ce que c'est que tous ces nouveaux vêtements ?

Flynn ramasse un chemisier en soie sur le sol, froissé par nos récents ébats.

— Rose m'a acheté un tas de trucs hier.

Je tire sur ma culotte en coton noir uni, essayant de ne pas être déroutée par Flynn qui me regarde m'habiller.

— Rose a acheté tout ça ?

Un drôle de regard passe sur son visage alors qu'il regarde les vêtements éparpillés dans la pièce, leurs étiquettes toujours attachées. Je suis trop occupée à essayer de mettre mes seins dans les bonnets de mon soutien-gorge sans avoir l'air d'une vraie idiote pour l'analyser.

— Ouais.

Flynn soupire, penchant sa tête vers le plafond. Il s'immobilise.

— Putain, Jackie.

Il me regarde et pointe un doigt vers le haut.

— C'est toi qui as fait ça ?

J'avais presque oublié ma galaxie personnelle.

— Oh. Ouais.

J'ai chaud au visage. Il doit penser que je suis une vraie geek.

— C'est génial !

Je laisse échapper un souffle.

— Vraiment ?

— Oui. Vraiment.

Il secoue la tête et sourit, le regard de tout à l'heure disparu.

Quelque chose m'envahit, me donnant envie de partager avec lui quelque chose que personne d'autre ne sait.

— Je... je veux être astronaute.

Il fronce les sourcils.

— Vraiment ?

J'essaye de mettre mes cheveux décoiffés derrière mes oreilles.

— Euh... ouais. Je n'en ai encore parlé à personne, mais j'ai réussi l'analyse préalable de CV et le premier entretien.

— C'est... ouah, Jackie, c'est génial.

Bien qu'il ait l'air un peu raide, je me sens soulagée. Je ne sais pas pourquoi son opinion est si importante, mais c'est le cas.

— Mais n'est-ce pas vraiment dangereux ? D'être astronaute ?

Je ramasse une jupe en jean sur le sol. Je ne pense pas que je serais à l'aise dans une grande partie de ce que Rose m'a acheté, surtout devant mes collègues, mais une jupe en jean semble être une étape intermédiaire sympa pour me sortir de mon pantalon en jean habituel.

— Statistiquement, être astronaute n'est pas si dangereux. Les bûcherons, les camionneurs et même les agriculteurs ont des taux de mortalité plus élevés que les astronautes.

Je remonte la jupe, m'arrêtant après avoir mis le bouton du haut, réalisant alors à quel point elle est courte. Huuumm. Je songe à demander son avis à Flynn, mais un regard me suffit pour voir qu'il est en faveur de la jupe.

— De plus, la NASA a parcouru un long chemin.

Essayant de ne pas penser à toute la peau actuellement exposée sur mes jambes, j'attrape mes Converse par terre au bout du lit. Elles ont connu des jours meilleurs, je suppose. Les semelles sont toujours attachées, mais elles sont lisses et le blanc n'est plus vraiment blanc. Peut-être que Rose a raison. Peut-être que je m'habille comme une lycéenne. Je prends mes bottes d'hier soir et commence à les enfiler. C'est beaucoup plus facile quand j'ai des chaussettes.

— Pourquoi tu ne portes pas tes Chucks ? demande Flynn.

Je secoue la tête.

— Tu les appelles des Chucks ?

— Bien sûr. Qui ne le fait pas ?

J'ai l'impression que mon visage se brise tant mon sourire est grand.

— Ça ne te dérange vraiment pas si je porte des baskets ?

— Pourquoi ça me dérangerait ? Tu as l'air super sexy dans tes Chucks.

Honnêtement, je sens mon visage craquer.

— De plus, ça me donne l'occasion de continuer à regarder ces jambes d'un kilomètre de long que je viens de poser sur mes épaules.

— Oh.

Je reste là à cligner des yeux jusqu'à ce que Flynn m'attrape et m'entraîne pour un rapide baiser.

— Si je reste ici à te regarder te frayer un chemin dans plus de vêtements, nous ne quitterons jamais cet appartement.

Il fait se toucher nos nez avant de me laisser m'habiller. Dans un état second, je scanne simplement la pièce en essayant de choisir quelle nouvelle chemise porter, quand je vois l'horloge sur la table de chevet.

Et mince !

Je suis en retard. Et je ne suis jamais en retard.

Mais alors que j'attrape mes Chucks sur le sol, je continue de sourire.

SEIZE
DRAPEAU JAUNE

Flynn

La terrasse de Boondoggle's est noire de monde. Apparemment, la NASA sait comment organiser un happy hour. Même si leur happy hour ressemble plus à un brunch. J'ai pris la main de Jackie en traversant le parking, et je la serre plus fort avant de monter les escaliers, mais elle semble trop distraite pour en prendre conscience.

Il me vient à l'esprit que Jackie passe beaucoup de temps à être distraite. Quand elle donne une conférence sur un sujet, elle est focalisée dessus, mais le reste du temps, son esprit semble courir dans un million de directions différentes. C'est probablement pour ça qu'elle ne remarque jamais toute l'attention que les hommes lui accordent.

Comme maintenant.

— Jackie !

Ian se faufile dans la foule pour l'atteindre. Il porte une chemise et un pantalon de costard, putain. Pour aller dans un bar.

— Je ne pensais pas que tu serais là, dit-il après nous avoir rejoints. Tu ne viens pas à ces trucs, normalement.

Elle marmonne quelque chose à propos d'astronautes qui interfèrent et font du chantage, mais je ne pense pas que Ian y fasse beaucoup attention. Ses yeux regardent le débardeur noir serré étiré sur la poitrine de Jackie et la jupe qui s'arrête en bas de ses hanches révélant quelques centimètres de ventre. À sa décharge, sa manière de la mater est subtile, alors c'est peut-être une des raisons pour laquelle Jackie n'en a aucune idée.

Jackie tire sa jupe vers le bas de sa main libre, ce qui ne fait qu'élargir l'étendue de peau montrée à sa taille. Un soupir m'échappe.

Je sais que je ne devrais pas être en colère contre ma sœur. Je veux dire, quand Jackie l'a mise, j'ai certainement apprécié son allure. Mais bon sang, je n'avais pas tenu compte du fait que les vêtements que Jackie choisirait sont ceux que Rose, avec son goût moins que classe, avait achetés. Donc, non seulement la jupe est courte, mais le haut est hyper moulant. Maintenant, je vais devoir combattre les mauvaises intentions de tout le monde en plus de calmer les miennes.

Le regard de Ian se dirige vers moi, puis vers nos mains jointes. *C'est exact, mon pote. Elle est ici avec moi.*

Jackie essaie de relâcher ma prise, mais je serre plus fort. Cela fait longtemps que je n'ai pas ressenti ce genre de choses pour qui que ce soit, et je ne me priverai pas d'utiliser des techniques d'homme des cavernes pour effrayer la concurrence.

— Ian, tu te souviens de Flynn. Flynn, Ian, dit-elle en faisant un geste entre nous avec sa main libre.

Je salue Ian d'un signe de tête.

— Oui, je me souviens de Flynn.

Ian a l'air quelque peu amusé en nous faisant signe de le suivre à travers la foule.

— Mieux vaut vous assoir pendant que vous le pouvez.

L'équipage devrait appeler d'une minute à l'autre, dit-il lorsque nous atteignons une table libre.

— Merci.

Jackie se déplace pour s'asseoir, mais hésite. Ce sont des tables de pique-nique, avec des bancs attachés. Il n'y a pas moyen qu'elle puisse chevaucher un siège dans cette jupe sans montrer sa culotte à quelqu'un.

Mes lèvres tremblent.

— Un problème, chérie ?

Je lâche sa main et j'attends de voir ce qu'elle va faire.

Jackie regarde fixement le banc.

— Non. J'ai juste besoin de... répond-elle, inclinant la tête sur le côté pour inspecter le banc. De... réfléchir un instant.

Puis elle s'assied et tourne sur ses fesses tenant ses jambes droites, en un mouvement fluide. Elle l'a fait si vite qu'il n'y a aucun moyen que quiconque ait aperçu quoi que ce soit.

Et je devrais le savoir. J'ai bien regardé.

Je balance juste une jambe, chevauchant le banc pour pouvoir soutenir Jackie avec mon corps. Je pose une main sur le bas de son dos.

Ian semble avoir compris le message, mais je peux tout aussi bien laisser le reste de leurs collègues comprendre qu'elle est prise. En parlant de collègues, elle semble déterminée à éviter leurs regards, malgré leurs tentatives pour croiser le sien.

Quand j'y pense, elle ne m'a pas vraiment invité. Est-elle embarrassée par ma présence ? En fin de compte, je ne *suis* qu'un mécanicien. Certes, mon compte bancaire est probablement deux ou trois fois celui de ces gens minimum, mais ils ne le savent pas. Punaise, *Jackie* ne le sait pas. Du moins, j'espère que c'est le cas. Je retire ma main de son dos, sur le point de lui demander si elle aimerait que je m'en aille quand quelqu'un crie dans sa direction.

— Youhou ! Jackie ? On est là !

Trish se tient sur les marches de la terrasse du bar, agitant son bras comme une reine de beauté sous stéroïdes. Rose est à côté d'elle et essaie d'éviter de se faire écraser. Je vois ses yeux se diriger dans un coin de la pièce, mais avant que je puisse suivre le champ de vision de ma sœur, je vois mon frère derrière elle.

Mon corps tout entier se crispe. Cela fait un moment que Holt et moi n'avons pas été dans la même pièce. En fait, la dernière fois que nous étions dans la même pièce, il était occupé à se taper Beth.

Rose ramène son attention sur Trish.

— Youhou ?

Elle lève les yeux au ciel et se dirige vers notre table.

— Putain, Trish, entre toi et Jackie, j'ai l'impression de traîner avec Martine et son amie Nicole. Pourquoi ne commencez-vous pas à dire « Salut les copains ! » aussi, pendant que vous y êtes, bordel ?

— Rose. C'est quoi ce vocabulaire ? avertit la voix forte et familière de Holt.

Je souris malgré le malaise de la situation. J'avais oublié que Holt voulait que notre sœur se comporte et parle comme une dame.

Trish atteint la table et se moque de Rose.

— Ouais, eh bien, le fait que tu saches qui sont Martine et Nicole ne rend pas ta remarque pertinente.

— Hé, mon grand-père m'a lu ces livres. Alors tais-toi. Et pertinente ? Qui es-tu, Jackie ? Un génie est largement suffisant.

Cela efface le sourire de mon visage et je jette un œil à Jackie pour voir si les mots de ma sœur l'ont blessée. Mais elle me surprend en riant. Lentement, elle se lève, prenant soin de tirer sa jupe avant de saluer le reste de la foule.

— Salut tout le monde, je vous présente mes amis Rose, Trish et Flynn.

Trish fait aussi un grand geste pour dire bonjour et Rose

sourit tout simplement, rejetant ses épaules en arrière et mettant une main sur sa hanche. Tout le monde semble fasciné par les nouveaux arrivants, et je suis juste heureux d'être inclus, même si elle a dit que j'étais un ami.

Je vois Ian jeter un regard particulièrement intense en direction de Trish.

— Holt, c'est ça ? demande Jackie en se tournant vers mon frère.

Holt regardait Rose, mais se tourne vers Jackie au son de son nom.

— Oui m'dame.

Il pointe son chapeau de cow-boy vers elle et lui tend la main. Jackie semble fondre un peu devant toute l'attitude de cow-boy pour laquelle Holt a toujours été bon, et une poussée de jalousie me frappe d'un seul coup. Je me lève avant que Jackie puisse prendre la main de Holt, prêt à planter un poing dans son visage souriant. Mais avant même de pouvoir lever le bras, je suis interrompu.

— Putain de merde, Jackie. Tu *ne* plaisantes pas.

Tout le monde, y compris moi, se tourne vers le bar au fond de la terrasse où un écran a été installé. Sur l'écran, une jolie brune aux cheveux frisés fait un clin d'œil. Je jette un coup d'œil à Jackie pour la voir lever les yeux au ciel.

— Ravie de te voir aussi, Jul'.

— Tu vas me présenter ces beaux mecs ?

Jackie soupire.

— C'est Flynn, c'est mon...

— Rancard, dis-je. Je suis son rancard.

Je passe un bras autour de la taille de Jackie.

— Je vois.

— Eh bien, bonjour, rancard de Jackie, dit-elle avec un autre clin d'œil. Je suis Jul'.

Ses yeux se dirigent vers mon frère.

— Et quel est ton petit nom, cow-boy ?

— Holt West, m'dame.

Il incline à nouveau son chapeau, cette fois vers la caméra.

— Huummm... Pas mal du tout.

Jul' lui envoie un baiser et je suis vraiment choqué de voir les joues de mon frère s'empourprer. Les yeux de la jeune femme reviennent vers Jackie.

— Bien joué, p'tite pute, bien joué.

Tout le bar éclate de rire tandis qu'une partie de la tension de mes muscles disparaît, me faisant réaliser que j'étais tendu.

Jackie rougit et plisse les yeux en direction de l'écran.

— Je vais la tuer quand elle redescendra sur Terre, marmonne-t-elle.

— Purée, chuchote Trish en tournant ses grands yeux vers Jackie. Les astronautes sont autorisés à dire pute ?

— C'est une transmission privée, elle n'est pas diffusée ou quoi que ce soit. Ils peuvent dire ce qu'ils veulent, en gros, dit Ian, s'avançant vers la table, les yeux toujours fixés sur Trish.

Jackie se penche vers moi.

— Ce dont Jul' profite clairement.

Je respire l'odeur de ses cheveux tandis que mes doigts glissent sur la peau exposée à sa taille.

— Alors c'est elle, le maître-chanteur, hein ?

La caméra effectue un zoom arrière et le reste de l'équipage, flottant dans les airs, apparaît. Outre Jul', une femme et trois hommes. Ils portent tous des polos avec des écussons de la NASA et des pantalons cargo. Les acclamations retentissent, les gens crient bonjour en levant leurs verres.

— J'espère que ce sera moi un jour, chuchote Jackie, avec un sourire timide dans ma direction.

Je me force à approuver d'un signe de tête, même si je ne peux pas m'empêcher d'espérer que cela n'arrive pas. Jackie a peut-être ses statistiques pour éliminer ses soucis en matière de sécurité, mais je me souviens des tragédies de Challenger et Columbia.

J'essaie de me débarrasser de ma morosité lorsque nous nous rasseyons, et que Rose, Trish, Ian et Holt se joignent à nous. Tout le monde commence à attraper des verres, à y verser de la bière provenant de pichets au centre des tables et à discuter. Il n'y a bien qu'au Texas que les pichets de bière sont un aliment de base de tout brunch. Mais au milieu de toute l'activité, je finis par croiser le regard de Rose, qui nous fixe Holt et moi, comme si elle s'attendait à ce qu'on se saute à la gorge. Même les sourcils de Jackie se froncent comme si elle réalisait elle aussi que quelque chose ne va pas.

J'attends que la colère et le ressentiment surgissent en moi. Et sans surprise, cela se produit, puisque Holt ne m'a jamais présenté d'excuses. Mais ce qui me surprend, c'est la réalisation que la douleur s'est atténuée. Ce n'est plus une pointe pointue à la poitrine, mais plutôt une douleur sourde, comme celle d'une cicatrice. Je suis vraiment trop occupé à penser à Jackie. Avec une satisfaction que je n'ai pas ressentie depuis... eh bien, jamais. Réaliser à quel point ce génie blond a déjà eu un impact sur ma vie après seulement une semaine est un peu déconcertant.

Mais Jackie veut être astronaute. Je veux dire, elle est sûre qu'elle est assez intelligente pour ça. Combien de personnes ont un doctorat à vingt-neuf ans ? Et toutes ces récompenses empilées contre le mur chez elle. Mais... l'espace ?

Mon père, qui était pilote de course automobile, s'est toujours mis en danger. Le fait que ma mère insiste pour faire des courses underground de dragsters avec lui n'a pas aidé. Ils étaient fous de sensations fortes. Nous laissant Holt, Rose et moi pour chasser la plus petite montée d'adrénaline à leur portée. Ils n'en avaient pas besoin. Ils étaient de très riches magnats du pétrole. Apparemment, cela ne leur suffisait pas. Bon sang, être parents ne leur suffisait pas. Et maintenant, la fille dont je tiens la main veut s'attacher à une fusée. Un frisson parcourt ma colonne vertébrale et j'essaie de m'en débarrasser en haussant les épaules et en attrapant ma bière.

C'était il y a longtemps, mais je me souviens de quand nos parents sont morts. Ils faisaient la course avec un tas d'autres accros à l'adrénaline, prenant des risques qu'ils n'avaient pas le droit de prendre avec trois enfants à la maison. C'était une course underground en centre-ville, donc tout ce qu'il a fallu, c'était un nid-de-poule à grande vitesse, et la voiture que mon père avait amoureusement restaurée a tourné et retourné jusqu'à ce qu'elle ne ressemble à rien de plus qu'une canette de bière écrasée.

Ma mère avait été une croqueuse de diamants. Il n'y a aucun moyen de le nier. Mais la chose que ma mère et mon père avaient en commun, outre l'amour de l'argent, était leur amour de la course. Mon père adorait les voitures et ma mère adorait le frisson. Et le prix du sport, sans aucun doute. Ils n'étaient pas la présence parentale la plus stable, mais ils étaient nos parents et ils sont morts en faisant quelque chose d'égoïste et de dangereux.

Je ne connais peut-être pas grand-chose à l'ingénierie aérospatiale, mais je sais que si un simple nid-de-poule peut tuer si facilement, piloter une fusée vers la Station spatiale internationale doit être bien plus dangereux.

Toutes les discussions et tous les rires autour de nous me changent les idées, ce qui est bien, car comme dirait Papy, se soucier de l'avenir est aussi efficace que pisser dans le vent.

Jackie rougit son chemin à travers les bavardages du groupe de la NASA, en utilisant un étrange mélange d'acronymes et de termes d'ingénierie comme si c'était une deuxième langue. Je ne comprends pas la plupart des choses, mais je comprends la passion, et Jackie en a à la pelle quand il s'agit de la NASA. Je ne vais pas ruiner ça pour elle avec mes insécurités ou les problèmes de ma famille.

J'ignore l'angoisse qui monte dans ma poitrine à la pensée que Jackie aille dans l'espace, et j'ignore mon frère. Peut-être que Jackie ne se verra pas offrir le poste d'astronaute. Et peut-être qu'il est temps pour Holt et moi de passer à autre chose.

Peut-être.

Jackie

JE SUIS ASSISE dans un bar un dimanche, avec les bras d'un beau mécanicien autour de moi. J'ai passé la dernière demi-heure à présenter mes collègues à mes amis et à Flynn. Une fille du travail m'a fait un high-five quand je lui ai présenté Flynn. Jul' les a même tous obligés à se tenir devant la caméra pour qu'elle puisse « mieux voir ».

J'ai trouvé particulièrement intéressant de voir à quel point Jul' aimait faire rougir Holt. Je ne remets pas en question l'intérêt de tout le monde. Les West sont un groupe de frères et sœurs particulièrement beau. Flynn avec ses yeux bleu-vert et ses cheveux châtain clair. L'ironique beauté du Sud des États-Unis de Rose. Et Holt, grand brun ténébreux avec sa touche country et son chapeau de cow-boy.

Flynn me caresse le cou et je vois Rebecca du service financier soupirer. Je ne peux pas me remettre du fait que c'est ma vie, maintenant. L'Opération Vie Sociale fonctionne. Je me félicite mentalement.

— La Terre à Jackie ?

Rose m'appelle de l'autre côté de la table.

Je cligne des yeux, me recentre.

— Humm ?

— Trish a décidé que Holt n'était pas son type.

Holt manque de recracher sa bière tandis que Trish hausse les épaules dans sa direction pour s'excuser.

— Où sont tous les beaux astronautes ?

Rose jette son pouce sur l'écran.

— Tu sais, ceux actuellement sur Terre, ceux qui sont plus facilement baisables.

— Bon sang, Rose, marmonne Flynn.

Son souffle me chatouille le cou, envoyant des frissons le long de ma colonne vertébrale. Mes lunettes glissent le long de mon nez, mais avant que je puisse les ajuster, l'index de Flynn remet les montures en place. Il était en train de fixer Rose, secouant la tête d'exaspération quand il a ajusté mes lunettes. Je sais que je lis plus dans ce geste que je ne devrais. Mais c'est juste que le mouvement était si fluide, comme une seconde nature, qu'il m'a fait me sentir... Je ne sais pas, importante pour lui, en quelque sorte.

Eeeeet, je dois arrêter de penser comme ça. La justification émotionnelle n'est pas quelque chose de réel, peu importe à quel point je veux que ce soit le cas. Flynn a probablement juste de bons réflexes ou quelque chose comme ça.

— Holt, nous n'avons plus de bière. Va nous chercher un nouveau pichet, dit Rose en poussant le pichet vide vers son frère.

Je sursaute, prête à changer le fil de mes pensées.

— J'y vais !

Flynn commence à protester, mais je lui coupe la parole.

— Non, vraiment. Ce sont les astronautes qui paient, tu te souviens ? J'ai juste besoin de leur montrer mon badge.

Je sors ma lanière de ma poche et la glisse sur ma tête.

— Geek chic, meuf, lance Rose, hochant la tête en direction de mon badge.

— Oh oui. Nous faisons vraiment attention à la mode à la NASA.

Je balance ma jambe sur le banc.

Rose glousse :

— Alors tu as décidé de ne pas porter de string, hein ?

Je me fige à mi-chemin. *Punaise.*

— Rose !

Trish frappe Rose sur le bras.

— Quoi ? Je disais juste...

La surface de Mars n'a rien à envier à la teinte actuelle de mon visage, j'en suis sûre. Je me mets en route pour aller chercher la bière quand Flynn tire sur mon bras, ramenant mon visage au niveau du sien. Le premier baiser est léger. Le second, pas tellement.

— Vas-y, meuf ! crie quelqu'un.

Au final, je ne peux pas conjurer de gêne à cause de mes sous-vêtements. En fait, je me mettrais probablement en soutien-gorge et culotte pour un autre baiser.

Au lieu de cela, je freine mes hormones nouvellement déchaînées et je me dirige vers le bar de la véranda. Il est bondé alors je décide de tenter ma chance à l'intérieur.

L'air conditionné fait frissonner ma peau en sueur. Les gens disent que l'on s'habitue à la chaleur du Texas.

Ils mentent.

Je me penche en avant sur le bar le moins fréquenté, badge à la main. La NASA apporte beaucoup de clients à Boondoggle's, donc même si c'est un peu impudique, j'agite mon badge afin d'obtenir un service plus rapide.

J'ai un beau mécanicien qui m'attend. Un beau mécanicien qui *m*'aime bien.

Perdue dans ma rêverie, je ne me rends pas compte que quelqu'un se trouve à côté de moi jusqu'à ce que j'entende une voix.

— Eh bien, si *t'es* pas trop mignonne !

Je jette un coup d'œil par-dessus mon épaule pour voir une femme digne d'une publicité de Victoria's Secret qui se tient à quelques centimètres de moi, appuyée sur le bar comme si elle le possédait. Les cheveux blonds lisses et brillants tombent dans un carré plongeant précis. Elle me rappelle une poupée Barbie, surtout avec ses talons aiguilles incroyablement hauts. Et sa robe me fait penser à la tenue que je portais à Big Texas, sauf que la sienne est encore plus courte et plus serrée et qu'elle ne porte pas de veste. Pour parler comme Flynn, je la décrirais comme une tenue pas tout à fait légale à porter en public.

Pas une seule tache de rousseur ne gâche la peau parfaitement bronzée de cette nana. Son sourcil gauche se lève au-dessus d'un œil fortement maquillé alors qu'elle retourne mon étude de sa personne, me regardant de haut en bas. Tout ce que je peux penser, c'est qui porterait *ça* pour déjeuner dans un endroit familial ?

Je regarde autour de moi, pensant qu'elle parle à quelqu'un d'autre. Mais je ne pense pas qu'elle appellerait l'homme au gros ventre et à la longue barbe à côté de nous mignonne.

— Pardon ?

Je demande en me retournant vers elle.

— J'ai dit, « si *t'es* pas trop mignonne ? »

Son sourire est raide et méchant tandis que la peau bronzée de son front et autour de ses yeux est tendue et anormalement lisse.

— Merci ?

Je cherche quelque chose de gentil à dire, car je suis presque sûre que c'est le bon protocole social, mais je ne la trouve certainement pas mignonne, et je ne pense pas non plus que la comparer à une poupée Barbie lui plairait. Je me contente de dire :

— Tu dois avoir des jambes exceptionnellement toniques pour marcher avec des talons aussi hauts.

Elle se tord les lèvres, comme si elle ne pouvait pas dire si je fais la maline ou pas. Honnêtement, je ne le sais pas moi-même. Je sais juste que je suis extrêmement mal à l'aise rien qu'à lui parler. Et pour quelqu'un qui est généralement mal à l'aise dans des situations sociales, c'est quelque chose.

— Tu dois être sa saveur du mois.

Elle fait la moue, son brillant à lèvres épais fondant ses lèvres ensemble.

Hein ?

— Flynn, continue-t-elle, quand il est évident que je ne comprends pas son insinuation. Je peux voir comment une nana de ton... style ? pourrait l'attirer quelque temps.

Elle me fait un bref sourire.

— Il a toujours aimé les modèles uniques. Mais après les avoir réparés et conduits pendant un certain temps, il s'ennuie et en change. On dirait qu'il s'est procuré une vraie ruine cette fois.

Elle me regarde de haut en bas à nouveau.

— Oh, chérie, ce sont des baskets ?

Elle rit. Et pas cela n'a rien de gentil.

Mes poings se serrent à « chérie ». Je ne pense pas avoir voulu frapper quelqu'un de toute ma vie, mais je veux désespérément donner un coup à ses lèvres trop rebondies.

— Qui *es*-tu ?

— Moi ? Je suis Beth.

Elle marque une pause, comme si j'étais censée savoir ce que cela signifie.

— Beth qui ?

Elle a l'air étonné un instant, mais elle se rétablit rapidement.

— Je suis la fille que Flynn West veut épouser.

Ma bouche s'ouvre et c'est suffisant pour ramener le regard suffisant sur son visage.

— Épouser ?

— C'est vrai, petite fille.

Elle agite ses ongles pointus et polis vers moi.

— Il est possible que tu l'intéresses suffisamment pour qu'il veuille ouvrir ton capot et comprendre comment tu fonctionnes, mais je suis le modèle classique vers lequel il reviendra toujours.

Elle passe ses deux mains sur les côtés de son corps, puis regarde mes chaussures avec insistance et rit à nouveau. C'est doux, profond et sexy. Et méchant.

Assez méchant pour que je ne la corrige pas sur sa métaphore erronée. Les voitures ne fonctionnent pas, les appareils le font.

— Flynn est juste en train de déraper, ma chérie. Il se rendra compte que sa place est avec moi. Il le fait toujours.

Le bar disparaît autour de moi et soudain je suis de retour à l'université, entendant le mec que j'aimais bien plaisanter avec ses amis en parlant de moi, de la façon dont il a finalement pécho l'intello. Sauf que maintenant, le visage de Brian est celui de Flynn et le rire sonne comme le gloussement aigu d'une femme.

— Voici votre pichet, dit barman en le posant.

Le bruit me fait sursauter. Il regarde Beth en souriant.

— Et que puis-je *vous* servir ?

Beth lèche ses lèvres et se penche vers l'avant, me tournant le dos.

Et juste comme ça, je suis oubliée.

En regardant cette femme étrangement symétrique, je me demande combien de temps il faudra à Flynn pour m'oublier aussi.

J'attrape le pichet et me dirige vers l'extérieur. Je reste là un instant à regarder la scène. Trish parle à Ian. Holt regarde l'écran pendant que Jul' fait la maline, faisant des roulades en apesanteur. Flynn est assis face à son frère mais sourit à Rose. C'est une scène qui, il y a un instant, m'aurait donné l'impression de vivre le rêve.

Quelqu'un me cogne fort et la moitié du pichet de bière se renverse, trempant mes Chucks.

— Oups. Désolée.

Beth a sa main sur sa bouche, mais elle ne peut pas tout à fait cacher son sourire. Elle me frôle et se dirige vers les marches.

Je remue mes orteils dans mes chaussures trempées, mes yeux brûlants de larmes.

— Jackie ?

Rose se lève, me regarde. Son attention se tourne vers l'endroit où Beth est groupée à côté d'une autre blonde.

— C'est. Quoi. Ce. Bordel.

Fini, le sourire habituel, aimable et doux. Rose a l'air effrayante, et à voir la blonde à côté de Beth qui se redresse et recule, je suis sûre qu'elle pense la même chose.

Rose se lève et approche, approchant vers les deux nanas avant que je puisse prendre une profonde inspiration et me reprendre.

Flynn se lève également, regardant les jeunes femmes sur lesquelles Rose fonce.

— C'est quoi ce bordel, Holt ? C'est pas assez que t'aies couché avec mon ex, maintenant tu l'invites ? Qu'est-ce qui ne va pas chez toi ?

Les têtes de tous mes collègues se retournent vers le bar, regardant la nouvelle scène mélodramatique qui se déroule grâce à moi.

Holt ouvre la bouche, mais n'a jamais l'occasion de parler.

Parce qu'à ce moment-là, l'enfer s'est déchaîné sur l'ISS.

Les sirènes hurlent dans les haut-parleurs près du bar. Tout le monde tressaille et se couvre les oreilles. Les petites lumières de secours clignotent en jaune sur l'écran.

J'oublie Beth et mes chaussures spongieuses. Je pose le pichet et cours vers la caméra.

— Jul' ! Je crie dans le micro.

Les astronautes ont commencé à se tirer dans des directions différentes, à zoomer sur la télévision, et Jul' s'agrippe à l'une des poignées murales pour se stabiliser, tout en regardant vers la caméra.

— Je dois y aller, petite pute. Mais si tu allais à MCC pour régler ce problème, je t'en serais reconnaissante.

Sa tête se tourne pendant un moment alors qu'elle parle à Bodie hors écran.

— Ouais, compris.

Elle se tourne vers moi.

— On dirait que le deuxième EXT ne se synchronise pas comme nous l'avions espéré. Ses mots lui ressemblent, mais son ton fait se hérisser les poils de mon dos. Elle m'envoie un baiser, passe devant la caméra et puis le flux s'éteint.

Je tourne et scanne la foule de gens qui cherchent maintenant leur téléphone ou qui se dirigent vers le parking. Je vois Ian au téléphone près des escaliers. Il me voit et me fait signe. Je manœuvre dans le chaos, mais Trish me rejoint à mi-chemin.

Elle attrape mes épaules de ses mains.

— Jackie. Qu'est-ce qu'il se passe ? Ça va ?

— Quelque chose ne va pas sur la station. Je dois y aller.

Elle regarde mes chaussures mouillées pendant un moment avant de me regarder dans les yeux et de serrer rapidement mes épaules.

— D'accord, bonne chance, ma puce.

Elle me serre vite dans ses bras avant de s'écarter de mon chemin.

— Merci, dis-je, déjà en route vers Ian.

Quand j'arrive, nous descendons tous les deux les escaliers jusqu'à sa voiture. Je jette un coup d'œil par-dessus mon épaule et vois Flynn pousser Holt pendant que Rose roule sur le sol de la terrasse avec Beth et l'autre blonde.

— Jackie, tu viens ?

Je détache mon regard de Flynn. Ian tient la porte du côté passager ouverte.

— Oui. Je viens.

DIX-SEPT
ÉVÉNEMENT IMPRÉVU

Flynn

Je refuse de me concentrer sur Beth. Je ne vois que Holt et mon envie de lui foutre mon poing dans la figure. C'était pas assez qu'il se ramène aujourd'hui, il a fallu qu'il amène mon passé avec lui. Devant Jackie et ses collègues ? Je ne laisse pas ça passer.

— Je ne peux même pas y croire, mec.

Holt recule, les mains en l'air.

— Du calme, Flynn. Je ne l'ai pas invitée, putain.

Holt qui dit « putain » me fait marquer une pause. Mon frère déteste jurer.

— Je ne l'ai pas vue depuis que je l'ai jetée hors de mon lit, poursuit-il.

Je peux voir et entendre les gens se déplacer, plus pressés que d'habitude, mais mon esprit ne l'enregistre pas. J'ai du mal à comprendre Holt en ce moment.

— De quoi tu parles ?

— J'ai couché une fois avec elle, Flynn. *Une seule fois*. Je ne l'ai pas vue depuis.

Il a l'air si sérieux que je ne peux pas m'empêcher de le croire, ce qui m'énerve étrangement encore plus, car j'avais hâte de libérer une partie de ma colère refoulée.

Une petite main se pose sur mon bras et je me retourne, m'attendant à voir Jackie. Au lieu de cela, Trish est là, les yeux écarquillés.

— Rose. J'ai besoin d'aide avec Rose.

Elle me ramène vers les escaliers où Rose roule actuellement sur le sol, frappant à la fois Beth et Pam. Si elle avait eu une corde, je ne doute pas que ma sœur les aurait déjà attachées.

— Bon sang, je marmonne en marchant à grands pas et en soulevant Rose par ses aisselles.

— Laisse-moi ! Je n'en ai pas encore fini avec ces salopes.

Rose se tortille, me tordant l'épaule.

— Calme-toi, Rose.

Je regarde la robe déchirée et le nez ensanglanté de Beth. L'œil de Pam est enflé.

— Détends-toi, sœurette. Tu as gagné.

Le souffle de Rose est rapide et ses yeux sont toujours rivés sur Beth.

— Évidemment que j'ai putain de gagné.

— Genre.

Beth lutte pour se relever. Quand elle réussit enfin, elle se tient de manière bancale : l'un de ses talons s'est cassé dans la lutte.

— Ta sœur a besoin d'un examen de la tête.

Rose se précipite à nouveau vers elle.

— Je vais...

Je pivote, tournant le dos à Beth. Cela crée une barrière pour Rose et m'empêche également de donner à Beth une minute de plus de mon temps. Rose essuie son nez sur son bras, y laissant une trace de sang.

— Qu'est-ce que c'est que ce bazar, Rose ?

Holt rejoint le groupe, se rapprochant de notre sœur.

— Ne commence pas. Quelqu'un doit prendre position contre ce déchet humain, et je ne suis pas vraiment intéressée par ta façon de le faire, dit Rose à Holt, qui tressaillit visiblement. Quant à celle-là, continue Rose en pointant Pam du pouce, elle voulait se venger parce que Flynn l'a rejetée pendant ma soirée d'anniversaire. Elle a appelé l'autre pute et lui a dit où il était. Après avoir jeté un coup d'œil à Jackie, elles ont décidé de s'amuser un peu avec elle.

— Attends, quoi ?

Je jette un coup d'œil à Pam, qui a la décence de rougir et de regarder ses pieds, embarrassée. Un coup d'œil à Beth suffit pour voir qu'elle a l'air bien trop fier pour quelqu'un qui vient de s'en prendre une.

— Jackie ?

Beth ricane :

— Oh, c'est ça, son nom ? La binoclarde ? Avant, tu avais des standards, Flynn.

Une bande se resserre sur ma poitrine à la pensée que de ce serpent ait répandu son poison sur Jackie.

— Ouais, et ils étaient beaucoup plus bas qu'ils ne le sont maintenant, Beth.

Le sourire quitte son visage rapidement, mais la sensation dans ma poitrine demeure.

— Elle a coincé Jackie, me chuchote Rose. Au bar.

— Quoi ? Que veux-tu dire ?

La bande autour de ma poitrine continue de se resserrer.

Le comportement joyeux habituel de Rose a disparu, laissant à la place une fille sérieuse et intense avec laquelle je n'ai pas l'habitude de parler.

— Je l'ai vue, Flynn. J'ai vu Jackie quand elle est sortie avec la bière. Beth était juste derrière elle.

Elle essaie de se rapprocher de Beth, qui recule. Plus fort, elle demande :

— Qu'est-ce que tu lui as dit ? Je vais te foutre une telle rouste que le Botox ne sera pas la seule chose qu'il faudra refaire si tu ne me dis pas ce que tu as dit à Jackie. Laisse ma famille tranquille.

— Famille ? S'il te plaît, cette fille ne sera jamais une West, dit Beth avec un sourire narquois. En plus, je n'ai vraiment pas dit *grand-chose*.

Rose se précipite et je la laisse faire, trop étourdi pour être d'une grande aide.

Mais Holt et Trish se placent devant Rose, Trish attirant l'attention de tout le monde en disant :

— Elle est partie. Jackie est partie.

— Quoi ?

Rose pivote, scrutant la foule dont il ne reste pas grand-chose.

— Tu n'as pas entendu les sirènes ?

Le bar vient d'éteindre les haut-parleurs et d'arrêter la session Skype avec la Station spatiale internationale. Nous nous tournons tous vers l'écran maintenant noir.

— Quelque chose s'est passé sur la station. Elle t'a cherché, Flynn, mais tu étais, euh... occupé.

Le poids sur ma poitrine continue de s'alourdir. Je regarde les quelques visages qui restent dans la foule, dans l'espoir de trouver celui de Jackie. Mais il est clair que Trish a raison. Jackie n'est pas là. En fait, personne de la NASA n'est sur la terrasse du bar. Juste ma famille et deux connasses. Je demande à Trish :

— Où est-elle allée ?

— Au centre de contrôle, je pense.

Trish fronce les sourcils et regarde le parking.

— Elle est partie avec Ian.

Le rire de Beth arrive à mes oreilles, mais s'arrête immédiatement lorsque le poing de Rose trouve son visage.

Jackie

Sean, le directeur des opérations aériennes, fait un geste vers l'écran de projection sur lequel figurent des photos des panneaux endommagés de la station et des câbles exposés.

— Alors, tout le monde, voici où nous en sommes. Tout à l'heure, alors que la plupart d'entre vous se réjouissaient et buvaient avec l'équipage, une alarme de défaillance a retenti, dit-il. Le deuxième ordinateur EXT rencontre des problèmes de synchronisation depuis ce matin. Au début, il ne s'agissait que de détails mineurs, comme de ne pas répondre aux commandes de base. Mais pendant la communication Skype, l'EXT a soudainement cessé de répondre aux commandes du propulseur. Si la situation empire, la station entière ainsi que les astronautes à l'intérieur sont menacés.

C'est une réunion d'urgence des plus bordéliques. Les gens transpirent, sentent la bière et il est probable qu'un ou deux membres de l'équipe soient trop ivres pour être productifs, mais tout le monde est sur le pont.

— Nous ne pouvons pas redémarrer le deuxième EXT sans que le premier ne soit opérationnel, déclare l'un des membres de l'équipe CRONUS.

— Sans déconner.

Sean fixe la personne qui vient de parler.

— La question est de savoir comment le réparer.

Il y a une pause avant que Gary, l'un des membres du

programme de la Station spatiale internationale n'ose se manifester :

— Nous avons des astronautes qui travaillent à la construction d'un nouvel EXT sur la station, mais il n'est pas opérationnel sans les matériaux qui se trouvent à bord du Progress, et son arrivée n'est prévue qu'après la période bêta.

Un des stagiaires pousse la porte.

— Nous avons confirmation que des débris se dirigent vers la station.

— Mon Dieu, marmonne Sean.

J'interviens, mon esprit parcourant divers scénarios et résultats :

— À quelle distance se trouvent-ils ?

— Impact estimé dans dix heures, répond le stagiaire.

— Avons-nous une idée de l'endroit de l'impact ?

— Il devrait avoir lieu en plein centre de la boîte à pizza.

La « boîte à pizza » est un conteneur imaginaire créé par la NASA. Il mesure environ deux kilomètres de profondeur sur quarante-huit de large et quarante-huit de long, avec le véhicule au centre. Lorsque les prévisions indiquent que les débris passeront assez près pour que cela soit inquiétant, les centres de contrôle de mission à Houston et à Moscou travaillent ensemble pour développer un plan d'action, généralement une manœuvre d'évasion ou le déplacement de l'équipage de bord vers l'engin spatial Soyouz en cas d'impact ou de besoin d'évacuer.

Ian prend la parole :

— Pouvons-nous accélérer le lancement de Progress ?

— Négatif, répond Gary. En raison de l'angle bêta, le Progress ne peut s'ancrer avant la semaine prochaine.

L'angle bêta détermine le pourcentage de temps que la station spatiale passe en plein soleil, absorbant l'énergie solaire. L'angle bêta de l'orbite de la station spatiale est une considération cruciale pour déterminer quand une navette peut être envoyée vers l'ISS en toute sécurité.

Tout le monde est silencieux.

Mon esprit se concentre sur la tâche à accomplir.

— Commencez à fermer les écoutilles, dis-je à Sean.

Lorsqu'il est confronté à un impact possible, la fermeture des écoutilles séparant les différentes sections de la station permet de préserver la pression et la fonction des sections non touchées par les débris spatiaux qui se dirigent vers eux.

— Pourquoi commencer maintenant ? demande Sean. L'EXT est notre priorité.

—Non, l'équipage est notre priorité.

Sean a l'air de vouloir continuer la discussion, puis change d'avis et incline la tête pour que je continue.

— J'ai vu l'équipage lorsque l'alarme a retenti. Ils sont en alerte depuis qu'EXT-1 est tombé en panne. Ils sont nerveux. Donnez-leur quelque chose à faire à part attendre la construction d'un ordinateur qui ne pourra jamais être construit. Rendez-les utiles en démarrant les procédures d'évacuation d'urgence un peu plus tôt.

Je regarde autour de moi et ajoute :

— Pendant ce temps, nous travaillerons sur les défaillances d'EXT depuis ici.

— Tu as raison. L'équipage d'abord, dit Sean. Mais pourquoi ne pas essayer de manœuvrer l'ISS en premier, loin des débris ? Avant de lancer les procédures d'urgence.

— Parce que nous ne pouvons plus faire confiance à EXT-2 pour suivre nos commandes. Nous ne savons pas s'il manœuvrera la station à temps, mais nous pouvons au moins minimiser les dommages de tout impact et mettre l'équipage en sécurité.

— Lorsque les écoutilles sont fermées, pensez-vous qu'ils devraient se replier dans le Soyouz ? demande quelqu'un.

Si les écoutilles sont fermées, l'équipage pourra entrer dans le Soyouz, l'indispensable embarcation de sauvetage de la station, et attendre la fin de la collision. Si, après la collision, la pression et le système de survie sont endommagés, ils pourront retourner sur Terre. Ou en cas d'échec d'EXT-2.

— Peut-être. Mais j'espère que d'ici là, nous aurons un plan en place pour remettre la station en marche, répondis-je, mon esprit étant déjà en train de travailler à la résolution de ce problème.

— Je vais demander au directeur de vol actuellement sur la console de donner l'ordre de commencer à fermer les écoutilles. Pendant ce temps, vous avez tous trente minutes pour vous putain de laver et pour commencer à réfléchir à une solution pour nous sortir de la merde dans laquelle nous sommes.

Sean regarde l'horloge.

— Le compte à rebours avant l'évacuation commence maintenant.

Il décroche le téléphone pour transmettre les informations au centre de contrôle.

———

Je suis ridicule. Et peu professionnelle. Ma concentration habituelle a été endommagée par une Barbie grandeur nature d'une méchanceté rare.

Rien de ce que Flynn n'a dit ou fait devrait me faire croire les paroles de Beth. Je veux dire, que oui, il est évident qu'elle le connaît. Et oui, la pensée qu'elle est réellement son ex me retourne l'estomac. Mais je devrais au moins donner le bénéfice du doute à Flynn. Ce n'est pas comme si je lui avais parlé de mes ex. Ou de mon ex, plutôt.

Alors, quand j'envoie un texto à Trish et lui demande si tout va bien, et qu'elle répond que la police est à Boondoggle's pour arrêter Rose, j'utilise la pause obligatoire d'une demi-heure imposée par Sean pour voler la voiture de Ian.

Enfin, techniquement, je ne la vole pas. Je laisse un mot. Un mot qui a peut-être été caché sous une pile de papiers que j'ai accidentellement fait tomber sur son bureau lorsque j'ai attrapé ses clés dans son tiroir. Mais peu importe.

Et en passant, les Teslas sont incroyables. Je veux dire, j'ai pensé acheter une voiture avec un air de restauration vintage, comme les voitures de mes héros de la Mercury Seven, mais cette voiture pourrait me faire changer d'avis.

Je me gare dans le parking de Boondoggle's et je me glisse hors de la voiture. Je m'en veux de m'éloigner du travail pendant une urgence, du temps dont je suis presque sûre que Sean voulait que nous utilisions pour prendre une douche et nous habiller convenablement. Mais tout s'arrête quand je vois Rose assise sur les marches en train de parler à un policier. Je dis parler, mais c'est plutôt flirter. Elle sourit et semble complètement détachée.

— Vous allez utiliser ces menottes, officier ? Ou est-ce qu'elles sont juste pour faire joli ?

Rose s'appuie sur ses coudes et lève les yeux vers l'officier qui se tient au-dessus d'elle.

— Euh, madame, je ne pense pas que vous preniez la situation au sérieux.

Il est jeune et beau, et je parie que la rougeur de ses joues n'est pas due à la chaleur.

— Oh, je la prends au sérieux. Mon avocat est sur le chemin.

— Tu as un avocat ?

À ma question, la tête de Rose se tourne vers moi et elle se lève pour me serrer dans ses bras avant que je puisse sortir un autre mot.

— Jackie, ça va ? Qu'est-ce que Beth t'a dit ? Est-ce que la NASA est en train d'exploser ou quelque chose comme ça ?

— Je vais bien. Je suis en pause. La NASA n'est pas en train d'exploser, mais je n'ai pas beaucoup de temps. Trish m'a envoyé un texto à propos des flics.

J'ignore la question sur Beth et jette un coup d'œil à l'officier Beau Gosse, dont je vois maintenant le nom sur son badge : T. Harrington.

— Qu'est-ce qu'il s'est passé ?

— Il n'y a pas de quoi s'inquiéter, intervient Rose.

— Madame, vous êtes accusée d'agression par deux femmes différentes, déclare l'officier Harrington.

Rose lui jette un regard et il s'intéresse soudainement à ses chaussures.

— C'est juste un malentendu, me dit Rose.

— Je vois.

Je regarde par-dessus son épaule et vois Holt assis à l'une des tables de pique-nique en train de parler à un autre officier, en compagnie d'une jeune femme blonde que je me souviens avoir aperçue plus tôt. La blonde a l'air d'avoir été un peu malmenée.

— Où est Flynn ?

— Euh, il est...

— Mademoiselle West ?

Un petit homme grassouillet, probablement plus proche de la quarantaine que de la trentaine, s'adresse à Rose.

— Je suis John Watson de Myers, Simon et Schwartz.

— Watson ? Avec tout l'argent que paie ma famille, le cabinet envoie un stagiaire ? Où est Myers ? C'est lui qui s'occupe de moi, d'habitude, demande Rose.

— Désolé, mademoiselle West. Myers et les autres partenaires n'étaient pas disponibles, car nous sommes dimanche. Et moi, qui suis *associé secondaire*, étais le plus proche de vous lorsque nous avons reçu votre appel.

Il jette un coup d'œil à l'officier Harrington.

— Et on m'a dit que le timing était important.

— Ah oui. Je suppose, dit Rose en lui donnant une tape dans le dos.

— Très bien, Johnny, allons au commissariat et occupons-nous de cette histoire.

Elle tend les mains à l'officier.

— Menottez-moi.

— Heuh... bredouille Harrington en se frottant la nuque.

— Je ne pense pas que ce soit nécessaire, même si vous êtes techniquement en état d'arrestation.

— Rabat-joie.

Rose se retourne vers moi.

— D'accord, je dois m'occuper de ces bêtises. Nous devrions nous retrouver plus tard pour prendre un verre.

— D'accord. Mais je ne pourrai probablement pas le faire, avec la NASA et tout le reste.

— Ah ouais.

Elle fronce les sourcils, puis se ressaisit immédiatement.

— Dîner demain ?

Je ris.

— On verra, Rose. Je dois y aller, mais j'espérais parler à Flynn avant de partir.

Le visage de Rose se referme.

— Il est parti. Ne t'inquiète pas pour Flynn. Il va bien. Tu devrais probablement y aller pour que les flics ne te retiennent pas loin du travail.

Son comportement change si rapidement que je n'ai pas le temps de l'enregistrer ou de lui demander ce qui ne va pas avant qu'elle ne mette son bras autour de moi et me ramène vers le parking.

— Comment tu es venue ? me demande-t-elle en regardant le parking.

— J'ai pris la voiture de Ian.

Je fais un mouvement vers la Tesla.

— Pris ?

— Je, euh, je l'ai empruntée, dis-je, sans regarder ostensiblement l'officier.

Rose s'esclaffe.

— J'ai une mauvaise influence, je vois, dit-elle en regardant la voiture argentée de Ian. D'accord, meuf. Je te vois plus tard. Je dirai à Flynn de t'appeler.

Puis elle me salue de la main comme si elle partait en vacances plutôt que plonger la tête dans le siège arrière d'une voiture de police. Son avocat se dirige vers sa voiture et les suit.

— Jackie.

Je sursaute, me tournant pour voir Trish apparaître.

— Trish ? Ça va ?

Ses mains sont tordues devant elle et elle n'arrête pas de jeter un œil aux autres policiers qui prennent les déclarations des personnes étant restées au bar.

— Heuh... ouais.

Elle regarde par-dessus mon épaule, vers Rose qui est restée dans la voiture de l'équipe.

— Tu penses que ça va aller, pour Rose ?

— Rose ? Ça ira. Je veux dire, c'est Rose, non ?

Je fais de mon mieux pour la rassurer, car Trish semble vraiment paniquée.

— D'accord, je retourne attendre à l'intérieur. Holt a dit qu'il me ramènerait quand il aurait fini de parler aux flics.

— Je suis désolée, Trish. Je le ferais maintenant, mais je suis un peu juste niveau...

— Ne t'inquiète pas. Vraiment.

Elle pointe le bar à vin voisin.

— Je vais chercher une bouteille de vin, et tu vas t'occuper de la NASA, ma puce.

Bien qu'elle dise et fasse des choses normales à la Trish, j'ai l'impression que ce n'est pas naturel. Un rapide coup d'œil à ma montre me dit que je vais devoir attendre de savoir tout ce qui s'est passé ici.

Je reviens sur le parking, mes chaussures faisant un bruit mouillé à chaque pas. Je suis sur le point de monter dans la voiture de Ian quand je vois que la Ford Mustang Boss de Flynn est toujours garée au même endroit que tout à l'heure. Je me retourne vers la terrasse mais je ne le vois pas. Je suis sur le point d'appeler Holt quand j'aperçois Flynn sur le côté du bâtiment.

Mon souffle est coupé aussi vite que si j'avais été lancée dans le vide de l'espace.

Beth, bien que décoiffée et pleine de bleus, est appuyée contre le mur. Et Flynn l'a mise en cage entre ses bras, comme il l'avait fait avec moi, par deux fois, devant la porte de mon appartement. Les muscles de son épaule se fatiguent à force de se rapprocher et ses avant-bras fléchissent, supportant son poids. Le mouvement soulève son T-shirt dans le dos, montrant un bout de peau entre ses hanches et son jean. De cet angle, je ne peux pas voir son visage, mais je peux voir celui de Beth et elle a l'air plutôt contente.

Son rire cette fois est profond et guttural quand elle amène ses mains sur le visage de Flynn.

Avant qu'ils ne puissent s'embrasser, je tourne les talons de mes Chucks détrempés et me glisse dans la Tesla.

Elle atteint vraiment quatre-vingt-dix kilomètres/heure en deux virgule cinq secondes

DIX-HUIT
SÉCURITÉ INTÉGRÉE

Flynn

Je plie mes bras contre le mur. Je n'ai que deux choix : essayer de briser les briques à mains nues ou étrangler la femme qui se trouve devant moi. La sueur coule dans mon cou. Pas à cause de la chaleur, mais plutôt de l'effort venant de toute la volonté qu'il me faut pour demeurer en sa présence et ne pas être violent.

Beth continue de dire à quel point je lui manque et à quel point il est évident que je ne suis pas passé à autre chose, bla-bla-bla. Mon Dieu, comment ai-je pu penser que j'aimais cette personne ? Je n'ai jamais été aussi reconnaissant envers mon frère que je le suis en ce moment, de m'avoir poussé à quitter la ville. Même s'il l'a fait en baisant mon ex-petite amie.

— C'était juste un malentendu, Flynn.

Je ne sais pas si elle parle de tout ce qu'elle a dit à Jackie ou si elle essaie honnêtement de dire qu'elle a mal compris la queue de Holt en elle ? Je me surprends moi-même en riant, mais je m'arrête en prenant une profonde inspiration et en la laissant sortir lentement. Qui aurait pensé que je trouverais jamais de l'humour dans cette situation ? Je me sens assez éloigné de toute cette histoire, maintenant.

Je dois remercier Jackie pour cela.

— Il n'y a jamais eu que toi, Flynn.

Beth fait la moue, faisant traîner ses serres sur ma poitrine.

J'essaye de ne pas lever les yeux au ciel et échoue lamentablement.

— Hé ! crie-t-elle, tapant du pied, oubliant son talon cassé et glissant sur le côté. Tu sais que j'ai raison. Toi et moi, nous sommes faits pour être ensemble.

Elle prend une profonde inspiration, poussant ses seins artificiels dans mon visage. Elle a augmenté d'une taille ou deux depuis que nous avons rompu.

— Ça fait assez longtemps, mon chou. Passons à autre chose.

Elle lève les yeux au ciel, comme si le fait ne pas me remettre du fait qu'elle m'ait utilisé pour mon argent, puis baisé mon frère, était ennuyeux.

— Et ne t'inquiète pas, bébé, je ne suis pas en colère à propos de cette fille. Je sais bien que tu devais sortir tout ça de ton système.

Il faut qu'elle se taise pour sa propre sécurité. Et pas seulement à cause de moi. Si Rose l'entend raconter ce genre de conneries, j'aurai une autre bagarre entre les mains. Ce n'est que pour le bien de ma sœur que j'ai emmené Beth un peu plus loin. Tout cela pour que Rose n'ait plus d'ennuis avec les flics. Avant leur arrivée, Rose a mentionné que ce n'était pas la première fois qu'elle se prenait la tête avec Beth. Dieu seul sait ce qui s'était passé la dernière fois, mais un deuxième problème avec la même personne ne serait pas bon pour Rose.

— Je sais que je te manque, Flynn.

Beth lève les mains pour les passer le long de mon visage. Je m'emporte et c'en est fini de jouer au médiateur :

— Ne me touche pas, bordel !

Les mains de Beth se figent et retombent lentement sur ses côtés.

Les pneus grincent alors que quelqu'un quitte le parking. Je me retourne pour apercevoir une voiture argentée qui tourne sur la route.

— Flynn ! Regarde-moi !

Elle essaie à nouveau de taper du pied, mais ne parvient qu'à vaciller sur son talon cassé.

— Ou je vais parler aux flics, chantonne-t-elle.

Le regard que je lui lance lui fait écarquiller les yeux.

— Je...

— Comment pensais-tu que cela allait se passer, Beth ? Que t'allais revenir, gâcher à nouveau nos vies et que l'un des frères West se remettrait avec toi ? Laisse-moi deviner : ton dernier pigeon s'est fatigué de toutes tes histoires ? Tu cherches un autre homme riche avec qui coucher pour avoir la belle vie ?

Beth pâlit.

Je sais que je suis dur, mais je m'en fiche.

— Je suis avec Jackie maintenant.

Au nom de Jackie, les yeux de Beth s'illuminent.

— Tu ne peux pas honnêtement penser que *cette* fille s'intégrerait dans notre milieu. Elle ne joue pas dans notre ligue, Flynn. Reviens sur terre !

— Jackie vaut tellement mieux que toi que ce n'est même pas drôle. Elle a un putain de doctorat. C'est une ingénieure de la NASA. Comment est-ce que tu pensais pouvoir rivaliser avec ça, je ne suis pas sûr.

Cette fois, c'est Beth qui lève les yeux au ciel.

— Tu penses que juste parce qu'elle a quelques diplômes, ça la rend moins intéressée par ton argent ?

La bande autour de ma poitrine se brise.

— Tu ne sais pas de quoi tu parles.

Elle rit, comme une hyène se livrant à la mise à mort.

— Ah bon ? Mais je sais exactement de quoi je parle. Combien de prêts étudiants a-t-elle dû contracter pour payer tous ces diplômes de génie ? Elle ne peut même pas se permettre d'avoir des vêtements décents. Regarde ces baskets ridicules, pour l'amour de Dieu. Et pourtant, elle s'entoure de gens avec de l'argent, dit-elle avec un sourire en coin. Qui était ce beau mec avec qui elle est partie ? Celui avec la Rolex et la Tesla ?

— On peut compter sur toi pour connaître le prix de chaque homme dans la pièce, Beth. Tout le monde n'a pas besoin de chaussures à cinq cents dollars.

Elle me tapote le bras comme si j'étais un enfant et mes muscles déjà tendus se transforment en pierre.

— Qu'allait-elle dire, qu'elle fait marcher son collègue jusqu'à ce qu'elle décide qui peut lui offrir une vie meilleure ? Qu'elle aime porter des vêtements bon marché ? raille Beth. S'il te plaît, arrête. Je l'ai vue regarder ma tenue quand nous avons parlé. Elle a pratiquement bavé.

Je garde le silence, mais cela n'arrête pas Beth.

— Il m'a simplement suffi de mentionner quelques-uns des cadeaux que tu m'as faits lorsque nous étions ensemble, dit-elle en tirant ses cheveux en arrière pour exposer les clous de diamant que je lui avais donnés pour l'un de ses anniversaires. Et ses yeux se sont illuminés. Je pouvais pratiquement voir les roues tourner dans sa tête, pendant qu'elle se demandait combien de temps elle allait devoir attendre et quoi faire pour accélérer le processus.

— Tu mens.

Et je *sais* que c'est le cas. Jackie ne se soucie vraiment pas des choses matérielles. Mais un sentiment de malaise s'installe quand je pense à l'énorme dette scolaire qu'elle doit avoir. Je suis un idiot de privilégié de ne pas y avoir pensé. Mon diplôme a été simplement payé de ma poche, pas même une goutte dans l'océan de la fortune familiale.

— Ah ? Ou est-ce que c'est juste ce que tu veux croire, Flynn ? Tu as dit toi-même qu'elle était ingénieure à la NASA. Qu'est-ce que quelqu'un comme ça pourrait vouloir d'un *mécanicien* ? dit-elle en crachant le mot. Mais un héritier de la fortune de West Oil ? Oh ouais, ça, je peux le voir.

— Tout le monde n'est pas un grimpeur social à la recherche d'argent, Beth.

Beth rit si fort que ma mâchoire tique.

— Oh, pauvre petit mec innocent, tu nages en plein délire. Tu tiens vraiment de ton père.

Je m'éloigne du mur à la mention de mon père.

— Tu l'emmènes en balade dans votre voiture valant un demi-million de dollars, tu l'emmènes dans ta super maison et tu penses qu'elle n'a pas remarqué ? Tu as dit qu'elle était intelligente, n'est-ce pas ? As-tu déjà tapé ton nom sur Google ? Parce que je suis quasiment certaine qu'elle, oui.

Les images du visage de Jackie alors qu'elle était assise dans ma voiture et quand elle avait regardé ma maison me traversent l'esprit. Je les ignore.

— Flynn West, la blague de l'élite pétrolière partout dans le monde, dit Beth dans un soupir satisfait.

Je m'approche à nouveau d'elle.

— J'en ai une bonne pour toi, Beth. Tu es celle dont ils se moquent.

Je la regarde de haut en bas, m'assurant de ne pas cacher une once de mon mépris.

— Tu penses que les gens de notre milieu t'aiment ? Tu es un putain de divertissement. Tu te balades comme si tu valais mieux que tout le monde, t'allongeant pour pouvoir t'offrir ta garde-robe.

C'est au tour de Beth de se raidir.

— Tu as déjà joué avec ma famille une fois, Beth. Si tu continues à les faire chier, eux ou Jackie, je vais mettre fin à ton ascension sociale.

— De quoi tu parles ?

— Tu penses que je n'ai pas de relations simplement parce que je me suis sali les mains avec mes « voitures stupides » ? Réfléchis-y à deux fois. Tu seras sur la liste noire de tous les événements de Houston. Tu auras de la chance si tu es invitée dans un bal de village paumé lorsque j'en aurai terminé avec toi.

— Tu penses que t'as autant de pouvoir que ça ? Tu n'es qu'un mécanicien ces jours-ci, Flynn.

— Mais ce n'est pas *mon* cas.

Je me retourne pour trouver Holt à côté de moi.

Beth croise ses bras sur sa poitrine.

— Qu'est-ce que tu vas faire, Holt ? Me baiser encore une fois ?

— Bon Dieu, non. Une fois suffisait à sortir mon frère de tes griffes. Tu ne pourrais pas me payer pour te toucher à nouveau. Je n'aime même pas être aussi proche de toi que je le suis en ce moment.

La bouche de Beth s'ouvre. La mienne aussi.

— Ne pense pas une minute que Flynn ne peut pas donner suite à sa menace. Ou moi. Je sais tout sur tes activités ces dernières années. Je connais tes dettes et tes… fournisseurs.

Les épaules de Beth tombent contre le mur.

— Tu aimes toujours un petit rail quand tu fais la fête, Beth ? demande Holt, croisant ses bras sur sa poitrine.

— Je ne sais pas de quoi tu parles, crie-t-elle d'une voix stridente.

— Ah bon ? Parce que j'ai une vidéo qui prouve le contraire.

— Que… ?

— Va-t'en.

Holt fait un pas en avant et Beth essaie de reculer davantage.

— Tu ne nous connais pas. Tu ne nous adresses plus la parole et tu ne parles plus de nous. Tu ne nous jettes même pas un regard. Et il va sans dire que tu ne portes pas plainte contre Rose et que tu persuades Pam de faire de même.

Beth lui jette un regard noir.

— Peu importe. Vous, les West, vous pensez que vous êtes tellement géniaux, mais détrompez-vous. Vous n'êtes rien d'autre que des ordures, réplique-t-elle avant de se dépêcher de s'éloigner.

Holt et moi restons silencieux, regardant Beth parler à l'un des flics, puis emmener Pam vers sa voiture et s'en aller.

— Tu as vraiment une vidéo d'elle en train d'acheter de la drogue ? je demande à mon frère.

— Non.

J'éclate de rire, faisant sourire Holt.

— Est-ce que tu l'as vraiment baisé pour que je rompe avec elle ?

— Ouais, admet-il, son sourire s'estompant.

Je secoue la tête.

— C'est glauque, Holt.

— Je sais.

Il soulève son chapeau, passe sa main dans ses cheveux et remet le chapeau sur sa tête.

— Mais repense à comment tu étais à l'époque, Flynn. Tu es entré dans la haute société, tu faisais la fête, tu pensais que tu valais mieux que tout le monde. Tu avais une passion avant Beth, tu rêvais de posséder ton propre garage. J'ai essayé de t'en parler, d'avoir une conversation sur les conneries dans laquelle elle t'entraînait. Sur tout l'argent qu'elle dépensait. Tu ne voulais pas m'écouter, dit-il en se frottant la nuque. Tu avais arrêté de travailler sur les voitures. Tu l'avais même laissée te convaincre de faire partie de la compagnie familiale. De travailler dans un bureau. Puis elle a commencé à parler de bagues de fiançailles et d'appartements. Tu détestes tous ces trucs, mec. Ça allait être ta vie et je savais que tu serais aussi malheureux que...

— Papa ?

— Ouais.

Holt soupire.

— Je ne pourrais tout simplement pas le supporter si tu choisissais de te lier à quelqu'un qui ressemble à maman. Tu mérites mieux.

— Alors tu aurais dû me parler. Pour l'amour de Dieu, Holt. J'avais compris ce qu'elle était au moins un mois avant de la voir dans ton lit !

— Mais tu étais toujours à la maison. Et elle traînait toujours autour de toi, attendant. Je voulais plus pour toi, alors je me suis assuré que tu t'en irais. Et si me détester était ce qu'il fallait pour te faire partir, cela en valait la peine.

Il me regarde droit dans les yeux :

— Je sais que c'était nul, mais je ne suis pas désolé. Je ne suis pas désolé parce que cela a fonctionné. Tu es parti. Tu fais ce que tu aimes. Et si tu sors vraiment avec cette fille que j'ai rencontrée aujourd'hui, on dirait que tu as trouvé quelqu'un digne de toi pour changer.

Nous sommes silencieux pendant un moment, à regarder les bateaux naviguer sur le lac de l'autre côté du terrain et à écouter les gens boire sur la terrasse maintenant que les flics sont partis. Les mots de Beth à propos de Jackie résonnent dans ma tête. Je suis sur le point de demander à Holt ce qu'il pense quand Trish interrompt le moment.

— Youhou ?

Elle est penchée au coin du bâtiment.

— Les flics sont partis, mais avez-vous oublié que votre sœur est au poste ?

Holt et moi nous exclamons à l'unisson :

— Mince.

— Merde.

―――

Jackie

Quelques heures plus tard, je me retrouve dans l'arrière-salle de MCC dans un groupe de réflexion. L'équipage à bord de l'ISS est occupé à fermer les écoutilles des modules, conformément au protocole sur les débris spatiaux. Personne à la NASA ne peut trouver un moyen de synchroniser EXT-2 sans qu'EXT-1 soit d'abord opérationnel. Bien que la station puisse parfaitement fonctionner avec un seul EXT, il n'y a aucun moyen de réparer l'EXT-1 défectueux sans un EXT-2 en parfait état de fonctionnement non plus.

— Au-delà des débris qui devraient frapper dans cinq heures, les astronautes ne peuvent pas rester sur la station pendant longtemps sans que les ordinateurs EXT maintiennent et régulent la chaleur et l'électricité de l'ISS. Surtout à présent, juste avant que nous entrions dans une période bêta. La station se transformera en barbecue là où le soleil tape, et en congélateur ailleurs, dit Sean.

— Pourquoi ne pas utiliser le Soyouz pour manœuvrer la station ? je demande.

Ian secoue la tête.

— Nous y avons pensé pendant la pause, mais après une analyse des données, nous nous sommes rappelé le long chemin de la station après son lancement. Les dix-huit heures supplémentaires d'approche ont dépensé beaucoup de carburant. Il n'y en a pas assez pour déplacer la station hors de la trajectoire des débris *et* ramener les astronautes sur Terre en toute sécurité s'ils avaient besoin d'une évacuation d'urgence.

— Qu'est-ce que c'est que ce bordel ? hurle Sean, faisant sursauter la plupart des participants à la réunion. Comment avons-nous obtenu en même temps deux pannes EXT, un manque de carburant et d'éventuels déchets spatiaux ?

Personne ne répond.

Je me déplace dans mon siège, beaucoup plus à l'aise depuis que j'ai changé de tenue. Ian m'a surprise en train de reposer ses clés sur son bureau. L'expression sur mon visage a dû lui dire que j'étais au bord de la dépression, car tout ce qu'il a fait, c'est me passer son sac de sport et me dire que je pouvais y prendre ce que je voulais.

Je suis donc actuellement assise autour d'une réunion de haut niveau avec de nombreux gens en costards dans un T-shirt Harvard et un short de basket-ball pour homme. Mes pieds sont grands, mais les chaussures de sport de Ian pendent tout de même à quelques centimètres de mes orteils. Je m'en fous. Elles sont mieux que les Chucks imbibées de bière que j'ai tristement jetées à la poubelle.

Pendant une minute, je m'inquiète de ce que penserait Flynn en me voyant portant les vêtements d'un autre mec. Surtout ceux de Ian, après toute la démonstration de possessivité le jour où il m'a déposée à la porte de la NASA et m'a embrassée. Je lève mentalement les yeux au ciel. Je suis peut-être intelligente mais je me suis fait avoir. Encore une fois.

Flynn n'est pas sérieux envers moi. Je veux dire, à quoi est-ce que je m'attendais ? Il m'apprend comment démarrer une voiture en court-circuitant le neiman, j'ai des relations sexuelles avec lui et puis nous vivons heureux et avons beaucoup d'enfants ?

Je m'arrête.

Flynn. Voiture. Neiman.

Par Neptune.

Je me précipite sur mon siège.

— Apportez les schémas !

J'ai peut-être crié, car tous les yeux se tournent vers moi, surpris.

— Du véhicule russe ? Ils sont juste là, dit Ian en montrant l'écran du doigt.

— Non, oubliez les gyroscopes. Ceux de L'EXT-1. J'ai besoin des schémas des fils externes passant de l'extérieur de la station à la boîte.

Sean hoche la tête et les stagiaires sortent en courant de la pièce, probablement pour aller chercher les schémas. J'enregistre à peine le chaos, mon esprit sur les fils. C'est un véhicule beaucoup plus compliqué, mais le principe doit être tout aussi simple...

Ian pose une main sur mon bras, me ramenant dans la pièce.

— D'accord, les schémas devraient être disponibles dans une minute.

— Bien.

Je regarde Sean.

— Dîtes à Jul' et Bodie de s'habiller.

Vance Bodaway, alias «Bodie», est un astronaute ingénieur de bord qui se trouve actuellement à bord de l'ISS avec Jul'. Il est aussi dur à cuire qu'elle l'est, donc ce que j'ai prévu sera au moins amusant, si rien d'autre.

Sean lève les deux mains en l'air.

— Attends une minute. À quoi penses-tu, exactement ? J'ai besoin de plus d'informations avant de dire à certains membres de l'équipage d'arrêter les procédures d'urgence et de prendre une heure pour se préparer pour une EVA.

— Nous n'avons pas une minute. Comme vous l'avez dit, il

leur faudra une heure pour s'habiller, puis une autre pour la sortie dans l'espace que je prévois. Et si ce que je leur dis de faire ne fonctionne pas, ils auront encore deux heures pour rentrer à la station, se changer et se rendre au Soyouz avec le reste de l'équipage.

— Je ne... commence Sean.

— Allez, Sean. C'est Jackie. Vous *savez* que si elle a une telle confiance en une idée, elle doit être bonne, dit Ian.

Je fais un signe de tête à Ian pour le remercier.

— Dans le pire des cas, Jul' et Bodie perdent un peu de temps à se balader dans leurs costumes, conclut Ian.

Sean regarde Ian, puis moi.

— Bien.

Il décroche le téléphone et donne l'ordre au directeur de vol sur la console. Quand il pose le téléphone, il se rassoit et me regarde.

— Alors, docteure Jackie Darling Lee. Qu'*est-ce que* tu as prévu, exactement ?

Je prends une profonde inspiration.

— Nous allons démarrer la station en court-circuitant le neiman.

DIX-NEUF
COMPTE À REBOURS FINAL

Flynn

Ma sœur fredonne en fouillant dans mes placards. On ne dirait pas qu'elle vient d'être arrêtée et presque emprisonnée.

— Je ne peux pas croire que ce n'était pas la première fois que tu étais arrêtée pour avoir frappé Beth, dis-je à Rose. Est-ce que je veux savoir quand ça s'est passé ?

Rose sort la tête du placard, me regardant dans les yeux.

— Tu sais quand.

Elle disparaît à nouveau un instant, sortant un sac de biscuits.

— C'est pour ça que j'ai mes propres avocats, dit-elle en jetant le sac sur le comptoir. Et pour ça que j'ai payé Beth la première fois et lui ai fait signer des papiers disant qu'elle ne pourrait jamais me poursuivre en justice. Je savais qu'elle n'avait pas fini de causer des problèmes.

Elle ouvre la porte du frigo en marmonnant :

— Je ne suis pas stupide.

— Cela n'a pas encore été prouvé, dis-je, mais je ris dans ma barbe en me souvenant du regard sur le visage de Holt au poste de police.

— J'ai bien cru que Holt allait avoir une attaque.

Pendant une heure, Holt s'est séquestré avec l'avocat de Rose après avoir découvert les précédents affrontements de Rose avec Beth. Holt a été encore plus énervé quand l'avocat de Rose ne lui a rien dit à cause de la confidentialité de sa cliente.

Rose attrape la bouteille de lait et s'éclaircit la gorge.

— En parlant de Holt, vous semblez mieux vous entendre.

Sa voix est pleine d'espoir. Après notre petit cœur à cœur viril, mon frère et moi nous entendons effectivement mieux. Ou du moins une grande partie de la tension et du ressentiment est partie. Holt est tout de même rentré au ranch après avoir été au poste de police. Je pense que nous allons tous les deux prendre cette réconciliation un jour après l'autre.

Je me dirige vers elle, la poussant hors du chemin.

— Ouais.

Je souris, puis je prends une canette de soda dans le frigo. J'ai réalisé aujourd'hui à quel point ma colère me contrôlait. Elle m'a tellement dévoré que je l'ai laissée m'aveugler et oublier ce qui est le plus important : la famille. Et maintenant, Jackie. Alors je laisse ma colère s'en aller. C'est plus facile que je ne le pensais. Mon frère est un idiot, mais au moins il essayait de m'aider.

— C'est bien.

Elle se sert un grand verre de lait et en prend une grande gorgée.

— J'étais fatiguée de jouer les intermédiaires pour vous deux crétins.

— Jolie moustache, mec, dis-je en lui ébouriffant les cheveux.

— Hé ! Fais gaffe, dit Rose en baissant la tête et essuyant sa moustache de lait avec le dos de sa main. J'ai encore l'air de quelqu'un qui vient d'être arrêté. C'est une chose difficile à imiter. Je dois en profiter.

Elle sourit avant d'ouvrir le sac de biscuits.

— Peu importe, Rose, dis-je en levant les yeux au ciel.

— N'oublie pas d'appeler Jackie, dit-elle, la bouche pleine de biscuits. On a presque eu un incident tout à l'heure.

— Qu'est-ce que tu veux-tu dire ? Quand Beth et Jackie ont parlé au bar ?

Je prends une gorgée de soda.

— Beth m'a dit de quoi elles avaient discuté. Je hausse les épaules. Ou du moins sa version.

— Euh, ouais. Je ne croirais pas ce que dit cette salope, dit Rose en secouant la tête. Je parlais du retour de Jackie après l'arrivée des flics.

Je pose la canette avec soin sur l'îlot de la cuisine.

— Elle est revenue ?

— Oui. Elle était prête à aller te chercher mais je savais que tu étais avec Beth, alors je l'ai ramenée à sa voiture.

Elle met un autre cookie dans sa bouche.

— Heureusement que je l'ai sortie de là. La dernière chose dont Jackie avait besoin était de vous voir, toi et ton ex de merde, blottis ensemble à l'intérieur du bar. Beth est peut-être complètement folle, sans parler du diable, mais elle est sexy. Aucune fille ne veut penser que son mec s'est tapé ce genre de nana.

Je m'immobilise.

— Nous n'étions pas dans le bar, Rose.

— De quoi tu parles ? Rose marmonne, la bouche pleine de cookies. C'est là que vous êtes allés lorsque les flics sont arrivés.

— Jusqu'à ce que le directeur nous demande de sortir parce que Beth était trop bruyante. Nous étions sur le parking.

Nous nous regardons. Rose déglutit.

— Jackie aurait dit quelque chose si elle vous avait vu. Pas vrai ? demande Rose, les yeux larmoyants alors qu'elle s'étouffe avec le biscuit. Elle prend son verre de lait, essayant de le faire passer.

Je rejoue cette partie de la journée, du moment où j'ai mis mes bras contre le mur, de chaque côté de Beth juste pour l'empêcher d'aller raconter n'importe quoi aux flics. Vu du parking, ça n'avait peut-être pas l'air très clair. Je regarde mon téléphone.

— Elle n'a pas répondu à mon SMS ou à mes appels de tout à l'heure.

— Elle est au travail. Urgence à la NASA, tu te souviens ?

La voix de Rose est hésitante, c'est à ce moment-là que je sais que j'ai des ennuis.

Encore une fois, je parcours mentalement mon interaction avec Beth. Personne n'a crié mon nom, je n'ai pas vu des cheveux blonds sauvages remonter les marches de la terrasse d'où je me tenais. Mais quelque chose me revient d'un seul coup. Mon esprit revient sur la seule chose qui m'avait distrait pendant que j'essayais d'isoler Beth.

Cette voiture argentée.

— Attends, comment est-elle venue au bar ? Sa voiture est dans mon garage, dis-je en priant que je me trompe.

— La Tesla de Ian.

— Putain.

Je n'ai jamais été aussi content d'avoir une facture de câble astronomique. Je dois payer pour un grand nombre de chaînes pour avoir accès à toutes les chaînes spécialisées qui traitent des restaurations vintage et des courses de voiture. Mais dans ce forfait onéreux, il y a NASA TV. Je ne peux pas me rendre sur place avec toute la sécurité et sans badge. Je suis sûr que faire une scène à la porte ne me ferait pas aimer de Jackie.

Mais je souviens qu'une fois, Jackie a mentionné NASA TV, alors je zappe jusqu'à ce que je la trouve.

Apparemment, NASA TV fournit une couverture en direct des lancements, des sorties dans l'espace et d'autres événements, ainsi que de derniers points de presse et des fichiers vidéo. Ce qui m'intéresse en ce moment, ce sont les images en direct du centre de contrôle. La chaîne montre un tas de bureaux sur lesquels plusieurs ordinateurs sont empilés. Chaque long bureau est occupé par deux ou trois personnes. Ensuite, il y a les gens qui se tiennent au centre de la pièce.

Il y a trois personnes. L'une d'elles est Jackie.

À côté d'elle se trouvent deux hommes : un en costume, et un en kaki et polo. Pour une raison quelconque, Jackie porte un T-shirt surdimensionné et un short de sport. Elle a également un casque et fait signe à l'un des hommes. Il n'y a pas beaucoup de son. Un tas de murmures et de sons de gens qui tapent au clavier, mais c'est tout.

C'est vraiment bizarre de pouvoir la voir, ce qu'elle fait, et qu'elle ne sache pas que je la regarde.

Rose est perchée sur le bord de mon canapé avec son ordinateur portable sur les genoux, suivant les nouvelles en cours ainsi que la chaîne de télé NASA. Il s'est avéré que pendant que j'étais occupé avec une bagarre familiale de vrais beaufs, Jackie était en train d'essayer de sauver la Station spatiale internationale et son équipage. Voilà qui met les choses en perspective.

Je ne pense pas qu'elle ait son téléphone sur elle, mais je sors le mien et lui envoie quand même un message pour lui souhaiter bonne chance. Au cas où.

Je suis surpris quand je vois la tête de Jackie se tourner vers l'un des bureaux. Elle prend un téléphone portable et regarde l'écran. Un froncement de sourcils secoue son visage avant qu'elle ne remette le téléphone sur la table, l'écran vers le bas. Son expression s'éclaircit quand Ian lui fait signe de se diriger vers un autre bureau. Elle s'approche de lui, laissant son téléphone et mon texto derrière.

C'est pas bon, ça.

―――

Jackie

JE ME CONCENTRE sur les schémas projetés sur l'écran devant moi. Assise à une table avec la plupart des hauts gradés de la NASA, je suis surprise de ne pas être nerveuse. Je ne repousse même pas mes lunettes. Au lieu de cela, je prends les choses en mains :

— Vous pouvez voir les fils endommagés sur les photos que l'astronaute Starr a prises sur EXT-1 après qu'il ait été percuté par le débris. Ce que nous devons vérifier, ce sont les fils qui continuent de passer sous le panneau extérieur.

Je regarde l'équipe électronique assemblée dans un coin de la pièce.

— Que vous disent les plans ?

— Selon le schéma électrique, les fils continuent sous le panneau, et s'enroulent même pour avoir du mou. Il devrait y avoir assez de longueur pour couper et se reconnecter, répond l'un d'eux. Si cela échoue, nous pouvons les accrocher autour de la section endommagée.

Je m'adresse à la division EVA.

— Quelle est notre chronologie ? Dans combien de temps est-ce que Jul' et Bodie peuvent être dehors ?

Les astronautes sortent toujours dans l'espace par deux. C'est un système de coéquipier classique. Bien que ce soit Jul' qui devrait s'occuper de tout, Bodie sera là pour l'épauler.

— Ils ont mis leurs combinaisons. Il faut juste qu'ils connectent leurs casques et se rendent dans le sas.

Je fais les cent pas dans ce qui ressemble à des chaussures de clown. Tous ceux qui sortent dans l'espace ont besoin de se dépressuriser pour éviter la maladie des caissons, qui résulte d'une exposition rapide de l'organisme à une baisse de pression extérieure, et que l'azote présent dans le sang forme des bulles de nitrogène du sang. Pour éviter cela, un astronaute met sa tenue complète une heure avant une sortie dans l'espace et respire de l'oxygène pur à l'intérieur du sas pendant que la pression à l'intérieur de celui-ci baisse à petit. Une fois que cette zone atteint la bonne pression, l'astronaute sort dans l'espace par le sas extérieur.

— Ils auront à la fois l'attache et le jet pack SAFER, car nous ne savons pas combien de temps cette opération va prendre, poursuit un ingénieur d'EVA.

Les EVA prennent généralement des semaines de planification. Pas des heures. Il y a une liste détaillée des procédures, qui sont suivies à la lettre. En comparaison, ce que j'ai prévu ressemble à donner des peintures et un pinceau à un enfant en bas âge et s'attendre à ce qu'il produise un Rembrandt.

Tous ces films avec des astronautes qui sautent dans leurs combinaisons avant de plonger dans l'espace pour sauver la situation ? Ouais, c'est pas franchement le cas. Même cette sortie dans l'espace organisée à la hâte plie le protocole presque au point de rupture.

— D'accord. Assurez-vous que la ceinture à outils de Jul' soit bien approvisionnée avec des sécateurs, des câbles... tout. Nous ne voulons pas d'un échec simplement parce qu'elle a oublié de bien préparer son sac à main, dit Sean.

Ian éclate de rire.

— Mon Dieu, Sean. Vous devriez être heureux que ce soit

une urgence. Sinon, vous vous feriez botter les fesses par les ressources humaines pour cette remarque.

Sean le renvoie avec un signe de la main et en levant les yeux au ciel, marmonnant quelque chose à propos des conneries de la zone de confort des jeunes. Tout le monde fait semblant de ne rien entendre, mais les rires continuent.

Je me dirige vers la porte, ma nervosité reprenant de plus belle.

— Remettons les EXT en ligne.

―――――

LES GRANDS ÉCRANS du centre de contrôle montrent plusieurs images de l'intérieur et de l'extérieur de la station et incluent désormais un compte à rebours de l'impact estimé des débris. Jul' et Bodie ont eu le temps de se dépressuriser convenablement. J'aperçois quelque chose qui clignote du coin de l'œil. L'écran de mon téléphone est éclairé par une notification de message.

— Vous êtes prêts pour vous déplacer vers l'écoutille, dit Sean aux astronautes, parlant dans son casque.

— Houston, nous sommes en route, répond Jul'.

Jul' est peut-être une cowgirl de l'espace, mais en ce qui concerne le travail, elle n'est que concentration. Elle ne se ressemble presque pas sur les ondes. Ce qui est probablement une bonne chose, car qualifier un directeur de vol de « pute » à la télévision nationale n'est pas le genre de publicité que la NASA apprécie ces jours-ci.

Tous les yeux de la pièce sont collés à l'écran, sur lequel on peut voir Jul' et Bodie travailler ensemble pour ouvrir la trappe et la faire pivoter contre le mur intérieur. Je prends le temps de regarder mon téléphone.

Flynn : *Bonne chance, chérie.*

Sérieusement ? Il passe d'emballer la poupée Barbie qui lui sert d'ex, à l'envoi de textos en mode petit ami en l'espace de quelques heures. Peut-être qu'il a un trouble de la personnalité. Ou peut-être que Rose a tort, qu'il *est* exactement comme Brian et je *peux* en fait tirer la conclusion que les hommes ne veulent pas des filles trop intelligentes.

— La trappe EVA est retirée et rangée.

La voix profonde de Bodie sort des haut-parleurs.

— Passage de l'alimentation de la combinaison en mode batterie.

Je pose mon téléphone avec plus de force que nécessaire et prends une profonde inspiration. *Concentre-toi.*

— Jackie ?

Ian me fait signe vers la console EVA.

Je mets de côté mes sentiments à propos de Flynn et avance vers Ian.

— Oui ?

— Je voulais juste te montrer les spécifications de la combinaison, ainsi que les niveaux de batterie et d'oxygène, pour que tu aies ça au fond de ton esprit pendant que cette sortie dans l'espace digne de cow-boys.

— Digne de cow-boys ?

Je ris en pensant à mes romans d'amour et à quel point Jul' aimerait la comparaison.

— Merci, Ian.

Il sourit et donne l'ordre de fermer les valves de dépressurisation.

— Valves de dépressurisation fermées, répond Jul'.

— Station, baissez les visières, ordonne un contrôleur de vol EVA.

Les visières de combinaisons spatiales sont recouvertes d'une fine couche d'or. Cela aide à filtrer les rayons nocifs du soleil, ce qui en juin, en période bêta, est extrêmement important. Leur visière protège également les astronautes des températures extrêmes.

Jul' et Bodie commencent à manœuvrer vers la poutre Starboard Zero, du côté du laboratoire américain Destiny faisant face à l'espace. C'est la pièce maîtresse de la poutre de la station, là où sont logés les rayons solaires, les radiateurs et les boucles de refroidissement, ainsi que les EXT-MDM. Heureusement, le sas est juste en dessous, ils n'ont donc pas beaucoup de chemin à parcourir.

Une caméra est fixée au casque de Bodie, donnant à tout MCC une vue directe sur leurs actions. À côté de l'écran qui alimente la caméra de Bodie se trouve le compte à rebours. Quatre heures. Cela semble beaucoup, mais dans l'espace, tout prend beaucoup plus de temps, et lorsqu'il faut prendre en compte l'heure supplémentaire nécessaire après une sortie dans l'espace pour la décompression, chaque minute compte.

Jul' et Bodie prennent leur temps, se déplaçant en tandem, s'assurant d'accrocher les crochets de sécurité sur les longes le reliant à la station au fur et à mesure. Les astronautes ont toujours l'air de se déplacer au ralenti à cause de l'absence de gravité, mais en réalité, attachés à l'ISS, ils voyagent à 27 600 kilomètres/heure. C'est-à-dire 2,7 kilomètres par seconde.

Ce que je demande à Jul' et Bodie de tenter ressemble à demander à un chirurgien de pratiquer une chirurgie à cœur ouvert avec des gants de ski tout en étant sur des montagnes russes.

Pas de pression ni rien.

En attendant qu'ils soient arrivés à la poutre Starboard Zero, je me suis assise. L'adrénaline qui circule dans mon système depuis que les sirènes se sont déclenchées à Boondoggle's s'estompe. La voix de Jul' arrive dans le casque, me forçant à me lever à nouveau.

— Houston, les EXTs sont à portée de main.

Bodie décroche l'une de ses attaches et se tire vers l'avant pour l'attacher à côté de EXT-1.

Jul' arrive du côté opposé de la poutre et s'attache entre EXT-1 et EXT-2.

— Houston, nous sommes en position, relaie Bodie.

— Station. D'accord, les gars, vous devez regarder les câbles d'alimentation après EXT-1 et 2, ceux qui ont été touchés par la météorite il y a quelques semaines, je leur explique dans le casque. Le groupe de câbles exposé a été touché, mais nous avons besoin que vous dévissiez le panneau qui cache le reste des câbles.

— Houston. Très bien. Déchargement du pack, dit Jul', commençant la procédure de sortie dans l'espace que j'ai écrite il y a à peine une heure.

Cette partie d'une sortie dans l'espace est quelque peu fastidieuse. Chaque fois qu'un astronaute fait un mouvement, il doit l'annoncer verbalement au centre de contrôle, même si nous pouvons le voir à l'écran grâce aux caméras logées sur son casque. Et bien qu'ils mémorisent la procédure unique de chaque EVA avant de s'habiller, nous envoyons des commandes verbales aux astronautes pour chaque étape via leurs casques. C'est redondant, mais protocolaire. Et comme le protocole a sauvé des vies à plusieurs reprises tout au long de la longue et illustre histoire de la NASA, nous le respectons.

Sur le moniteur, Jul' récupère la perceuse à piles de son sac, l'attache à sa combinaison et lentement, très lentement, dévisse le panneau se trouvant à côté du câble aux fils carbonisés et cassés. La pointe de la perceuse est magnétique, ce qui aide Jul' à garder le contrôle. Malgré cela, je vois une vis flotter au loin.

— Merde.

Apparemment, Jul' a oublié que la radiodiffusion est publique.

Ian et moi nous regardons, luttant contre des sourires.

— Station. Qu'est-ce que vous disiez, astronaute Starr ? Nous ne pouvions pas vous entendre ici.

— Euh, rien, Houston. Je viens de perdre une vis. J'en ai de rechange dans mon sac.

Seth couvre son micro et regarde Ian.

— Et c'est pourquoi je m'assure toujours que les astronautes préparent leur sac à main correctement.

Une vague de rires traverse MCC, brisant la tension qui montait depuis que Jul' et Bodie ont quitté le sas.

— Houston, panneau enlevé, dit Jul' en passant à Bodie le grand panneau.

Incapable d'attacher le panneau à leurs combinaisons, Bodie accroche ses pieds sur la rampe de la poutre de la station et utilise ses mains pour tenir le panneau afin qu'il ne s'envole pas.

Sa lampe illumine les fils sous le panneau.

— Houston, les groupes de câbles sont intacts.

Dieu merci. Je relâche un souffle tremblant.

— Station. Excellent. Nous sommes prêts à procéder au court-circuitage du neiman.

Je parcours les schémas étalés sur la table.

— Station, j'ai besoin que vous désactiviez le connecteur d'accouplement en aveugle à l'arrière de EXT-1, sur l'interface J_1 / P_1. Est-ce que vous les voyez ?

— Affirmatif, Houston. Je les vois et ils sont à portée de main, dit Jul'.

— D'accord, Station. Prenez le câble avec capuchon P_1 provenant du RPC 4. Il doit y avoir une cavité ouverte vers la droite, où aucune boîte n'est connectée. C'est la connexion que vous allez utiliser.

— Houston, je le vois.

— Vous allez devoir passer au-dessus. Derrière l'ouverture, il devrait y avoir trois câbles. Démontez et débloquez la connexion J_1 / P_1.

Le centre de contrôle est silencieux alors que nous attendons tous que Jul' suive les commandes. Lorsqu'elle atteint la zone indiquée, je demande :

— Y a-t-il assez de longueur pour déplacer le câble non couvert vers la connexion EXT J1 ?

Il y a une longue pause.

— Non. C'est trop court, répond Jul'.

Cette fois, Sean jure.

Bodie tourne la tête vers les fils de la poutre, éclairant les moniteurs avec l'image.

— Attendez, Houston, des colliers de serrage acheminent le groupe de câbles le long de la station, y compris le câble dont nous avons besoin. Si Jul' les coupe, elle aura suffisamment de jeu pour amener le câble à la bonne connexion.

Une chose que beaucoup de gens ne savent pas : la NASA aime tenir les choses ensemble avec du ruban adhésif et des colliers de serrage. Pour de vrai.

Sean parle dans son casque.

— Station. Attendez.

Il se lève alors de son bureau et vient là où je me tiens. Il sent la transpiration et le café. Mais là encore, qui ne sent pas comme ça au centre de contrôle en ce moment ?

— Si nous desserrons ces fils, cela peut-il causer des dommages ou des dysfonctionnements à ceux qui fonctionnent encore ?

J'appelle l'un des ingénieurs et je répète la question.

— Négatif, dit-il. Ce groupe comprend les scars quatre à six. Tous sont inutilisés et couverts. Les scars sont, dans notre jargon technique, une infrastructure viable mais inutilisée, existant en particulier pour les besoins futurs.

Sean me donne le feu vert d'un signe de tête.

— Station, vous pouvez procéder et couper les colliers de

serrage, dis-je. Mais faites attention en coupant. Nous n'avons plus besoin de problèmes.

— Houston. Compris.

Le ton de Jul' fait plus pour apaiser mon esprit qu'un Xanax ne l'aurait fait en ce moment. Je peux dire qu'elle contrôle la situation. Cette femme est une future légende. Je souhaite seulement pouvoir être là-haut avec elle.

— Bodie, bouge ta grosse tête. J'ai besoin de plus de lumière.

— Je ne vaux pas mieux qu'un lampadaire, n'est-ce pas ?

Dieu que je les aime, ces deux-là !

Quelques minutes plus tard, les pinces coupantes attachées à la longe et en main, Jul' coupe les colliers de serrage se trouvant le long d'un tronçon d'un mètre de la poutre.

— Station, cela vous a-t-il donné assez de longueur ?

Sinon, nous serons de retour à la case départ et devrons évacuer. Dans un vrai court-circuit du neiman, on peut couper les fils, dénuder le revêtement et les connecter, comme Flynn me l'a appris. Mais mettre des câbles sous tension entre les mains des astronautes ne serait pas une bonne chose. Il ne suffit que d'une brûlure superficielle pour qu'une combinaison spatiale se dépressurise. Il faut donc que les scars soient intacts pour que cela fonctionne.

— Oh ouais, Houston. Nous sommes prêts, dit Bodie dans son micro.

Je me permets un petit sourire, mais mon corps est toujours tendu. Même si atteindre la bonne connexion est une partie importante du plan, de nombreuses autres choses peuvent échouer avant que nous ayons terminé.

— Station, étendez le câble à l'interface J1.

Pendant les quinze minutes suivantes, nous regardons Bodie tourner la tête de tous les côtés pendant que Jul' tire le nouveau câble et manœuvre autour de la poutre pour se rendre au panneau de connexion d'EXT-1. Finalement, je dois me rasseoir. L'attente m'épuise.

Tout le monde regarde Jul' essayer de connecter le câble et échouer. Elle essaie à nouveau. Impossible.

— Houston, la troisième fois, comme on dit, c'est la bonne. Câble connecté.

— Excellent, Station. Jul', j'ai besoin de vous pour sécuriser le panneau externe à nouveau. Bodie, assurez-vous que toutes les connexions soient sécurisées.

Une fois terminé, Sean s'adresse à la console CRONUS.

— Saisissez la commande pour mettre EXT-2 dans un état de diagnostic.

Un état de diagnostic lancera FDIR, un programme logiciel qui détecte les fautes, les isole et tente de les corriger. Une fois cela terminé, nous pourrons remettre EXT-1 en état de fonctionnement si le court-circuitage fonctionne.

L'attente est atroce. Chaque ligne de données que FDIR affiche sur les moniteurs fait battre mon cœur un peu plus fort. Heureusement, chaque élément de données continue de fonctionner sans échec.

— FDIR lancé avec succès. Connexion viable. EXT-1 sous tension à l'état primaire, sain et prêt à prendre des commandes, annonce la console CRONUS.

Les applaudissements retentissent dans la salle, les gens crient, tapent des mains et s'embrassent. Ian quitte sa console pour me prendre dans une étreinte tournoyante, nous rions tous les deux.

— Tu es un putain de génie, Jackie, dit-il en me reposant à terre.

La rotation a mis de travers mes lunettes et je me fige alors que Ian les remet en place. Il ne remarque pas ma position de statue, s'avançant vers Sean pour lui faire un check et féliciter le reste de l'équipe. Les doigts tremblants, je réajuste moi-même mes montures, tout en pensant à Flynn et en me demandant s'il est avec Beth à ce moment précis.

Bien que je sois extrêmement heureuse du résultat de la sortie dans l'espace, mon sourire est forcé lorsque je parle à Jul' et Bodie via mon casque.

— Station, nous avons deux EXTs pleinement opérationnels. Vous pouvez rentrer à l'intérieur.

Faisant fi du protocole approprié lors des diffusions publiques, Jul' répond simplement :

— Ça va aller, petite pute. Ça va aller.

VINGT
DIAGNOSTICS

Jackie

Les chaussures de Ian ne seront plus jamais les mêmes. Je n'ai pas été capable de lever complètement mes pieds en rentrant chez moi, mon épuisement une dose supplémentaire de gravité sur mes membres. Chtac, Clang. Chtac, Clang. C'est comme une chanson qui me suit depuis que j'ai finalement quitté le centre de contrôle pour rentrer dans mon appartement.

J'aurais dû demander à un collègue de me ramener, mais la plupart d'entre eux partaient faire la fête, reprenant là où nous nous étions arrêtés à Boondoggle's. Pas moi. Je ne pense pas avoir jamais été aussi fatiguée. Physiquement, déjà. Je n'ai pas beaucoup dormi la nuit dernière et j'ai surtout été debout à faire les cent pas depuis que les alarmes ont retenti dans l'ISS. Épuisée mentalement ? Aussi, et complètement. Si je ferme les yeux, des plans électriques et structurels ainsi que des codes de commande flottent encore sous mes paupières.

J'ai déjà eu l'occasion d'être épuisée mentalement et physiquement. Rarement en même temps, mais quand même. Rien de nouveau. La cerise sur le gâteau, c'est mon état émotionnel. Je n'ai jamais vraiment compris ce que les gens entendaient par être épuisé émotionnellement jusqu'à ce que l'adrénaline se soit évaporée quand Jul' m'a appelée « petite pute » après le redémarrage de l'EXT. Après cela, j'aurais pu glisser sur le sol et m'écraser. Mais je suis restée sur mes pieds, même avec les nombreuses tapes de félicitations dans mon dos, jusqu'à ce que Sean nous renvoie à la maison, l'équipe suivante prenant le relais au centre de contrôle.

Heureusement, nous n'aurons pas de débriefing avant demain. Et j'ai le sentiment que je vais avoir besoin de tout le temps de récupération possible. Aussi épuisante et stressante qu'ait été la sortie dans l'espace, elle a au moins fait une bonne chose pour moi. Elle m'a empêchée de penser à Flynn.

J'arrive enfin dans mon complexe d'appartements. Pas besoin de taper un code, car le portail est encore cassé. Je lève les yeux au ciel mentalement. Je dois ajouter « regarder les annonces immobilières » à ma liste de choses à faire, ainsi que trouver une nouvelle...

Je m'arrête sur le parking et cligne des yeux. Ma voiture est garée sur ma place de parking. Je passe mes doigts sous mes lunettes et me frotte les yeux, redresse les montures et vérifie à nouveau le numéro de la place de parking. Elle est toujours là. Non pas que quelqu'un d'autre aurait la même voiture de merde que moi, mais je devrais quand même vérifier. Parce que si elle est ici, ça veut dire...

Je prends une profonde inspiration.

Ne fais pas ça. Tu n'as pas intérêt, Jackie. Tu ne pleureras pas.

Mes narines se dilatent alors que je prends plusieurs profondes inspirations, fermant les yeux jusqu'à ce que je sente la brûlure derrière mes paupières refroidir. Une fois que je suis sûre de garder le contrôle, je continue à marcher vers les escaliers, sans regarder ostensiblement le rappel que tout est fini entre Flynn et moi. Essayant de ne pas me rappeler du fait qu'il n'ait pas voulu me donner ma voiture car cela l'assurait que je revienne le voir. Parce que si je m'en rappelle, alors je dois faire face à la conclusion logique qu'il ne veut tout simplement pas que je revienne le voir. Que ce que j'ai vu dans le parking de Boondoggle's était plus que ma perspective faussée, que c'était réel et vrai.

Mon pied bute contre le devant des marches à plusieurs reprises alors que je monte au troisième étage. Pas après pas, je me concentre sur mes pieds, ne voulant qu'atteindre mon lit. Si je peux simplement m'effondrer dans mon espace, tout ira bien. Je pourrai tout régler demain. J'ai juste besoin de m'arrêter et de dormir. De redémarrer, comme j'ai redémarré l'ISS ce soir.

Peut-être que si j'ai de la chance, demain je pourrai trouver un moyen de connecter mon esprit, de relancer les synapses dans mon cerveau. J'atteins le dernier palier. Encore quelques mètres et j'y serai.

— Jackie ?

Flynn ? Pourquoi Flynn est-il assis devant la porte de mon appartement ? Je cligne des yeux plusieurs fois, mais tout comme avec ma voiture, l'image ne change pas. Je le fixe, ses bras posés sur ses genoux, ses longues jambes bottées remontées vers sa poitrine. Ses yeux semblent lourds et ses cheveux sont en désordre. Il est tellement *beau*.

— Jackie ? Ça va ?

Je suppose qu'il me le demande puisque je n'ai pas répondu la première fois. Je ne trouve pas en moi la force de répondre cette fois non plus. Peut-être que j'ai commencé le redémarrage mental trop tôt.

Lentement, il attire ses jambes contre lui, se pousse contre la porte et se lève.

— Je t'ai regardée, dit-il. Sur NASA TV, je veux dire.

Il incline la tête vers le bas, me regardant dans les yeux. Comme s'il essayait de lire dans mes pensées.

— Je suis tellement content que tout ait fonctionné, que ton amie Jul' soit en sécurité.

Pourtant, je continue à le regarder, sans vraiment assimiler ce qui se passe. Je me demande si je suis en train de perdre l'esprit. Cela semble être une conclusion logique à la journée que j'ai eue.

Il fait un pas vers moi et s'arrête.

— Je suis désolé, Jackie. Tellement désolé. À propos de tout à l'heure. À propos de Beth.

Je peux me sentir tressaillir, le nom de cette femme atterrissant comme un coup sur ma poitrine. Il le voit et fait un autre pas en avant, tend la main.

— Je suis désolé, Jackie. J'aurais dû ignorer toute cette situation et être là pour toi quand tout ce bazar s'est produit à la NASA.

Il passe sa main dans ses cheveux et prend une profonde inspiration.

— J'étais juste sous le choc. Je n'ai jamais pensé que je la reverrai. Putain, je n'ai jamais *voulu* la revoir.

Quelque chose doit passer, parce que je me sens incliner la tête, froncer les sourcils, essayer de me concentrer sur cette dernière partie, et ce que cela signifie.

Flynn doit lire ma confusion car il réduit la distance entre nous, ses bras serrant mes biceps.

— Je ne veux pas de Beth, Jackie. S'il te plaît, dis-moi que tu le sais. Dis-moi que tu sais que je ne te ferai jamais ça.

J'ouvre la bouche, mais quelque chose me prend à la gorge. J'essaie de l'éclaircir, mais ma voix est toujours dure quand je parle.

— Tu ne veux pas de Beth.

Je ne sais pas si je demande ou si j'essaie simplement de répéter ce qu'il a dit pour que cela pénètre.

— Bon Dieu, non, dit-il en m'enveloppant dans ses bras. Toi, Jackie. C'est seulement toi que je veux.

Il se peut que ce soient ses paroles. Ou la sensation de ses bras autour de moi. Ou même le fait qu'il ait pris la majeure partie de mon poids dans sa forte étreinte, soulageant mes muscles épuisés par l'effort surhumain de me tenir debout.

Quoi qu'il en soit, cela déclenche quelque chose en moi. Mais au lieu de relancer mon cerveau, je suis à peu près sûr que Flynn vient de court-cuiter mon cœur.

Et je pleure.

Flynn

Les cheveux de Jackie me chatouillent le nez. Je vais oublier les démangeaisons et me concentrer sur la douceur de sa peau nue sous mes doigts pendant que je les déplace de haut en bas dans son dos.

Après qu'elle se soit effondrée en larmes contre ma poitrine à l'extérieur de son appartement, je l'ai prise dans ses bras, je l'ai portée à l'intérieur et je l'ai posée sur le bord du lit. Pendant que je fermais la porte, je l'ai entendue se rendre dans la salle de bains. Quelques minutes plus tard, elle est revenue pieds nus, toujours en short et T-shirt surdimensionnés. Je l'ai déshabillée, j'ai retiré les couvertures de son lit en forme de nuage et l'ai bordée. Elle avait l'air si jeune, ses taches de rousseur plus proéminentes contre la literie blanche, ses longs cils reposant sur ses joues.

Cela a demandé bien des efforts, mais j'ai réussi par m'éloigner. Le canapé semblait fait pour moi, et ça me convenait d'y dormir. Cela me convenait d'être quelqu'un sur qui elle puisse s'appuyer, compter, sans aucune condition. Je n'avais fait qu'un pas, quand, plus vite que je ne le pensais possible pour quelqu'un d'aussi épuisé, Jackie a pris ma main et m'a attiré vers elle.

Les journalistes disent que Jackie est une héroïne, que son idée de démarrer les ordinateurs en les court-circuitant a sauvé la Station spatiale internationale. Et elle l'est, mais elle n'est aussi qu'un être humain. Un être humain qui a vécu l'un des jours les plus stressants de sa vie, pas du tout aidée par toutes les conneries que j'ai apportées. Un être humain ne peut supporter qu'un certain nombre de choses, et Jackie a largement dépassé cette limite aujourd'hui.

Elle était plus qu'à moitié endormie, les yeux fermés, le corps enveloppé dans son nuage, mais elle avait toujours une poigne d'acier. Ce n'est que lorsque j'ai murmuré que j'avais besoin d'enlever mes chaussures avant de me coucher qu'elle a lâché ma main. Mais elle a ouvert un œil, me gardant dans son champ de vision pendant que je retirais mes chaussures, mon jean et ma chemise et grimpais dans le lit.

Même si elle était épuisée, ce n'est que lorsque je me suis complètement installé derrière elle, la serrant contre moi, que j'ai senti son corps se détendre enfin dans le sommeil.

Je n'étais pas là pour Jackie plus tôt, mais je serai là pour elle maintenant. Je ne peux pas me contenter de me pointer à sa porte après coup. Jackie est intelligente, forte et capable de vivre sans moi. Mais en cet instant, avec ses cheveux chatouillant mon nez, mon bras endormi à force de la serrer fort, et avec une forte érection, je sais que je suis exactement là où je dois être. En train de m'assurer qu'elle est en sécurité.

VINGT-ET-UN
DRAPEAU NOIR

Flynn

Je n'ai toujours pas réussi à faire des œufs brouillés.

Ce qui est probablement la première leçon de « se débrouiller tout seul comme un grand », c'est-à-dire « devenir adulte ». Bref, J'ai réalisé que je n'y arriverais sans doute jamais, de sorte que si ma survie doit un jour dépendre de mes talents en matière de cuisson des œufs, je suis un homme mort.

Les croque-monsieur, cependant, c'est une autre histoire. Là, je domine clairement.

Je cuisine pour Jackie ce soir. Pour être honnête, c'est ce que je cuisine la plupart des soirs, si nous ne mangeons pas dehors ni ne commandons à manger, mais elle ne semble pas s'en soucier. En fait, elle était tellement submergée de gratitude quand j'en ai fait pour elle après le travail la semaine dernière qu'elle en a presque pleuré.

Personnellement, je pense qu'elle place la barre trop bas. Cependant, après qu'elle m'a parlé de son connard d'ex, cela a du sens. Même pendant mes années de fac, quand je faisais le con, je n'avais jamais fait de pari sur une fille. C'est un tout nouveau genre d'enfoiré. Et sachant que ce gros con est à seulement quarante-cinq minutes de nous, à Houston, où il joue pour l'équipe de baseball de ma ville, m'irrite. Ça m'irrite vraiment. Mais une partie de la raison pour laquelle Jackie s'est ouverte à moi, en plus de vouloir expliquer pourquoi elle avait été si prompte à assumer le pire quand elle m'a vu avec Beth, était ma promesse de ne rien faire par rapport à lui. C'était une promesse facile à faire avant d'avoir entendu toute l'histoire. À présent ? Je veux lui botter le cul avec sa propre batte. Bien que je regrette maintenant cette promesse, Jackie et moi avons parcouru un long chemin depuis.

Cela fait deux semaines depuis la sortie d'urgence dans l'espace, depuis la nuit où j'ai pris Jackie et l'ai tenue dans mes bras pendant qu'elle dormait, épuisée par le stress et l'inquiétude. Le lendemain matin, nous avons parlé. Je lui ai expliqué le bordel qui avait suivi l'arrivée de Beth à Boondoggle's, y compris la trame de fond limite incestueuse avec Holt et elle qui ont couché ensemble. Nous nous sommes engagés verbalement dans notre relation, donc il n'y aura plus d'anomalies déroutantes (je cite Jackie). Et puis nous avons parlé un peu plus. Nous avons parlé de notre enfance, de nos aspirations et de la manière dont nos relations passées ont influencé notre présent. Et nous avons continué à parler. Nous avons même parlé de petites choses, comme les toasts à l'avocat, une mode surestimée d'après Jackie, ou encore les voitures autonomes, selon moi la première étape vers Armageddon. Je sais maintenant qu'elle était morte de peur pour son amie Jul' pendant la sortie dans l'espace, mais elle a mis de côté sa peur et a travaillé sur une solution, comme la dure à cuire qu'elle est. Et je sais qu'elle veut un chien et deux enfants, tout comme moi. Enfin, si ça se passait comme je voulais, ce serait plutôt quatre enfants et deux chiens. Mais bon, c'est pas trop loin.

Nos discussions se sont poursuivies tous les soirs après le travail quand elle vient chez moi dans sa Honda merdique. Nous sommes sortis plusieurs fois, pour voir Rose et Trish, mais nous commandons surtout des plats à emporter ou je lui montre mes talents culinaires en matière de croque-monsieur. J'essaie un nouveau fromage à chaque fois. Je suis génial comme ça.

Ça a été deux super semaines.

J'essaie de ne pas perdre ma masculinité à propos du bonheur qu'elle me procure, mais on n'en est pas loin.

Intelligente, belle et drôle. Jackie est les trois, c'est sûr.

J'entends la porte du garage s'ouvrir, ce qui me laisse quelques minutes pour mettre la table.

Et par mettre la table, je veux dire poser les sandwichs sur des assiettes en papier et les mettre sur le comptoir. Deux bouteilles d'eau, une pomme chacun, et c'est prêt. De la grande cuisine.

La porte de la buanderie s'ouvre et se ferme.

— Flynn ?

Oui, c'est vrai, non seulement j'ai donné à Jackie ma télécommande de garage supplémentaire, mais elle a aussi une clé de la maison. C'est du sérieux.

— Hé, bébé, je suis dans la cuisine, je crie à travers la grande salle, attrapant deux serviettes en papier.

Jackie entre dans la pièce de cette manière spéciale qu'elle a quand elle est excitée. Ce ne sont pas tout à fait des sautillements, mais ça s'en approche sacrément.

Elle rebondit pour s'arrêter devant moi, un grand sourire sur les lèvres.

— Hé.

Je me penche et l'embrasse, ma partie préférée de la journée. Enfin, si on ne compte pas le temps passé dans la chambre.

Je recule et frotte légèrement mon nez contre le sien

— D'accord, raconte.

Elle se penche et pose ses mains sur ma poitrine
— Comment as-tu su que j'avais quelque chose à te dire ?
Elle fait la moue et c'est adorable.
Je touche à nouveau son nez avec le mien.
— Peu importe comment. Dis-moi. Qu'est-ce qui te rend si heureuse ? En plus de mon excellent dîner, bien sûr, dis-je avec un geste vers les assiettes en carton.

Jackie regarde la préparation du dîner et laisse échapper un soupir joyeux. J'adore la façon dont elle apprécie les petites choses.

Et puis elle revient à ses moutons, à nouveau pleine d'énergie.

— Tu ne devineras jamais qui m'a appelée aujourd'hui.
— Eh bien, si je ne peux pas deviner, tu ferais mieux de me le dire.

J'attrape ses hanches et la rapproche. Ce que je regrette quand elle rebondit sur ses orteils à nouveau, claquant presque son front contre mon nez.

— Le bureau des astronautes ! Ils ont appelé pour organiser mon dernier entretien, Flynn. Elle saute complètement de haut en bas maintenant et je suis momentanément distrait de ses mots à cause des choses merveilleuses qui se passent au niveau de ses seins.

Elle arrête de rebondir, à ma grande déception, et tient son pouce et son index vers le haut, à seulement quelques centimètres l'un de l'autre.

— Je suis *à ça* de devenir astronaute! Tu le crois ?

Et puis elle rebondit à nouveau pendant que mes jambes s'enracinent sur place, comme si elles étaient alourdies de plomb.

— Attends. Quoi ?

Je pose mes mains sur ses épaules, la tenant immobile. J'arrive enfin à croiser son regard.

— De quoi tu parles ?

Mon ton doit la surprendre, ou l'intensité de mon regard, car elle me regarde bizarrement.

— La dernière étape du processus de recrutement des astronautes. Tu sais, celui que je suis en train de passer et dont je t'ai parlé ?

Mes oreilles bourdonnent et la lourdeur de mes jambes s'est étendue à ma poitrine.

— Tu m'as dit que tu avais réussi le premier tour, mais je pensais que devenir astronaute était un putain de long processus, et super dur ou quelque chose du genre. N'est-ce pas pratiquement impossible ?

— Eh bien, oui, mais...

— Et pourquoi es-tu si excitée ? Je veux dire, je t'ai tenue lorsque tu pleurais il n'y a pas deux semaines. Et tu m'as dit en grande partie que tu avais eu peur pour Jul'. Je pensais que cela seul te guérirait de ce projet ridicule.

Jackie s'éloigne, mes mains glissant de ses épaules.

— Ridicule ?

Une partie de mon cerveau sait que je pars en vrille. Que je dois prendre du recul, quelques profondes inspirations et ne pas dire quelque chose que je vais regretter. Mais la plus grande partie sent les moteurs en feu, entend le froissement du métal, s'étouffe avec la dévastation de l'inévitable crash. Je n'arrive pas à séparer la fin de mes parents de l'histoire des accidents de la navette spatiale, des alarmes de sécurité de l'ISS et du sentiment déchirant de savoir Jackie en danger constant.

— C'est trop dangereux.

Jackie laisse échapper un rire nerveux.

— Tu plaisantes, pas vrai ?

Je continue juste à la regarder.

— Tu réalises que statistiquement parlant, les mécaniciens et ceux qui conduisent des voitures anciennes, qui n'ont pas tous les dispositifs de sécurité modernes, sont plus susceptibles de se blesser que les astronautes, hein ?

Je ne dis toujours rien. Je ne peux pas. Tout ce que je vois, c'est du métal tordu et du feu.

Elle pose une main sur mon bras.

— Je suis sûre que si je te donne toutes les...

— Non, je m'entends dire.

Je ne peux plus voir le visage de Jackie. Elle est floue, même si elle n'est qu'à quelques pas. Mais je l'entends, sa voix timide et tremblante.

— Qu'est-ce que tu veux dire, non ?

Je cligne des yeux à plusieurs reprises, rendant son beau visage plus net.

— Je veux dire non, tu ne peux pas être astronaute.

Elle tressaille.

— Pas si tu veux être avec moi.

VINGT-DEUX
TEMPS RÉEL

Jackie

Il m'a donné un ultimatum. Je dois choisir entre Flynn et devenir astronaute. Choisir entre le rêve que j'ai poursuivi toute ma vie et l'homme que j'ai appris à aimer.

L'amour. C'est presque aussi incroyable que cet ultimatum. Répéter les mots dans ma tête ne rend rien de tout cela moins vrai.

Je n'ai pas vu Flynn depuis une semaine. Pas depuis que je l'ai regardé, stupéfaite, les yeux probablement aussi larges que les soucoupes volantes que les gens croient cachées dans le désert du Nouveau-Mexique par le gouvernement. Quand il est resté stoïque, la mâchoire aussi serrée que ses poings, tombés à ses côtés, immobile, j'ai simplement reculé et je suis partie. J'ai pris ma voiture de merde. Je suis rentrée dans mon appartement de merde et j'ai repris là où je m'étais arrêtée dans ma vie de merde avant Flynn.

Et c'est le clou de l'histoire. Aussi intelligente que tout le monde me dit, je n'avais jamais réalisé à quel point ma vie était merdique, jusqu'à ce qu'elle ne le soit pas.

Curieusement, alors que ma vie amoureuse implose, ma vie professionnelle décolle comme la proverbiale fusée. Je suis de retour à ma console à MCC, mes problèmes personnels entassés dans leur propre petit compartiment au fond de mon esprit. Sean en est actuellement à sa septième tasse de café de la journée. Jul' et Bodie sont sains et saufs, l'ISS est à nouveau en parfait état de fonctionnement.

J'ai même eu mon entretien d'astronaute hier. J'ai pu me libérer de la brume dans laquelle les demandes conditionnelles de Flynn m'avaient plongée assez longtemps, pour répondre avec un minimum d'intelligence aux questions de Roger McAllister, le chef du bureau des astronautes et Jorge Salazar, le responsable du bureau des opérations aériennes.

Et bien que cela fasse deux semaines depuis l'urgence EXT de la NASA, la presse et les journalistes campent toujours à la NASA. J'ai fait tout ce que les relations humaines m'ont demandé et pas plus. Mais ma réticence n'a pas empêché les journalistes de parler de Jul', Bodie et moi comme les *sauveurs de l'ISS*. Je me suis donné un mal de tête en levant les yeux au ciel après avoir entendu cette blague. Celui qui a créé ce titre devrait se voir retirer son diplôme de journaliste.

Mais je suis sûre que ce n'est pas ce que l'équipe de relations publiques avec qui je viens de passer quelques heures veut que je dise dans ma prochaine interview sur Fox News. Celui que la NASA insiste pour que je fasse.

Je prends une profonde respiration.

Je vais ignorer tout ce qui n'implique pas ce moment au centre de contrôle. Je vais faire comme si tout était revenu à la normale. Des décisions normales et quotidiennes, en temps réel, avec l'équipage et la technologie de la station. Pas de déchets spatiaux imminents, pas de redémarrage en court-circuitant le neiman, pas de notifications de textos au bruit de klaxon et, assurément, plus de larmes. Juste ma vie quotidienne normale, merdique ou pas.

— Jackie ?

Je pivote sur ma chaise pour faire taire celui qui appelle mon nom uniquement pour que les mots me collent à la gorge.

— C'*est* bien toi !

Marchant vers moi se trouve Brian Hampson, le nouvel arrêt-court pour les Astros de Houston et l'homme qui m'a dépucelée.

Voilà qui n'est vraiment *pas* normal. Mais toujours très merdique.

Il est avec un groupe de quatre hommes très grands, aux allures d'armoires à glace. Une femme avec une caméra et un badge de presse autour du cou complète le groupe. Brian me remet sur pied et m'engloutit dans une étreinte avant que j'aie une chance de répondre. Une caméra clignote.

— Pas de photographie avec flash ! chuchote Sean, l'air excédé. La journaliste hausse les épaules, mais ajuste son appareil photo.

Brian se penche en arrière, me regarde, tout en gardant un angle parfait pour le photographe.

— Comment vas-tu ?

— Euh, super bien...

Un rapide coup d'œil sur le centre de contrôle me fait souhaiter m'être fait porter pâle, ou avoir pris ces vacances que tout le monde dit que je mérite. J'essaie de dissiper le rougissement menaçant et de m'éclaircir la gorge.

— Et toi ?

Il nous fait tourner pour que nous fassions face au photographe, le panneau Mission Control derrière nous.

— Très bien, merci, dit-il en me parlant mais en posant pour la caméra.

Et c'est vrai. Il a l'air d'être en grande forme. Il l'a toujours été, mais ces dernières années ont élargi ses épaules et changé ses bras en bandes d'acier. Des bandes d'acier qui sont toujours autour de moi.

J'ajuste mes lunettes et recule.

— Qu'est-ce que tu fais là ?

Il fait signe aux hommes devant nous.

— J'ai été engagé par les Astros de Houston, alors ils voulaient que je visite les sites touristiques du coin.

Il pose à nouveau, en déplaçant légèrement son poids, et je pense que… oui, il fléchit le bras. Ses cheveux sont plus longs. Fini les cheveux rasés de l'époque de l'université, remplacés par un chignon de samouraï. Il est meilleur en coiffure que moi.

— Quelques-uns des mecs de l'équipe me font visiter la NASA. C'est bon pour les relations publiques, avec toute la couverture médiatique de ces derniers jours.

Il parcourt la pièce, un peu comme un mondain le fait probablement lors des banquets, essayant de trouver des personnes plus importantes et plus riches. Brian semble se résigner à ce que je sois la seule personne à qui parler pour le moment.

— Je vois.

— Tu es la grande héroïne de la NASA ! C'est partout aux infos, s'écrie Brian, attirant l'attention de mes collègues.

Avant que je ne puisse le faire taire et retourner à ma console, le photographe arrive, me déplace jusqu'à ce que je sois au milieu de tous les joueurs de baseball, et prend plus de photos.

— Autant j'aime toutes ces conneries de retrouvailles, autant ici vous êtes à MCC et vous devez la fermer. Certains d'entre nous travaillent, ici, dit Sean depuis sa console.

— Désolée, Sean.

— Je ne peux pas être trop en colère contre une *héroïne*, pas vrai ?

Sean me fait un clin d'œil et je sens mon visage chauffer.

— En plus, ton travail est terminé, dit-il en nous faisant signe vers la porte. Va manger avec tes amis célèbres, Jackie.

— Je ne pense vraiment pas...

— Ça me paraît bien. Merci pour l'idée, mec, dit Brian.

Cela vaut presque la peine de revoir Brian juste pour être témoin de l'indignation sur le visage de Sean après avoir été appelé « mec ».

Presque.

———

Je suis assise en face de Brian, celui qui a broyé mon cœur de vierge, à une table pour deux.

Dans un restaurant de sushis, qui, selon Brian, est *l'*endroit où il faut déjeuner. Bien sûr, Brian voulait manger dans un restaurant très en vue.

Je n'aime même pas les sushis.

Quand nous avons quitté la NASA, Brian m'a conduit vers son Audi biplace. Les autres joueurs sont partis faire un barbecue. Ils n'ont même pas dit au revoir, ce que je trouvais impoli jusqu'à ce que je me souvienne... de Brian. Je suis sûre qu'il s'est déjà mis à dos les gens de sa nouvelle équipe.

Quand le serveur arrive, Brian commande pour nous deux sans même me consulter.

— Alors, qu'as-tu fait pendant toutes ces années ? Outre sauver la station spatiale, tout ça, demande Brian.

J'aurais été choquée de son intérêt si son ton n'avait pas été si moqueur. Je suis soudainement renvoyée dix ans en arrière, assise dans la bibliothèque, à lui donner des cours de mathématiques pendant que ses copains ricanent. Comme par mémoire musculaire, mes épaules commencent à avancer vers l'avant et mes yeux se fixent sur le dessus de la table.

— Pas grand-chose, dis-je, en colère contre moi-même d'être si faible.

— Ouais, je suppose qu'entre tous ces trucs de geek que tu as toujours aimé, il ne reste plus beaucoup de temps pour quoi que ce soit d'amusant.

Il ramasse une sorte de gousse de haricot qu'un serveur a apportée et commence à filtrer les haricots avec ses dents. Il continue de parler en mâchant.

— C'est en partie pourquoi je suis venu. Pour te faire passer un bon moment, t'emmener voir quelques-unes des choses à voir en ville.

Il fait beaucoup de gestes de la main. Celle qui tient une coque de gousse de haricot vide. L'espèce de ruban gluant vert bascule d'avant en arrière à chaque mouvement.

— Peut-être t'offrir de m'accompagner à quelques-uns des événements publicitaires pour les Astros.

Je le regarde d'un air vide. Il ne peut pas sérieusement être en train de me demander de sortir avec lui. Pas après ce qu'il m'a fait à l'université. Pas sans même le reconnaître ou s'excuser d'être un tel.... Comment Rose l'avait-elle appelé ? Oh. Un « sale connard ».

—Je me suis dit que je te ferais une faveur. Te sortir de ton monde d'intellos, te montrer comment vit l'autre moitié de la population. Il y a quelques repas pour lesquels je devrais être accompagné, et tu serais parfaite pour cela vu ta popularité, ces derniers temps.

Waouh. Il *est* sérieux.

Au cours des derniers jours, j'ai été bombardée de demandes des plus hauts gradés de la NASA. Des relations publiques. Des journalistes. De Rose et Trish via texto. Et soigneusement ignorée de la seule personne que j'ai jamais aimée. Je me suis sentie vraiment mal équipée pour faire face à tout ça. Être mal équipée ne me convient pas. Je suis tellement fatiguée d'être mal équipée.

Je mets les épaules en arrière et regarde le joli visage odieux de Brian.

— Non.

Il laisse tomber la gousse de haricot molle pour ramasser ses baguettes.

— Ouais, j'ai été invité à une grosse fête à River Oaks cette semaine, et à un bal de charité le week-end prochain. Je me suis dit que tout l'angle Astros-Astronaute deviendrait viral.

Il rit, amusé par sa propre intelligence. Et visiblement il ne m'écoute pas.

— Non, je répète plus fort.

La main de Brian s'arrête à mi-chemin de sa bouche, un morceau de poisson cru tombant de ses baguettes.

— Non ?

— C'est ça. Non.

Il a l'air choqué et confus à la fois. Confus, probablement parce que personne ne lui a jamais dit non auparavant. Choqué, probablement parce que *je suis* celle qui le rejette.

— Oh. Mon. Dieu.

Une adolescente s'approche de notre table, rebondissant pratiquement sur ses orteils.

Brian lisse ses sourcils froncés et se penche en arrière sur son siège, la regardant. Il évalue probablement si elle a dix-huit ans.

— Laisse-moi deviner, fan des Astros ? demande-t-il en posant ses baguettes. Tu veux un autographe, pas vrai ?

Il fouille dans sa poche et récupère un Sharpie.

La fille jette un regard vers Brian.

— Hein ?

Elle me regarde.

— Vous êtes la docteure Jackie Darling Lee, n'est-ce pas ?

Je cligne des yeux. Le front de Brian se plisse à nouveau. Je ne comprends pas pourquoi elle connaît mon nom.

— Oui.

Je fais traîner le mot, ne sachant pas où elle veut en venir.

— C'est vrai ? C'est *trop* cool !

Je cligne des yeux de surprise alors qu'elle se tourne vers sa famille à une table à deux en bas de la nôtre. C'*est* elle !

Brian prend la parole :

— Écoute, gamine, tu veux un selfie avec moi ou quoi ? Nous sommes un peu occupés, là.

La fille sursaute à son ton et je lève les yeux au ciel. Je tends la main et touche son bras, redirigeant son attention.

— Je suis désolée, qu'est-ce que tu disais ?

Elle plisse les yeux vers Brian, lui jetant l'un des meilleurs regards d'adolescent excédés que j'aie jamais vu, avant de me répondre.

— Vous avez simplement *sauvé* la NASA. Je veux y travailler aussi. Peut-être que je pourrais travailler dans le département de la charge utile. J'ai lu qu'ils aident à organiser toutes les expériences que les astronautes mènent dans l'espace. J'ai de très bonnes notes dans toutes les matières scientifiques et j'ai lu que vous aussi. Je ne suis pas très douée en mathématiques, mais mes parents ont dit qu'ils me trouveraient un tuteur pour que je puisse suivre des cours de soutien. Je vais aussi au camp spatial chaque été au Centre spatial de Houston et j'espère me rendre en Alabama l'année prochaine, dans un camp spatial offrant des cours plus détaillés. Je pense même à entrer dans l'armée de l'air pour être pilote. La NASA adore l'expérience militaire, n'est-ce pas ?

Elle est légèrement essoufflée.

J'ai un grand et vrai sourire pour la première fois depuis que j'ai quitté la maison de Flynn. Cela me fait toujours plaisir de voir de jeunes femmes intéressées par l'exploration spatiale.

— C'est vraiment génial. La NASA effectue des expériences assez étonnantes dans l'espace. Nous sommes toujours à la recherche de nouvelles choses à tester et de personnes pour le faire. Et il est vrai que dans le passé, la plupart des astronautes avaient une formation militaire, mais ce n'est pas toujours le cas aujourd'hui. Des ingénieurs, ses scientifiques et même des enseignants sont devenus des astronautes.

Je jette un coup d'œil à sa famille, qui sourit dans notre direction.

— Quel est ton nom ?

— *Mon* nom ?

Les yeux de la fille s'écarquillent, et pendant un instant je pense qu'elle a oublié son propre nom.

— Megan ! crie-t-elle, grimace, puis le répète plus doucement.

Elle arrache le Sharpie de Brian de sa main et me le jette avec une serviette.

— Pouvez-vous signer ça ?

— Hé ! proteste Brian.

— Bien sûr.

Je parle au-dessus de lui et griffonne sur la serviette.

Megan le lit à voix haute :

— Que tenterais-tu d'accomplir si tu savais que tu ne pouvais pas échouer ? Jackie Darling Lee.

Je souris. Je ne suis pas tout à fait philosophe. La citation est généralement attribuée à Robert Schuller, un pasteur américain qui l'a utilisée dans des sermons et des livres inspirants. D'une manière ou d'une autre, la NASA l'a acquise, et je dois dire, ça colle bien.

— Super, dit Megan, tenant la serviette à deux mains. Merci, docteure Lee.

Je fais glisser le marqueur sur la table vers Brian.

— Appelle-moi Jackie. Je suis sûre que tu le feras tôt ou tard lorsqu'on sera collègues à la NASA.

Je ne suis pas préparée quand elle se lance sur moi, mais mes bras l'entourent automatiquement et se resserrent un instant avant qu'elle ne se redresse, me salue et retourne à sa table. Une femme plus âgée, probablement sa mère, me fait un signe de la tête avec un sourire.

— T'arrives à croire cette perdante ? rit Brian, la montrant du pouce. Ne va-t-elle pas se sentir stupide quand elle se rendra compte qu'elle a raté l'occasion d'obtenir mon autographe ? Je veux dire, sérieusement, combien peut bien valoir *ta* signature ?

Il jette de la nourriture dans sa bouche avec ses baguettes pendant que j'imagine les prendre de sa main et le poignarder dans la gorge.

Ignorant mes pensées meurtrières, Brian poursuit :

— Mais cela pourrait fonctionner à notre avantage. Quand tu viendras avec moi à ces trucs, tu seras populaire auprès des geeks et moi des gens cool. Les gens adorent ce genre de choses. Nous serons au sommet de la haute société de Houston en un rien de temps. Probablement d'Hollywood aussi, dit-il en avalant. Ça ne fait pas de mal non plus que tu connaisses des gens comme Rose West.

— Attends. Comment sais-tu que je connais Rose ?

— Tu es dans beaucoup de ses posts Instagram, ces derniers temps. C'est comme ça que j'ai compris que tu étais ici.

Il poignarde un autre morceau de poisson avec ses baguettes.

— Je n'arrivais pas à croire que *tu* connaissais un membre de la famille West.

Le poisson tombe de sa lance en bois. Honnêtement, il devrait simplement utiliser une fourchette.

— Que veux-tu dire par « un membre de la famille West » ?

Et pourquoi suit-il l'Instagram de Rose ?

Le serveur l'interrompt avant qu'il puisse répondre, demandant si tout va bien. Sans se préoccuper du fait que je n'ai pas touché mon assiette, ou y étant tout simplement indifférent, Brian hoche la tête et fait signe au gars de s'éloigner. Il continue de parler, alors même qu'il engouffre la nourriture dans sa bouche. Il dit que les West sont une famille bien connue à Houston. Ensuite, il continue de blablater à propos de photos publicitaires, de devenir égérie de marque et de comment nous pourrions récolter des milliers de dollars rien que pour faire des apparitions lors de soirées. Je ne prends pas la peine de lui dire qu'en tant qu'employée du gouvernement, je ne peux pas accepter d'argent pour ce genre de choses. Ou de lui poser l'une des nombreuses questions que j'ai sur son intérêt pour les West. Je ne prends pas la peine de dire quoi que ce soit. Je pense que plus je parle ou demande, plus cela prendra de temps.

Au lieu de cela, je m'interroge sur moi-même à dix-huit ans. Ai-je été si naïve ? N'ai-je pas su quel genre de connard il était ? Peut-être était-ce parce qu'il avait été le premier à m'avoir montré de l'attention. Mais le fil de mes pensées s'arrête alors que je feuillette mes souvenirs comme un diaporama. Brian était le premier gars que j'ai *laissé* me montrer de l'attention. Je n'ai peut-être pas été populaire, étant la plus jeune dans les lycées et à la fac, mais si je suis honnête avec moi-même, j'aurais eu d'autres opportunités. J'étais juste plus intéressée par l'école que par les garçons. Brian avait probablement réussi à m'atteindre parce qu'il avait été poussé par un pari, une arrière-pensée le rendant réticent à reculer. Mais Flynn...

Flynn avait réussi parce qu'il avait été le premier homme que j'avais jugé digne de mon temps. Au lieu que ma tête soit toujours pleine de cosmos, de probabilités et d'angles mathématiques, j'avais pris le temps de penser à lui. À son sourire, à son rire, à ses mains. À l'attention qu'il a semblé prêter à mes lunettes, mon corps, mais mieux que tout, mon esprit. C'est le seul mec auquel je n'en avais pas voulu de prendre de la place dans mon processus de réflexion. Penser à lui me rendait tout aussi heureuse que de penser à des choses scientifiques. Plus heureuse, même.

C'est tout un choc pour mes sens quand je reviens au monde réel et que je vois Brian de l'autre côté de la table. Pourquoi suis-je ici ? Je suis tellement au-delà de ça, au-delà de *lui* et des sentiments d'insuffisance avec lesquels je le laissais me remplir. Je me lève de mon siège, avec l'intention de partir, quand la main de Brian saisit mon bras.

— Eh, où tu vas ? N'as-tu pas entendu ce que j'ai dit ? Nous pourrions gagner beaucoup d'argent si nous...

— Tais-toi. J'essaie de repousser son bras.

— Pardon ?

Sa main se resserre et je grimace.

— Je t'ai dit de te taire.

Je tire sur mon bras, ne me souciant pas des ecchymoses qui ne manqueront pas d'apparaître plus tard.

— Lâche-moi.

Mais sa main me serre plus fort et il utilise sa force brute pour me repousser dans le fauteuil.

— Je n'avais pas fini de parler. Et personne ne me dit de me taire.

Il pointe un doigt vers mon visage. Je n'aime pas ça. Je n'aime rien de tout ça.

En quelques secondes, je calcule les angles probables et le mouvement nécessaire.

— Mon Dieu, tu ne m'écoutes même pas, n'est-ce pas ? J'ai toujours détesté quand tu rêvassais. J'espérais que tu avais passé l'âge pour ce gen...

J'attrape son doigt et applique la bonne quantité de pression à un angle vers l'avant, ce qui immobilise Brian sans pour autant casser l'os. Bien que j'aie aussi calculé cela, s'il tente quoi que ce soit. Sa bouche s'ouvre et son teint pâlit.

Lentement, je me lève de mon siège, m'assurant de garder l'angle nécessaire pour assurer la coopération physique de Brian. Quand il essaie de balancer son autre bras dans ma direction, j'applique simplement plus de pression. Il hurle.

— N'essaye même pas, lui dis-je.

Il abaisse son bras libre pendant que je pivote pour m'éloigner de la table. Pour empêcher son doigt de se casser, il doit se mettre à genoux.

— Tu vas casser mon putain de doigt. Je suis un joueur de baseball, salope. J'ai besoin de mes doigts pour jouer. Je vais te poursuivre en justice.

Maintenant que le choc s'est dissipé, son visage est rouge et des gouttes de sueur se forment sur son front.

Et les gens pensent que les maths sont pour les faibles. Avec juste quelques calculs, une humble intello comme moi a mis un homme de Néandertal à genoux.

— Et j'ai besoin que tu. Te. Taises.

Je fais un pas vers lui, sa tête recule pour me regarder.

— Tu ne m'adresseras plus jamais la parole. *Tu* as eu de la chance que j'aie un jour décidé de *te* parler. *Tu* n'es pas assez bien pour *moi*. Compris ?

J'utilise une quantité infinitésimale de force supplémentaire sur son doigt, ce qui se traduit par un gémissement satisfaisant de la part de Brian.

— Je me fiche de gagner de l'argent en étant vue avec toi. Je me fiche de faire partie de l'élite ou de maximiser tes réseaux sociaux. Et je ne me se soucie certainement pas de toi ou de tes doigts de baseball. Tu me poursuis en justice et tout le monde saura que tu t'es fait botter les fesses par une fille. Et pas n'importe quelle fille, une intello.

Je lâche son doigt et me recule hors de portée.

— Et maintenant, cette intello a de meilleures choses à faire et des personnes plus importantes à qui parler.

Les gens applaudissent alors que je tourne les talons et me dirige vers la porte avant que Brian ne puisse récupérer. Quand je franchis le seuil, la chaleur me frappe. Je prends un moment pour laisser mes poumons s'adapter avant de marcher dans l'humidité vers mon appartement.

VINGT-TROIS
PARALYSIE

Flynn

— Qu'est-ce que *tu* fous là ?

Je lève les yeux sous le capot d'un Barracuda de 1975 pour voir Rose foncer dans le garage.

J'y suis depuis l'aube ce matin, après une autre nuit sans sommeil. Quand le reste de mon équipe est arrivée, un seul regard sur mon visage a suffi pour qu'ils me donnent une large couchette. Ils ont appris cette leçon à leurs dépens ces derniers jours. Apparemment, cependant, ma colère ne dérange pas Rose.

— Je ne veux pas l'entendre, lui dis-je.

— Entendre quoi ?

Elle arrive à mes côtés, les mains sur les hanches, les bottes de cow-boy tapotent.

— Ce que tu es venue me dire.

Je me penche à nouveau sur le moteur. Le type qui a déposé la voiture hier a dit qu'elle avait besoin d'un nouveau carburateur. Mais après avoir vérifié les bougies d'allumage, j'ai réévalué la situation. Souvent, un problème électrique ressemble à un problème de carburant. C'est une chose que j'aime dans la réparation des voitures : identifier le problème, le résoudre et passer à autre chose. C'est l'une des choses que j'aime chez Jackie. Nous analysons et réparons tous les deux des trucs.

Ma main se resserre sur la clé.

— Tu es censé être au lit avec Jackie en ce moment, en train de lui faire des choses incroyablement sales tout en t'excusant d'être un tel connard. Et cela, *après* avoir battu comme plâtre cette merde qui lui sert d'ex-petit ami.

— Pardon ?

— Tu m'as entendue.

Rose pivote et se penche sous le capot, approchant son visage du mien.

— De quoi parles-tu, Rose ?

Je me penche en avant, soutenant mon bras sur l'aile.

— C'est Jackie qui ne m'a pas appelée. Elle sait ce que je pense. La balle est dans son camp.

— Tu. Es. Un. Imbécile.

Rose ponctue chaque mot d'un coup dans mon sternum.

— Je t'ai laissé raconter ces conneries à propos de Jackie choisissant un travail dangereux plutôt que toi parce que je pensais que tu avais juste besoin d'entendre à quel point tu étais égoïste. Ou peut-être que tu avais besoin d'un peu de temps pour te sortir la tête du cul. De toute évidence, tu n'es pas aussi intelligent que je le pensais.

Je me surprends à me tordre les lèvres, retenant ma colère, parce que je sais que Rose a raison. Mais elle ne comprend toujours pas. Elle était trop jeune pour se souvenir de quand Papy s'est cassé le cou en chevauchant cet étalon, puis de notre séjour à l'internat, quand Holt a répondu à l'appel concernant l'accident de voiture de nos parents. Mais j'étais assez vieux pour ressentir la douleur de toutes ces pertes. Je suis tombé amoureux de Jackie la première fois qu'elle a glissé ses lunettes dans son nez devant moi. Et je ne peux pas supporter de perdre quelqu'un d'autre que j'aime.

Rose croise ses bras sur sa poitrine, me regardant penché sous le capot.

— Alors tu dis que tu te fous du fait que son ex ait l'ait agressée physiquement en public ?

Le tintement et le cliquetis de ma clé flipper à travers le moteur résonne à travers le garage par ailleurs silencieux. Je me redresse et me tourne vers ma sœur.

— De quoi tu parles, bordel ?

Ma colère ne la dérange peut-être pas d'habitude, mais ce qui se passe en moi fait peur à Rose. Elle fait un pas en arrière. Mais cela ne l'empêche pas de prendre un ton narquois.

— Une fan de la NASA prenait une vidéo de Jackie quand c'est arrivé. Elle a tout filmé. Elle l'a postée et a tagué le compte Twitter de la NASA. La vidéo a été virale en un instant, dit Rose en claquant des doigts.

— Heureusement pour toi, Jackie semble douée en autodéfense.

Rose me prend de haut, ce qui est impressionnant car je mesure presque trente centimètres de plus qu'elle.

— Mon Dieu, purée, Rose… Je…

Je passe ma main dans mes cheveux.

— En autodéfense ? Est-ce qu'elle va bien ? Quelqu'un a-t-il appelé les flics ? Peut-être que je devrais…

— Non, crétin. Le temps d'agir est carrément passé. Je t'avais dit qu'elle n'attendrait pas éternellement tes excuses.

— Je…

— Je veux dire, elle pense que tu n'es qu'un putain de mécanicien, Flynn. Pour l'amour de Dieu, elle ne sait même pas ce qu'être un West *veut dire*. Et pourtant, elle t'aime.

Elle se moque de moi.

— Et cependant, toi, la personne à qui elle a annoncé en premier qu'elle était à un pas du job de ses rêves, tu veux qu'elle le refuse ! dit-elle, tapant son menton du doigt. Est-ce que ça a un air de déjà-vu pour quelqu'un d'autre ? Comme lorsqu'un petit privilégié à la con a abandonné le commerce du pétrole pour ouvrir son propre garage parce que c'était *son* rêve ? Et qu'a fait sa petite amie de l'époque ? Elle lui a donné un ultimatum, si je me souviens bien. Est-ce que je me trompe, Flynn ?

J'ouvre la bouche mais aucun son n'en sort.

Elle souffle lentement, les yeux brillants.

— Tu te soucies peut-être de Jackie, mais tu ne la mérites certainement pas.

Merde. Elle a raison.

———

Jackie

BIG ET RICH chantent une chanson sur le sauvetage d'un cheval et le fait de monter un cow-boy pendant que je suis allongée sur mon lit en sous-vêtements, essayant de me rafraîchir après mon retour à la maison. La climatisation de ma voiture est tombée en panne. Évidemment.

Donc, je suis rentrée à la maison et j'ai pris une douche froide, essayant à la fois d'arrêter de transpirer et de me détendre après la longue journée que je viens de passer. Une journée consacrée aux conséquences du putain de machisme de Brian Hampson et de la vidéo où je lui botte les fesses. Ou lui plie le doigt. Cependant, bien que le terme ne soit pas aussi précis, parler de bottage de fesses est plus cool que de pliage de doigt.

J'ai besoin d'un plan. D'une procédure pour me sortir de ce gâchis. Hmmm. *Huuummm.* Étant donné que l'Opération Vie Sociale n'a pas fini si bien que ça, peut-être qu'une liste de choses à faire suffira.

Première étape, acheter une nouvelle voiture. Cela devrait être amusant. Une nouvelle voiture implique de la recherche. J'adore la recherche. Mais maintenant, penser aux voitures me fait penser à Flynn. Et cela me rend triste. Je suppose que je vais simplement acheter la même marque et le même modèle que ceux que j'ai actuellement, mais neufs. Ce ne sera pas aussi cool que l'une des voitures anciennes de Flynn, mais avec un peu de chance elle durera au moins dix ans. Je pousse un soupir, me demandant combien de choses qui m'apporteraient normalement de la joie ne le feront pas, car elles me rappelleront Flynn.

Deuxième étape, faire face au cauchemar publicitaire de la vidéo du bottage de fesses. En soi, je ne pense pas que la vidéo soit une mauvaise chose, même avec la célébrité de Brian. Cependant, lorsqu'on prend en compte le fait que les médias essaient toujours de m'appeler l'un des sauveurs de la NASA, et une fuite selon laquelle je serais en tête de la nouvelle classe d'astronautes, je fais partie des numéros abrégés de l'équipe des relations publiques de la NASA.

Big and Rich arrêtent de chanter, pour recommencer moins de dix secondes plus tard. Rose est tenace, je vais lui accorder ça. À moins que j'éteigne mon téléphone, ce que l'on m'a expressément dit de ne pas faire au cas où l'équipe des relations publiques aurait besoin de discuter de quelque chose avec moi pour l'interview à venir, je vais entendre la sonnerie de Rose toute la nuit. Une sonnerie qu'elle a personnellement sélectionnée. J'adore Big and Rich, mais l'entendre non-stop est en train tuer mon nouvel amour de la musique country.

À la sonnerie suivante, je prends une profonde inspiration et décroche le téléphone.

— Ne dis rien.
— Je...
— Non. C'est à mon tour de parler. D'accord ?

Elle est silencieuse, alors je suppose qu'elle comprend le message.

— Il n'y a pas de problème entre toi et moi. Je suis désolée d'avoir évité tes appels. Il y a d'abord eu les problèmes avec l'ISS, puis le truc avec Flynn et Beth, puis tout semblait aller. Plus que bien, c'était... c'était incroyable. Et puis tout aussi rapidement, ça ne l'était plus. Et maintenant il y a cette vidéo stupide.

Je prends une profonde inspiration, tellement en colère que mes yeux se mettent à piquer.

— Je me sens tellement épuisée. Je ne suis pas habituée à tout ça.

Je fais un geste en l'air avec ma main libre, même si Rose n'est pas là pour me voir.

— Je ne pense pas être équipée pour faire face à tant d'ascenseurs émotionnels.

Elle est toujours silencieuse.

— Pour le moment, je n'ai tout simplement pas la capacité pour faire face à tout ce qui s'est passé entre Flynn et moi. Et je sais que c'est ton frère et que tu veux le défendre.

Rose émet un son, mais redevient vite silencieuse.

— Mais je ne peux tout simplement pas t'écouter pour le moment. Je me racle la gorge, avant d'ajouter :
— D'accord ?
— D'accord, Jackie.
— Tout va bien entre toi et moi. Je ne veux juste pas qu'on parle de Flynn, d'accord ?
— Si c'est ce que tu veux.

Je souffle longuement et je cligne des yeux plusieurs fois, essayant de maîtriser mes émotions. La chair de poule s'est répandue sur mes jambes alors que la température de mon corps commence enfin à se refroidir.

— Heuh, Jackie ? demande Rose après un peu plus de silence.

— Oui, Rose ?

— J'ai juste besoin de dire deux choses qui impliquent Flynn. Mais seulement pour que tu ne sois pas surprise plus tard.

— Je...

— Je promets que je ne le défends pas, ce sont juste des informations dont tu as besoin.

— Très bien, dis-je avec un soupir.

— Premièrement, j'ai parlé à Flynn de la vidéo et de ce qui s'est passé au restaurant. Et deuxièmement, je ne défendrai pas mon frère. En fait, je lui ai récemment dit qu'il était un connard et qu'il ne te méritait pas.

J'ai entendu ce qu'elle a dit. Je pense même que, inconsciemment, j'ai compris ce que cela signifie. Mais tout ce que je peux réussir à dire, ce sont des mots qui ne me ressemblent pas :

— Rose. C'est quoi, ce bordel ?

— Waouh, dit Rose. Tu as dit bordel.

Un rire éclate.

— Euh, ouais. Je suppose que oui.

— C'est bon. Parfois tu as besoin de dire bordel.

Après une petite pause, nous commençons à rire toutes les deux, moi recroquevillée sur le lit jusqu'à ce que les larmes coulent de mes yeux.

— Jackie ? demande Rose.

Je ferme les yeux, essayant de reprendre des forces. Je ne suis pas sûre de pouvoir gérer d'autres annonces.

— Oui ?

— Tu pourras m'apprendre ce truc d'autodéfense avec le

doigt ? J'ai le sentiment que cela pourrait être utile la prochaine fois que j'aurais un problème.

— Oui, Rose. Bien sûr. C'est à ça que servent les amies.

———

JE SUIS TOUJOURS COUCHÉE dans mes sous-vêtements, bien que les ombres sur le mur aient bougé et s'assombrissent avec le temps, lorsque mon téléphone sonne à nouveau. Pour une fois, c'est la sonnerie stridente avec laquelle il était initialement programmée.

Je regarde l'écran, ennuyée de voir l'indicatif régional de Houston. Je devrais probablement l'attraper et voir ce que veut la personne qui m'appelle, au lieu de rester couchée sans bouger comme je l'avais prévu.

— Allo ?

— Docteure Lee ? C'est Roger McAllister.

Je m'assois rapidement, perdant presque ma prise sur le téléphone.

— Oui, euh..., dis-je en me raclant la gorge. Bonsoir, monsieur McAllister. Comment puis-je vous aider ?

— Vous pouvez commencer par prendre la position d'astronaute.

— Mer...cure.

— Docteure Lee ?

— Pardon. Je suis désolée. C'est, euh, c'est juste un choc.

Il rit.

— Cela ne devrait pas l'être. Pas après votre dernier entretien, ni après avoir trouvé la solution aux problèmes de l'EXT et avoir été le fer de lance de la sortie dans l'espace d'urgence.

— Je...

— Alors, qu'en dites-vous ? Allez-vous me donner une

réponse ou devez-vous d'abord parler à votre famille et à vos proches ?

À ma famille et à mes proches ? Je prends une profonde inspiration en pensant à Flynn. À ce que mes prochains mots signifieront pour lui. Pour nous. Mais ensuite, je pense à mon père, à quel point il m'a soutenue toute ma vie, même s'il a des manières peu orthodoxes de montrer qu'il se soucie de moi. Et puis je pense à ma mère et à ses albums de la NASA et à l'amour de l'espace.

— Pas besoin d'attendre. J'ai ma réponse.

Et vraiment il n'y a pas d'autre réponse. Pas parce que c'est ce que je veux, plus que Flynn et la vie que je pensais que nous construirions ensemble. Mais parce qu'en me forçant à choisir, il ne m'a laissé aucun choix.

— C'est affirmatif, monsieur. J'accepte la proposition.

VINGT-QUATRE
ASCENSION

Flynn

J'AI MERDÉ. J'ai vraiment merdé.

J'ai pensé à retourner chez Jackie, mais qu'est-ce que je pourrais bien lui dire ? Que dit un mec qui a essentiellement laissé sa nana se faire agresser par un autre, parce qu'il était trop traumatisé par son passé pour être un homme et admettre qu'il avait tort.

Putain, c'est tellement pire quand je forme les mots dans ma tête.

Au lieu de cela, j'ai supplié Rose de m'aider, et quand supplier n'a pas suffi, je lui ai promis un vrai dîner de famille avec Holt et elle, si elle me donnait l'adresse de Brian Hampson. Ce qu'elle avait pour une raison x ou y, et était disposée à partager car cela ne concernait pas directement Jackie et ne brisait pas le « code des filles ». Quoi que cela signifie.

Ensuite, j'ai foncé à Houston et j'ai utilisé mon nom de famille pour graisser la patte du portier de son immeuble pour avoir accès au putain de garage. Parfois, c'est agréable d'être un West à Houston.

Heureusement, je n'ai pas à attendre longtemps pour que Hampson arrive. Ce trou du cul est sorti de son Audi habillé de la tête aux pieds avec des vêtements de sport de marque, en portant des lunettes de soleil dans un garage souterrain, un doigt dans une attelle. Il a même un putain de chignon de samouraï. Il a besoin de s'en prendre une rien que pour ça.

Mais ce n'est pas la raison pour laquelle je suis ici.

— Yo, je crie, attirant son attention.

Il sourit quand il me voit pousser sur le côté de ma voiture pour marcher vers lui. Il sort même un Sharpie de sa poche.

— J'ai toujours du temps pour mes fans, dit-il.

Je le déteste pour tellement de raisons en ce moment.

Je m'arrête à une trentaine de centimètres, laissant bouillir toute ma rage à la surface.

— Je ne suis pas un fan.

— Que...

Mon poing atteint son visage, faisant claquer sa tête en arrière avant qu'il ne s'effondre au sol. Son chignon amortit sa chute.

Honnêtement, pour un sportif, son temps de réaction est merdique.

Quand il reste allongé dans une flaque d'eau, je le pousse de ma botte, ce qui le fait gémir.

Quelle merde.

Je m'accroupis pour m'assurer que cet enfoiré entende chaque mot.

— Tu lèves encore la main sur Jackie, tu prononces même son putain de nom et je te ruinerai. Physiquement. Financièrement. Socialement. *Je te ruinerai.*

Je me lève, enjambe le joueur de baseball gémissant et me

glisse dans ma Mustang Boss. Je fléchis mon poing légèrement gonflé, puis agrippe le volant.

D'abord, je dois aller à la boutique. J'ai du travail.

Mais ensuite ? Ensuite, il sera temps de se saouler.

— Allume la télé !

Rose passe à travers la porte latérale et court vers la télé.

Je grimace à sa voix retentissante, soulevant ma tête du canapé.

— Rose ?

Il est 18 heures et j'essaie encore de me remettre de ma gueule de bois de la veille, après avoir finalement terminé mon projet à la boutique. Cela a pris une semaine complète de travail sans interruption, mais cela en valait la peine.

— Où est-elle ?

Elle se tourne dans un sens, puis dans l'autre avant de commencer à déchirer les coussins du canapé. Coussins sur lesquels je suis actuellement allongé.

— Où est la putain de télécommande ?

— Bon sang, Rose. Attends un peu.

Je descends du canapé en plissant les yeux à cause d'une migraine.

— Calme-toi, elle est là.

Je prends la télécommande sur la table basse et la lui tends.

Rose se tourne vers la télé, l'allume et commence à zapper.

— Fox News ! Sur quelle chaîne est Fox News ?

— Rose, tu vas casser la...

— Ah ah ! crie Rose avec un geste triomphant vers la télé. La voilà.

Jackie est assise sur une chaise rouge dans un studio de télévision. Enfin, quelqu'un qui *ressemble* à Jackie, mais pas vraiment. Cette Jackie est infiniment plus apprêtée. Ses cheveux sont relevés dans une sorte de torsion que je vois habituellement chez les femmes plus âgées conduisant des berlines Mercedes à quatre portes. Au lieu de son uniforme habituel de jean et de Converse, elle porte un tailleur-pantalon à talons. Elle a l'air aussi confortable qu'une Corvette de 1978 qui traverse le désert. Au moins, elle porte toujours ses lunettes.

Ces putains de lunettes sexy.

L'écran se divise, montrant son amie Jul' et un autre gars flottant dans la Station spatiale internationale. Holt fait le tour du canapé et s'assied. Rose prend la chaise.

— Docteure Lee, astronautes Julie Starr et Vance Bodaway, merci d'être avec nous aujourd'hui, dit la présentatrice, avant de rire. Eh bien, peut-être pas *avec nous* en ce qui vous concerne, mademoiselle Starr et monsieur Bodaway, mais merci de prendre le temps de nous appeler depuis la station.

— Pas de problème, Vanessa. Je peux vous appeler Vanessa, n'est-ce pas ? Et j'espère que vous m'appellerez Jul'. Mademoiselle Starr me donne l'impression d'être une candidate de concours de beauté.

— Juste Bodie pour moi, m'dame, dit Vance.

— Et je suis à peu près sûr que cela convient à Jackie d'abandonner tous ses titres, n'est-ce pas, Jackie ? Le docteur Lee, c'est son père.

Jul' fait un clin d'œil à la caméra. Jackie commence à lever les yeux au ciel, mais s'arrête à mi-chemin, et regarde la caméra en rougissant.

— Bien sûr.

Vanessa ajuste l'inclinaison de sa tête loin de Jul' pour s'adresser à Jackie.

— Allons-y, d'accord ?

Au regard vide de Jackie, elle continue.

— En tant qu'opérateur de vol de la NASA, vous avez de

nombreuses tâches différentes associées à la sécurité des astronautes et à la mise en service de la station. Mais de tout ce que vous faites, qu'est-ce qui vous a donné l'idée de court-circuiter la Station spatiale internationale ?

— Un mécanicien, dit-il avec un autre rougissement.

— Un mécanicien ?

Les sourcils de la journaliste se haussent, lui suggérant d'élaborer. Jul' sourit narquoisement du moniteur et fait signe à Jackie de continuer.

— Oui. C'est, euh, c'était un ami.

Jackie s'éclaircit la gorge et bouge sur son siège, frottant la paume de ses mains sur son pantalon.

— Il m'a montré comment démarrer une voiture en court-circuitant le neiman il n'y a pas longtemps.

— Démarrer une voiture en court-circuitant le neiman ? Vous ne seriez pas une voleuse de voiture à vos heures perdues, n'est-ce pas ?

Vanessa se penche en avant comme si elle avait une conversation privée avec Jackie. Comme si elles n'étaient que deux femmes en pleine discussion et n'étant pas filmées dans une émission d'information nationale. Le visage de Jackie prend une teinte rouge plus profonde.

— On m'a dit que ce n'était pas illégal s'il s'agissait de votre propre voiture.

La journaliste rit, tout comme Jul' et Bodie, ce qui semble surprendre Jackie. Elle se détend un peu sur sa chaise.

— Alors, comment avez-vous fini par démarrer une voiture en la court-circuitant ? demande Vanessa.

— Mon ami allait me ramener à la maison après le travail. Mais j'ai accidentellement renversé ses clés dans une bouche d'égout.

Jackie pousse ses lunettes le long de son nez.

— Il a dû faire se toucher les câbles de sa voiture pour la démarrer.

— C'est un ami intéressant.

— Oui. Il l'était.

L'entendre parler de moi au passé me fait grincer des dents, mon mal de tête s'intensifiant. Rose me regarde. L'expression « regard qui tue » prend un nouveau sens.

— Quoi qu'il en soit, dit Jackie, pendant qu'il court-circuitait sa voiture, il m'a expliqué la procédure. Et plus tard, lors du briefing d'urgence sur les pannes informatiques de l'ISS, j'ai soudainement été frappée par le fait que nous pensions de manière trop complexe. Tout ce dont la station avait vraiment besoin était d'une solution aux dommages causés par les débris. En contournant les fils corrodés, nous pouvions relancer l'EXT-1 de manière externe.

— Je vois, dit la journaliste, mais son expression faciale dit le contraire.

— Cela nous donnait la possibilité de redémarrer ensuite EXT-2, qui se comportait de manière erratique en raison d'une mise à jour logicielle. D'une pierre deux coups, pour ainsi dire. C'était simple, vraiment. N'importe qui y aurait pensé, j'en suis sûre.

— Jackie est modeste, intervient Jul', attirant l'attention de tout le monde sur le moniteur du plateau. La vérité est qu'elle est l'opérateur de vol le plus intelligent que nous ayons à la NASA. Saviez-vous qu'elle détient non pas un, mais deux masters en plus d'un doctorat ? Et elle n'a que 29 ans.

— Elle est bien meilleure que nous tous qui flottons ici, ajoute Bodie.

Jackie redevient rouge.

— Surtout que ceux qui ne valent pas mieux qu'un lampadaire, non, Bodie ? dit Jul' avec un sourire.

Bodie rit et la pousse hors du cadre. Elle remonte devant la caméra en utilisant les mains courantes le long du mur de la station, riant elle aussi. Ils semblent tous les deux détendus, heureux même. Pas en danger imminent. Et je voulais que Jackie abandonne ça ? Je suis un vrai con.

— Oui, vous avez une expérience assez impressionnante, Jackie.

La présentatrice regarde le bloc-notes sur ses genoux.

— Jul' a mentionné votre père un peu plus tôt. Le docteur Gerald Howard Lee est un scientifique renommé, qui détient plusieurs brevets de chimie. Je suppose que vous tenez de lui, alors ?

— Mon père et moi avons des intérêts différents, mais il m'a toujours encouragée à poursuivre les miens.

La réponse de Jackie semble répétée. Elle tend la main, comme pour la passer dans ses cheveux, puis s'arrête lorsqu'elle rencontre la chose torsadée. Elle secoue sa main vers le bas et quelques mèches tombent sur le côté de son visage.

— Vous ne détenez peut-être aucun brevet à ma connaissance, mais en tant qu'enfant prodige, vous avez reçu une bourse d'études complète à Stanford après avoir remporté le prix Siemens Math, Science and Technology Award à seulement seize ans. Vous avez deux masters, l'un en physique avec une spécialisation en astronomie, et l'autre en aéronautique et astronautique, que vous avez ensuite suivi d'un doctorat.

Jackie hoche la tête puis ajuste ses lunettes lorsqu'elles glissent vers le bas.

— Mais le plus impressionnant, en plus de sauver la Station spatiale internationale - Vanessa s'arrête pour sourire à la caméra - est que vous avez également reçu la bourse MacArthur.

— J'ai eu beaucoup de chance.

Elle frotte à nouveau ses paumes sur son pantalon.

— C'est pour ça qu'ils l'appellent Darling de la NASA, dit Jul' avec un sourire narquois.

— Au moins, je ne suis pas la Starr de la NASA réplique Jackie, faisant rire tout le monde.

— Je me sens un peu laissé de côté. Je pense que j'ai aussi besoin d'un surnom, dit Bodie.

— Bodie, tout surnom qui te conviendrait ne serait pas approprié au grand public, ironise Jul'.

Jul' et Bodie continuent leurs plaisanteries pour la caméra, tandis que Jackie semble soulagée qu'elle ne soit pas concentrée sur elle.

Ils parlent un peu plus avant de promettre une annonce spéciale après la pause publicitaire.

— Putain. De bordel. De Merde, dit Rose, ses doigts survolant son téléphone.

— Quoi ?

Je lui demande, mes yeux quittant à peine la télé.

— Ce truc de Siemens ? demande-t-elle en lisant l'écran de son téléphone. Elle rit. Ce nom ressemble à semence.

Je mets mes mains de chaque côté de ma tête, essayant d'atténuer mon mal de crâne.

— Rose. Concentre-toi.

Elle lève les yeux vers moi, les pouces planant sur l'écran.

— Qu'est-ce qu'il y a à propos de son prix ?

— Oh oui. Jackie a gagné, genre, cent mille dollars, dit Rose.

— Quoi ?

— Ouais.

La tête de Rose se repenche sur son téléphone.

— Et la bourse MacArthur ? C'est plus d'un demi-million.

— *Quoi ?*

Rose me lance un regard étrange quand elle voit l'expression sur mon visage.

— Pourquoi es-tu si surpris ? Tu ne le savais pas ?

Je repense à toutes ces fois où Jackie et moi aurions pu parler d'argent, des cas où cela aurait été une suite si naturelle d'expliquer les antécédents de ma famille, et à son tour, elle aurait pu partager cela avec moi. Mais chaque fois que le sujet était sur la table, je l'avais évité ou tout simplement interrompu la conversation. Parce que j'avais peur qu'avoir de l'argent change sa vision de moi. Comme Beth. Comme Maman avec Papa.

Une nausée qui n'a rien à voir avec l'alcool restant dans mon système monte dans ma gorge.

— Tu ne le savais pas ?

Rose répète quand je ne réponds pas. Elle baisse les yeux pendant un moment.

— Attends. Tu lui as parlé de nous, non ? Je veux dire, vous étiez assez sérieux tous les deux avant que tu ne foutes tout en l'air. Tu dois bien lui avoir parlé du pétrole et du ranch.

— Je...

— Flynn ?

— Heuh... non. Je ne l'ai pas fait.

Rose secoue la tête.

— Pas étonnant qu'elle ait caché tout cet argent dans mon sac à main après que je lui ai acheté ces vêtements, rit-elle. Bien que connaissant Jackie, elle l'aurait fait de toute façon.

Elle me lance un regard appuyé.

— Tu sais, Holt et toi m'aviez fait consulter un thérapeute après la mort de Papa et Maman. Mais je commence à penser que c'était vous deux qui aviez besoin d'aide. Vous essayez tellement de ne pas répéter leurs erreurs que vous continuez à en faire d'autres, encore plus idiotes.

— Qu'est-ce que tu veux dire ?

— Heuh, voyons. Holt qui couche avec ton ex et passe tout son temps au ranch. Déterminé à préserver l'héritage du Ranch West. Toi, qui t'inquiètes que chaque femme soit aussi intéressée que Maman, et qui repousse Jackie quand son travail de rêve n'inclut pas une petite cabine derrière des portes d'accès sécurisées.

Hum.

Les publicités terminées, Rose se tourne vers la télé.

Les infos sont de retour avec un gros plan de Vanessa.

— Bonjour et merci d'être avec nous. Je suis Vanessa Hughes. Le segment d'aujourd'hui a porté sur la récente sortie dans l'espace d'urgence à la NASA, et sur les hommes et les femmes qui sont désormais appelés les sauveurs de la Station spatiale internationale.

Elle se tourne pour regarder une autre caméra.

— Les premiers astronautes américains ont été élus en 1959. Des hommes du service militaire, principalement des pilotes. Au fil des ans, le groupe d'individus hautement sélectifs que la NASA choisit pour les vols spatiaux a évolué. Désormais, des hommes et des femmes de tous horizons se sont fièrement rendus dans l'espace sous le drapeau américain.

La caméra se déplace, prenant une vue panoramique sur le côté, où sept hommes et femmes sont alignés dans des combinaisons bleues de la NASA.

Jackie est au milieu.

—Aujourd'hui, ce processus de sélection se poursuit. Ici se tiennent les sept hommes et femmes choisis pour la prochaine classe d'astronautes.

Elle se tourne vers le groupe en applaudissant.

— Toutes nos félicitations.

—Putain de merde, marmonne Rose. Elle a réussi.

La présentatrice passe le long de la ligne, présentant les nouveaux astronautes. Un homme de l'Airforce Academy avec un master de MIT. Une femme de l'Académie navale qui sort de Gates Cambridge. Un natif du Colorado qui a obtenu son doctorat en géologie d'UCLA…

Lorsque tous les diplômes ont été énoncés et les annonces formelles faites, Vanessa pose des questions sur la famille et les loisirs personnels de chacun. Au bout du compte, chaque astronaute parle de son mari, de sa femme, de son fiancé, de ses enfants. Quand elle arrive à Jackie, celle-ci dit simplement « célibataire » et passe à son amour des étoiles.

Ce mot est un coup de poing dans mon ventre et il me faut un moment pour respirer à nouveau normalement.

— Tu es mon frère. Et je t'aime, dit Rose, regardant toujours l'écran. Mais parfois tu peux être un putain d'enfoiré.

Je ne dis rien. Que *puis*-je dire ? Je suis un putain d'enfoiré.

VINGT-CINQ
DÉBRIEFING

Jackie

— Mer... cure ! crie Rose en riant, se moquant de moi. Je veux dire, c'est *vraiment* ce que tu as dit après avoir découvert que tu allais devenir astronaute ?

D'autres rires fusent. Rose et moi sommes assises au coin du bar du Big Texas, pendant que Trish sert des boissons de l'autre côté. Rose a posé un journal sur le bar devant nous. Et pas n'importe quel journal, un journal dont le gros titre « Mer...cure » est étalé sur la première page en grosses lettres.

Les journalistes me tuent. Ils me tuent vraiment.

Et je ne suis pas très fan de McAllister, qui leur a donné cette citation. J'étais prête à emmener ça dans la tombe. Idiot de chef astronaute.

— Je ne voulais pas le dire à voix haute, tu sais, je marmonne autour de ma paille.

Rose n'arrête pas de rire.

— C'est bon, ma puce. Cela semble simplement t'avoir rendue plus populaire.

Trish me tapote le bras comme si j'étais une enfant. Vu qu'on ne peut pas dire qu'elle soit grande, le fait qu'elle puisse m'atteindre si facilement signifie qu'elle doit porter des talons super hauts afin de pouvoir voir au-dessus du bar et servir ses clients. Je suis reconnaissante pour ma taille car je n'ai pas vraiment besoin de talons.

Les larges talons de mes bottes de cow-boy semblent être tout ce que je peux supporter. Et bien que je les adore, le souvenir de Flynn à genoux devant moi pour enlever les bottes avant de me faire l'amour m'a fait les jeter dans un coin de mon placard.

Donc, je porte une nouvelle paire de Chucks au bar ce soir. Rose me les a offertes. Je ne sais pas comment elle a réussi, mais elle a demandé à quelqu'un de décorer le patch Converse sur le côté avec un symbole de la NASA à paillettes. Je suis à peu près sûre que l'on n'est pas censé utiliser le symbole de la NASA sans permission, mais elles sont trop cool pour ne pas être portées.

Trish vient de me servir mon troisième verre, donc je me sens un peu plus cool que d'habitude. Je pense que boire peut avoir quelque chose en commun avec la force gravitationnelle. Après le choc initial sur le système, on commence à se sentir super bien.

Mon jean est aussi de retour. Rose a soutenu que les jeans n'étaient pas faits pour sortir sauf s'ils avaient des strass, mais mon regard a dû lui faire comprendre ce que je pensais, parce qu'elle n'a pas continué. Surtout quand j'ai accepté de la laisser brûler mes vieux jeans pour que je porte les nouveaux qu'elle m'avait achetés. Je porte peut-être des chaussures à strass, mais je refuse d'en avoir sur les fesses.

Trish finit de remplir les commandes de boissons et place un coude de son côté du bar.

— Qu'est-ce que j'ai manqué ? demande-t-elle.

— Je pense qu'il est temps de faire un débriefing, dis-je, mon verre à la main.

Trish se penche pour entendre.

— Un quoi ?

— C'est quand tu dragues quelqu'un ? demande Rose.

Elle est sérieuse, et je l'aime pour ça.

— Non, espèce de cinglée, dis-je en lui poussant l'épaule. C'est ce qui se passe après qu'une opération ou une mission a été menée. Les personnes impliquées s'assoient et discutent du but de l'expérience et des aspects positifs ou négatifs de son résultat.

— Attends, quelle expérience ? demande Rose. J'étais ivre ? La dernière fois que j'ai fait des expériences en état d'ébriété, je me suis presque réveillée mariée à une femme.

Elle sourit et soupire.

— Aaahh, Vegas.

La bouche de Trish s'ouvre.

— Oh. Mon. Dieu. Non, juste non.

Rose et moi rions de l'expression choquée de Trish.

— Attendez ! dit Trish, se remettant et agitant ses mains à la parfaite manucure.

— Je me souviens... L'Opération Vie Sociale ! Elle me fait un clin d'œil.

— J'ai toujours su que tu serais ma cliente la plus intéressante, ma puce.

Rose se redresse sur son tabouret de bar.

— Comment j'ai rien su ?

— Probablement parce que tu étais ivre morte sur le sol, répond Trish avec un sourire narquois.

— Oh. Oui. Bien. Ça a du sens.

Rose arrête de bouder et nous salue avec son verre.

Je prends une gorgée du mien.

— Après chaque opération, il est bon de revoir ce qui s'est

passé afin que les opérations futures puissent être plus fructueuses.

— Je suis sur la prochaine opération. Je ne veux plus rater ça, dit Rose.

— Tu as joué un rôle assez important dans celle-ci, lui dis-je. Même si tu ne le savais pas.

— Exactement.

Elle hoche la tête.

— Eh bien, tu nous as rencontrées, commence Trish. C'est donc un succès.

Elle lève sa bouteille de bière vers nous.

— Santé !

Rose crie et nous trinquons avant de descendre nos verres.

— Et tu as résisté à ce connard de Hampson, continue-t-elle une fois nos verres baissés.

— Oui, il y a eu ça. Ne pensez pas que j'aurais jamais eu la confiance de faire ça sans vous et Fly...

J'ai le souffle coupé. Je tousse et prends une autre gorgée de mon verre en essayant de faire mine de rien. En voyant le regard que Trish et Rose échangent, j'ai le sentiment de ne tromper personne.

Mais étonnamment, Rose ne saute pas sur mon dérapage. Au lieu de cela, elle couine et crie :

— Et maintenant, tu es ASTRONAUTE !

Elle renverse la tête sur le dernier mot, sa voix résonnant sur la musique. Les gens s'arrêtent et regardent. Rose les regarde en retour, puis se lève, les talons en équilibre sur le dernier échelon de son tabouret.

À la hâte, j'attrape ses hanches pour la stabiliser.

— Avez-vous entendu ça, Big Texas ? Ma pote est une putain d'astronaute !

Les gens applaudissent et lèvent leurs verres dans ma direction. Un couple de jeunes hommes appelle Rose et elle leur envoie un baiser.

Des rires s'ensuivent et Trish attrape le verre de Rose avant qu'elle ne le renverse en se rasseyant. Enfin, qu'elle ne le renverse pas plus qu'elle l'a déjà fait.

Ensuite, nous buvons au succès de l'Opération Vie Sociale le reste de la soirée. Chaque fois que nous trinquons, je me sens triomphante.

Je ne compte pas le temps que je passe à scanner la foule en espérant y voir Flynn. Je prétends que mon cœur ne vacille pas à chaque fois que je vois un couple sur la piste de danse. Et je refuse de reconnaître à quelle fréquence je regarde mon téléphone.

Environ quatre-vingts pour cent de la masse de l'univers est constituée de matériaux que les scientifiques ne peuvent pas observer directement, qu'ils appellent matière noire. Une matière qui n'émet ni lumière ni énergie. Bien que le concept soit à peu près accepté, il n'y a aucune preuve solide pour soutenir l'existence de la matière noire. Flynn est ma matière noire. Par conséquent, je ne ressens aucune culpabilité en n'incluant pas Flynn dans mon tableau de réussite de l'Opération.

Je cherche à nouveau dans le bar. Non, pas de culpabilité du tout.

JE ME RÉVEILLE avec quelque chose de dur pressé contre mon dos. Pendant un moment, je souris en pensant à Flynn. Mais quand le reste de mon corps a des spasmes de douleur, je me rends compte que c'est la barre de métal du canapé-lit.

Des souvenirs flous de danse en ligne sur Space Oddity de David Bowie et de compte à rebours du décollage pour chaque shot me viennent à l'esprit alors que je fais claquer mes lèvres, essayant de trouver de l'humidité. J'ai eu plus de gueule de bois ce mois-ci que pendant toute ma vie.

J'entends quelqu'un bouger et j'ouvre les yeux d'un millimètre. De longs cheveux noirs. Trish.

— S'il te plaît, dis-moi que tu ne dors pas régulièrement sur ce truc, je marmonne.

— Hé, ce canapé était gratuit, je te ferai savoir, gazouille-t-elle, bien trop éveillée après la nuit que nous avons eue. Je l'ai trouvé sur le bord de la route.

— Quoi ? Je saute du matelas, me cognant la tête sur quelque chose se trouvant au-dessus de moi.

Trish rit si fort que j'entends à peine son « c'est une blague ». Je la gronde :

— C'était vraiment une chose horrible à faire à une amie.

— Je ne sais pas, c'était vraiment drôle, dit-elle en s'essuyant les yeux.

— Si j'avais su à quel point tu étais cruelle, je n'aurais jamais accepté de passer la nuit ici.

Je me frotte la tête et cherche mes lunettes.

— Pourquoi ai-je accepté de dormir ici, d'ailleurs ?

— Quand Rose a découvert que tu n'étais jamais allée à une soirée pyjama, elle a senti que nous devions corriger ce léger manque.

Trish s'appuie contre le comptoir de sa cuisine et prend une gorgée de café.

— Je suppose qu'elle a oublié que je vis dans une caravane.

Rose ouvre la porte étroite de la salle de bain, adjacente à la cuisine.

— N'entrez pas là-dedans, dit-elle en fermant la porte derrière elle. Pendant au moins cinq à dix minutes.

— Dégueu, dit Trish en fronçant le nez.

— Hé, j'ai grandi avec deux garçons, dit Rose. Blâmez-les pour mes manières féminines.

Je trouve mes lunettes sur le sol à côté de moi et je les enfile en clignant des yeux le temps de faire la mise au point. Le canapé se trouve contre un côté de la caravane avec une télévision montée en face de moi, la cuisine et la salle à manger sont sur la gauche, et une salle de bains et une chambre sont à droite. Il y a un lit double escamotable rabattu sur le canapé sur lequel j'ai dormi, en faisant essentiellement des lits superposés. Cela explique la grosse bosse en forme d'œuf que j'ai maintenant sur mon front.

Je vois Trish jeter un œil dans ma direction. Elle se mord la lèvre et je réalise qu'elle est nerveuse à propos de ce que je pense de là où elle vit.

— C'est vraiment cool, lui dis-je, en montrant la forme arrondie du plafond. Est-ce l'un de ces Airstream argentés ?

— Ouais.

— C'est tellement génial. Ils ressemblent à des vaisseaux spatiaux.

Trish sourit dans sa tasse.

— Donc tu peux simplement partir quand tu le souhaites ?

— C'est l'idée, répond Trish en servant une autre tasse de café. C'est mieux que de devoir chercher un appartement chaque fois que je déménage, je suppose.

— Attends, tu déménages beaucoup ? demande Rose. Parce que ça ne rentre pas dans mes plans. Tu vas juste devoir rester à Clear Lake, chérie.

— Tes plans, hein ?

Trish sourit narquoisement à Rose puis me tend la tasse.

— Oh, je ne bois pas de café. Désolée.

— C'est pas grave, ma puce, dit-elle en posant la tasse sur le comptoir. J'ai du jus de fruits si tu veux.

Elle désigne un réfrigérateur de la taille de ceux que l'on trouve dans les dortoirs.

Je commence à me lever, mais Rose me fait signe de me rassoir.

— Je t'aime, mais je n'ai pas besoin de tes seins dans mon dos lorsque nous sommes toutes debout dans la cuisine.

Elle se penche et ouvre le frigo.

— Je t'apporte ton jus.

Je reste assise sur le canapé-lit, car il n'y a vraiment pas assez de marge de manœuvre autour de deux personnes pour accéder au coin repas situé à l'autre bout de la caravane. Heureusement, Trish avance vers moi et repousse la couchette du haut contre le mur pour que je puisse me redresser.

Rose verse un verre de jus d'orange et le tend à Trish, qui me le passe. Après avoir rangé la bouteille, elle jette un coup d'œil dans la tasse de Trish.

— Seuls les gens cinglés boivent du café noir, Trish.

Rose prend la tasse que j'ai refusée sur le comptoir.

— Tu n'y mets même pas de sucre. Ce n'est pas normal.

— Quand tu grandis sans argent pour le sucre ou le lait, tu t'y habitues, dit Trish en haussant les épaules.

Nous sommes silencieuses un instant. Il me semble soudain que c'est la chose la plus personnelle que Trish ait jamais dite sur elle-même.

— Eh bien, ça m'a remise à ma place, marmonne Rose.

Trish tire la langue à Rose et la tension passe.

— D'accord, alors je suis la chatte choyée qui met à la fois du lait et du sucre dans son café, dit Rose, en versant une généreuse portion de lait dans sa tasse. En fait, elle doit même verser du café dans l'évier pour faire de la place à tout son lait.

— Jackie se débrouille sans, et Trish, la dure à cuire du groupe, le prend noir.

Elle finit de préparer son café avec une cuillerée de sucre et en prend une gorgée.

— Qui aurait cru que le café pouvait être si métaphorique ?

Trish se moque :

— Je ne sais pas si je dois rire du fait que tu sois la chatte du groupe ou être impressionnée que tu saches ce que signifie métaphorique.

— Hé, je sais des trucs, merde.

— Oui, tu sais... des trucs de merde, dis-je.

— C'est pas faux.

La bouche de Rose reste ouverte pendant une seconde.

— Était-ce une blague sans rapport avec la science ?

Elle regarde Trish, puis moi.

— Et tu as dit un gros mot ?

Elle me salue avec sa tasse.

— Je savais que j'aurais une bonne influence sur toi.

— Seigneur.

Trish lève les yeux au ciel.

— Hé !

Je me lève du canapé, prudemment cette fois et me faufile devant Rose et Trish jusqu'à une étagère ouverte de l'autre côté de la cuisine.

— Ce sont des livres d'Audrey Cole ?

J'en tire un pour le confirmer.

— Heuh... ouais, répond Trish en rougissant.

— C'est génial, dis-je. Maintenant, j'ai au moins une amie qui ne peut pas se moquer de ma collection de livres d'amour.

Je tourne le livre pour que Rose le voie.

— J'adore Audrey Cole. C'est l'une de mes auteures préférées.

— Putain de merde. Ça ne m'étonne pas, dit Rose en regardant la couverture. Si le livre est aussi bon que ce modèle, je dois aussi commencer à lire des romans à l'eau de rose, moi aussi.

— Ce ne sont pas des romans à l'eau de rose. Ce sont des livres romantiques, dit Trish en faisant la moue.

— Peu importe. Ce cow-boy a des abdos de fou.

Rose montre le mec sur la couverture. Il est à cheval et tient une grosse corde.

— J'aimerais bien voir ce qu'il va attacher.

— Tu le découvres à la page cinquante-six, dis-je.

— C'est pas vrai !

Rose m'arrache le livre des mains et commence à feuilleter les pages.

— Espèces de grosses coquines. Je savais qu'il y avait une raison pour laquelle je vous aimais.

VINGT-SIX
INJECTION DE CARBURANT

Jackie

Nous avons lu toutes les scènes de sexe d'Audrey Cole. Dans chacun de ses huit livres. Lorsque nous avons terminé, je me sens rouge et j'ai besoin de prendre une douche froide.

— Audrey Cole est un génie, déclare Rose en s'éventant.

J'acquiesce.

— On est d'accord.

Trish secoue la tête avec un sourire et se verse une autre tasse de café. Elle avait été étrangement silencieuse alors que Rose et moi parcourions tous les romans de Cole, mais avait l'air ravi tout de même.

Quand le café est terminé et les livres rangés, Trish nous ramène chez nous, Rose et moi, dans sa camionnette.

— Ce camion est plutôt cool, dit Rose, appréciant le modèle Ford classique. J'aime les vieux camions. Avant qu'ils ne deviennent tous carrés et ennuyeux.

Elle est perchée sur mes genoux sur le siège passager. Bien que le camion ait une banquette, le levier de vitesses à long manche, empêche de s'asseoir au milieu. Rose a donc insisté pour être sur moi puisqu'elle est plus petite que moi. J'ai essayé de lui expliquer en quoi la densité de masse et le poids n'avaient rien à voir avec la taille, mais c'était une cause perdue.

— Tu devrais l'apporter au garage de Flynn. Il pourrait le réparer comme neuf. Il adorerait mettre la main sur un camion d'époque.

Je me fige à la mention de Flynn. Je vois Trish me regarder en coin alors qu'elle change de vitesse.

— Euh, je veux dire...

Je tapote maladroitement l'épaule de Rose.

— C'est pas grave.

Je me racle la gorge.

— Trish *devrait* l'apporter à West Auto. J'ai vu ce qu'il peut faire avec les voitures anciennes. C'est incroyable.

Il y a un moment de silence avant que Trish ne parle.

— Peut-être que je le ferai, mais je suis un peu habituée à ce que tout soit rouillé.

Rose rit.

— Pourquoi mes nouvelles amies pensent-elles que conduire des tas de rouille est cool ? Vous êtes tout simplement bizarres.

Quelques minutes plus tard, nous entrons dans mon complexe d'appartements.

La première chose que je remarque, c'est la voiture à ma place.

Ce n'est pas la mienne.

Ma première pensée est que quelqu'un a volé ma voiture. Mais, vu que c'est improbable, ma deuxième pensée, plus logique, est que ma voiture a finalement implosé de rouille et que mon propriétaire n'a pas perdu de temps à vendre ma place de parking à quelqu'un d'autre.

Mais ensuite, je regarde *vraiment* la voiture.

— Arrête. Arrête le camion, je hurle.

— Ma puce, nous *sommes* arrêtées, me dit Trish.
— Oh.
Rose murmure dans sa barbe :
— Il était temps, espèce de connard.
— Quoi ? Il était temps de quoi ?

Je jette un coup d'œil entre l'arrière de sa tête blonde et la Corvette 1962 blanche et brillante garée sur ma place de parking.

— Est-ce que c'est toi qui as fait ça ?
— Moi ? Oh non.
Elle rit.
— Mais je devrais peut-être arrêter de faire la gueule à mon frère. D'abord, il en fout une à l'autre abruti, et maintenant...
— Attends. Quel abruti ?
— Euh...
Trish interrompt :
— Ma puce, tu ne veux pas aller voir ta nouvelle voiture ?

Sans attendre ma réponse, elle ouvre sa porte. Rose se jette hors de mes genoux, rampe au-dessus de l'embrayage et suit Trish. Je reste assise dans le camion pendant quelques secondes de plus en essayant de comprendre cette nouvelle tournure des événements et en attendant que la circulation reprenne dans mes jambes.

Une fois que je peux bouger, bien que je sois toujours sans réponse sur la présence de la voiture, je sors du camion.

— Te voilà, *chica*. Enfin.

Je me retourne pour voir Paulie appuyé contre l'abri, portant son débardeur et son pantalon baggy habituel.

— Quoi ? Tu m'attendais, Paulie ?

Il hoche la tête et me lance quelque chose. Sans trop y penser, je l'attrape. J'ouvre mon poing pour voir une clé de voiture attachée à un porte-clés emblème de la NASA posé dans ma paume.

Paulie me salue de deux doigts.

— Et merci pour le tas de ferraille, *chica*. Amy pourra assister à plus de cours sans avoir à prendre le bus.

— Attends, je...

— Deux gars l'ont déposée hier soir. Ton mec a dit qu'il l'avait déjà réparée pour que je ne sois pas obligé de le faire. Et en plus, il m'a donné un travail.

Il regarde le sol, secouant la tête avec incrédulité.

— Flynn t'a embauché ? dis-je en regardant le porte-clés. C'est génial, Paulie.

— Merci, *chica*.

Il se retourne pour partir, mais s'arrête.

— Je ne sais pas quel genre de type est Flynn, mais tout homme qui donne une voiture comme celle-ci à sa femme, et une chance à un mec comme moi, ne peut pas être mauvais.

Paulie s'éloigne mais appelle par-dessus son épaule :

— Mais s'il s'avère être un *pendejo*, tu le dis à Paulie. Patron ou pas, je lui en foutrai une.

Rose rit.

— Euh, oui. Je le ferai. Merci, Paulie, je crie.

Mais il a déjà tourné au coin de la rue et est hors de vue.

— Meuf, tu connais des gens intéressants, dit Rose, se levant à côté de moi, fixant l'endroit où Paulie a disparu.

Lentement, je contourne Rose et marche vers l'avant de la Corvette. Je réalise maintenant pourquoi elle semble si familière. C'est une réplique exacte de la voiture que General Motors a donnée à Alan Shepard quand il est devenu le premier Américain dans l'espace. Il y a même des altimètres.

Flynn m'a construit une voiture d'astronaute.

— Mer... cure, je marmonne, regardant toujours la voiture.

Je tends la main pour la toucher, mais je m'arrête juste avant le capot, de peur d'abîmer la peinture brillante. Je jette un coup d'œil à Rose, puis à la voiture.

— Je ne comprends pas.

— Qu'y a-t-il à comprendre ? demande-t-elle, haussant les épaules. Mon frère aime les voitures. Il t'aime. Je pensais qu'il arriverait à sortir sa tête de son cul et ses deux amours tôt ou tard.

— Attends... Quoi ?

Je me tourne pour lui faire face.

— Il ne m'aime pas... Il a dit qu'il ne pourrait pas être avec moi si je devenais astronaute.

Rose plisse les yeux.

— J'aimerais dire officiellement que je pense que mon frère peut être un peu un connard.

— Euh, d'accord, dit Trish en gloussant.

— Cependant, vu que nos parents sont morts dans un accident de voiture, je peux deviner pourquoi il panique à l'idée que tu ailles dans l'espace.

— Statistiquement parlant, aller dans l'espace est beaucoup plus sûr que conduire une voiture.

— Ma puce, je sais que tu es super intelligente, et nous aimons tous ça chez toi, dit Trish.

— Surtout Flynn, ajoute Rose.

Trish hoche la tête et continue :

— Mais parfois, les statistiques et la logique ne suffisent pas à surmonter les peurs et les émotions. Du moins, pas au début.

— Oh. Soudainement, la réaction pathétique de Flynn à mon entretien prend plus de sens.

— De plus, Flynn a pris le temps de foutre un pain à un trouduc de célèbre joueur de baseball qui essayait de maltraiter la dame de ses pensées.

— Rose, ma chérie. Tu ne peux plus te moquer de Jackie et de moi pour nos romans d'amour si tu utilises des expressions comme « dame de ses pensées ».

— S'il te plaît. Je parie que c'est parce que nous venons de lire toutes ces romances que je parle comme un seigneur du dix-huitième siècle.

— Attendez, une seconde, dis-je. Flynn a frappé Brian ?

Rose se remet sur ses talons.

— Oui.

— Quand ? Pourquoi ?

— Je pense que c'était le lendemain du jour où il a essayé de te pousser dans ce restaurant.

Elle me regarde.

— Et je pense que tu sais pourquoi.

— Mais... Il a dit...

Je m'arrête, perdue dans mes pensées et mon reflet dans la peinture brillante.

— Eh bien, quoi que mon idiot de frère ait dit, il a réussi à faire tomber Brian avec un seul coup de poing, dit Rose avec dégoût. On pourrait penser qu'un athlète professionnel serait plus costaud.

Trish s'approche de moi et pose sa main sur mon bras, me serrant doucement.

— Peut-être que tu devrais aller lui parler, ma puce.

Je cligne des yeux et détourne le regard de la voiture.

— Je suis astronaute. Il a dit...

— D'accord.

Rose m'interrompt en levant les mains.

— Je pense que nous pouvons tous être d'accord sur le fait que mon frère a dit beaucoup de conneries. Mais il *a* commencé à travailler sur cette voiture avant de te donner cet ultimatum et il a continué à travailler dessus après.

Elle hausse les épaules.

— Les actions sont donc plus éloquentes que les mots et tout ça, non ?

— Attends. Tu *savais* ?

Je demande en montrant la voiture, ma voix aiguë et haut perchée.

Trish piétine en s'indignant :

— Et tu ne *me* l'as pas dit ?

— Merde.

Rose nous lance un regard suppliant à Trish et à moi.

— Je, euh, eh bien, c'était censé être une surprise.

Elle recule vers le camion.

Trish la suit en marmonnant :

— *Je* n'avais pas besoin d'être surprise.

— D'accord, je vais me rattraper, Trish-la-biche.

Rose saute dans le camion, souriant au regard renfrogné de Trish.

— Allez, allons chez Cavender's et je t'apporterai de nouvelles bottes.

Je demande :

— Attendez. Maintenant, on va chez Cavender's ?

Rose secoue la tête, ses cheveux blonds rebondissants.

— Pas toi, ma chérie. Toi, tu dois rester ici et décider ce que tu vas faire à propos de mon crétin de frangin. Dieu sait que je n'ai pas besoin d'être là pour vous voir vous réconcilier, dit-elle en fait semblant de vouloir vomir. Et si tu lui en fous une, je ne veux pas me sentir obligée de me mettre entre vous.

Elle hoche la tête pour elle-même :

— Oui, vous pouvez vous débrouiller tous les deux.

Elle se penche par la fenêtre et montre Trish du pouce.

— Mais apparemment, je dois à quelqu'un une nouvelle paire de bottes. Histoire de racheter son amitié et tout ça.

Trish raille, ouvrant la porte côté conducteur :

— Tu ne peux pas *racheter* une amitié, Rose. Et tu n'as pas à m'acheter des bottes.

— Ah oui ? Alors tu ne rêves pas de ces ridicules bottes à

franges rouges ? Ou était-ce une autre naine de ma connaissance ?

— Oooh, tu veux dire les Liberty noires...

Trish s'arrête d'elle-même.

— Hé, attends une minute. Je ne suis pas une naine !

— Eh bien, tu n'es pas...

Je crie, ramenant leur attention sur moi :

— Où est Flynn ?

Rose fait l'un de ses sourires sournois et j'ai le sentiment que ma vie va être très amusante avec elle. Épuisante, mais amusante.

— Il se noie dans ses larmes au ranch, comme un homme.

— Au Ranch ?

— Ouip. Holt m'a envoyé un texto hier soir.

Elle fait signe à Trish d'entrer.

Avec un sourire, Trish saute dans le camion, fait tourner le moteur et fait demi-tour dans le petit parking. Avant de décoller, elle baisse sa fenêtre et Rose se penche au-dessus de ses genoux.

— Le ranch West se trouve au nord-ouest de la ville.

Elle me donne l'adresse avant de m'envoyer un baiser.

— Bonne chance, ma puce, chantonne Trish avant leur départ.

Je reste là, à regarder le camion disparaître sur la route 1 de la NASA, sans cligner des yeux. Lentement, j'assimile les derniers événements. Cela a du sens. Ça me donne de l'espoir. Je relance mes jambes.

Je cours vers la Corvette, déverrouille la portière et saute derrière le volant. Flynn a reconstruit cette voiture avec amour, c'est évident. Tout a l'air de sortir de la chaîne de montage, mais je sais qu'il a dû tout réviser. Ne serait-ce que les jauges altimétriques, qui sont fabriquées sur mesure. Cela a pris du temps. Il y a *forcément* travaillé après son ultimatum. Et si c'est vrai, Rose a peut-être raison. Peut-être que ce *n'est pas* fini entre nous. Peut-être que mon rêve d'avoir la carrière pour laquelle j'ai travaillé si dur peut aussi comprendre un mécanicien sexy qui m'attend à la maison lorsque je reviens en orbite.

Je passe mes mains sur les sièges en cuir noir, puis les enroule autour du volant avant de me concentrer sur le problème à résoudre.

Je ne sais pas conduire une voiture manuelle.

VINGT-SEPT
DÉMODULATION

Flynn

J'AI TOUJOURS ADORÉ REGARDER par la fenêtre donnant sur les pâturages appartenant à la famille West depuis des générations. Une grande partie de cette terre est maintenant envahie par les machines pétrolières, mais ce n'est pas visible depuis ce point de vue.

Une aigrette descend vers l'étang, éclaboussant autour d'elle lors de son atterrissage. Ouais, j'adore ce ranch. Même si ça fait longtemps que je n'y suis pas venu.

Holt cogne dans la cuisine en train de faire du café. Ou le goudron qu'il aime appeler café. Vu que le café de mon frère m'a aidé à me débarrasser du pire de ma gueule de bois, je ne devrais pas me plaindre.

J'ai été touché que Holt me demande de lui rendre visite après m'avoir aidé à déposer la voiture de Jackie hier soir. Même si je sais que c'était probablement plus pour me surveiller qu'autre chose. Et vu que travailler sans arrêt pendant des jours pour finir la Corvette de Jackie m'a beaucoup coûté physiquement, je suis content de pouvoir me reposer.

Je jette un coup d'œil à Holt à travers la découpe entre les deux parties du salon, toujours étonné de mon manque de ressentiment à son égard.

Holt se brûle sur la cafetière, agitant ses doigts en l'air.

— Mince.

Je souris à son juron digne d'une dame de la haute société et je m'effondre durement sur le canapé.

— Bon sang, Flynn, pourquoi ne peux-tu pas t'asseoir comme une personne normale ?

Il apporte deux tasses dans le salon.

— Si tu le casses, tu l'achètes.

Ouais, j'ai manqué à mon grand frère.

— Oui, madame, dis-je en me moquant.

— Crétin.

Holt me tend la tasse et s'assoit sur le fauteuil inclinable à proximité.

Je prends une gorgée de café et crachote.

— Bon sang, Holt. Préviens la prochaine fois que tu fais un Irish coffee !

— Tu n'étais pas loin de te noyer dans l'alcool hier soir, je ne pensais pas que tu t'en apercevrais.

Les lèvres de Holt se recourbent en un sourire narquois.

— Je pensais que tu aurais besoin de combattre le mal par le mal. Un doigt de whiskey dans ton café est tout ce à quoi tu as droit aujourd'hui. J'ai caché le reste.

— Genre, comme si je ne connaissais pas toutes tes cachettes.

Holt se contente d'un grognement.

J'attrape la télécommande avant lui et allume la télé d'un clic. Je retournerai probablement à Clear Lake demain. J'ai une nouvelle reconstruction prévue pour... qu'est-ce que... ?

— C'est Jackie ? demande Holt

Je ne réponds pas. Je me redresse simplement et monte le son. Deux photos, l'une de Jackie que j'avais vue sur son badge d'identification de la NASA, et l'autre de Brian Hampson, probablement tirée de sa carte de baseball, sont présentées dans le coin supérieur droit de l'écran, tandis que les infos montrent une vidéo de l'autre côté.

Ma main se resserre sur ma tasse pendant que je regarde pour la première fois ce dont ma sœur m'avait parlé. Jackie se lève pour s'éloigner. Brian qui attrape son bras et la tire. La repousse sur son siège.

Mes yeux se plissent. Je ne me rends même pas compte que je suis debout jusqu'à ce que Holt attrape mon bras, maintenant dégoulinant de café chaud.

— Je vais détruire ce fils de pute.

Holt retire la tasse de café à moitié vide de ma main.

— Eh bien, je peux voir pourquoi tu penses que c'est nécessaire pour toi de t'en charger, vu que tu es un grand garçon et tout, mais je pense que Jackie s'en est déjà occupée, dit-il avec un geste vers la télé de sa main libre.

Je regarde à nouveau l'écran où Brian est maintenant à genoux, le visage tordu de douleur, tandis que Jackie le secoue par l'index. Elle a l'air féroce et concentré et tellement belle. Ses lunettes glissent le long de son nez alors qu'elle repousse Brian.

Ces putains de lunettes.

Les photos et la vidéo disparaissent pour révéler une table autour de laquelle se trouvent des femmes.

— Ce que vous venez de voir est une vidéo de la petite chérie de la NASA, nouvellement appointée astronaute, le docteur Jackie Darling Lee, qui est récemment devenue virale. Elle peut y être vue se défendre contre un homme, et par n'importe lequel, la dernière recrue de l'équipe de Houston, l'arrêt-court Brian Hampson. Les relations publiques des Astros ont publié une déclaration indiquant qu'une investigation est en cours et qu'ils n'accepteront aucune attitude inappropriée.

Une autre renchérit en disant que la violence est hors de contrôle dans le milieu du sport.

Et une troisième fait l'éloge des connaissances de Jackie en matière d'autodéfense :

— Cette femme est vraiment remarquable.

Je secoue mon bras, puis essuie ma main sur mon T-shirt pour retirer le reste de café.

— Elle l'est, tu sais, dit Holt.

— Elle est quoi ?

— Remarquable.

Je retombe sur le sofa.

— Je sais.

— Alors pourquoi tu n'es pas avec elle ?

— Je ne la mérite pas, mec.

— Flynn...

Je regarde à nouveau la télé, qui montre Brian en train de quitter l'entraînement, son œil au beurre noir en partie caché sous des lunettes de soleil. Il sourit à la caméra, leur expliquant que la vidéo a été montée en épingle. Mes yeux se plissent et je me lève :

— C'est assez. Je vais en ville.

— Flynn, non.

Holt essaie de bloquer mon chemin, mais je l'évite.

— Ça sera pire pour Jackie si tu le confrontes à nouveau et s'ils font la connexion entre elle et toi puis entre l'œil au beurre noir de Brian et toi, il crie.

Je prends mes clés sur le crochet près de la porte d'entrée.

— Ça n'arrivera pas.

Et cela ne devrait pas être le putain de cas parce que je me suis assuré que mon pot-de-vin au concierge comprenne l'arrêt des caméras de surveillance.

— Tu veux vraiment tenter le coup ? Avec Jackie qui est sur le point de commencer son entraînement d'astronaute ?

— Putain.

Je ne connais pas la politique de la NASA en matière d'ex-idiots, une catégorie dont je suppose que je fais désormais partie au même titre que ce con de Hampson. Je jure à nouveau. Je ne veux rien avoir en commun avec cet enfoiré.

Je remets ma clé sur le crochet, trop agité pour me rassoir.

— Je suppose que je vais devoir profiter de mon autre Mustang, alors.

Jackie

J'AI RÉUSSI. Je pense. Presque.

D'accord, techniquement, j'ai réussi. Sur l'arche métallique, entre deux longueurs de clôture, figurent les mots Ranch West en lettres de fer.

Mais juste au moment où j'atteins le portail, je cale.

Une fois de plus.

Toute cette affaire de transmission manuelle est plus difficile que je ne le pensais. Je ne veux même pas penser à tous les majeurs qui se sont agités dans ma direction ou aux klaxons qui ont résonné lorsque je roulais sur la voie lente de l'autoroute. J'ai laissé toutes les voitures me dépasser, même les trucks gigantesques, afin de pouvoir maintenir le nombre de changements de vitesse au minimum. Le bon côté, c'est que je n'avais pas beaucoup calé avant de quitter l'autoroute. Le mauvais, c'est qu'il fait presque nuit, car les cinquante minutes de route ont pris deux fois plus de temps.

J'appuie sur l'embrayage et le frein pour redémarrer le

contact. Apparemment, je peux expliquer à des astronautes qui volent à des milliers de kilomètres dans l'espace comment court-circuiter des milliards de dollars d'équipements complexes alors qu'ils portent l'équivalent de gants de ski, mais je ne peux pas changer de vitesse assez vite pour ne pas caler sur un chemin de terre.

Super.

Je remets la voiture en marche. La Corvette n'aime pas la conduite cahoteuse. Je me bats pour la garder en première et pour éviter les trous ou ornières évidents. Le fait que tout le Texas conduise ces grosses camionnettes a bien plus de sens maintenant.

Entre ma vitesse d'escargot et la longueur de l'allée, il me faut un certain temps pour atteindre la maison. Il y a beaucoup de terres.

Je passe devant quelques dépendances le long du chemin et vois une immense grange derrière la maison en planches blanches. Je dis maison, mais vraiment, c'est un manoir. Le style est celui d'une ancienne ferme avec un porche enveloppant et des poteaux Queen Anne. Sans prétention, sauf en ce qui concerne la taille. Trois étages et plusieurs colonnes de fenêtres.

Je suppose que l'élevage du bétail est une activité lucrative.

J'arrive à la maison principale quand je cale à nouveau. Pas à cause de la route cahoteuse cette fois mais du mini orgasme qui me traverse face au spectacle le plus magnifique que j'aie jamais vu.

Flynn sur un cheval.

Il galope vers la grange, faisant ralentir son cheval lorsqu'il arrive sur la route principale. Sans savoir comment, je me tiens à côté de ma voiture avec la porte ouverte. Je dois jeter un coup d'œil pour m'assurer que je me souviens d'avoir tiré le frein. Ce que je n'ai pas fait.

Je saute à l'intérieur et tire sur le frein, me précipitant pour sortir à nouveau avant que Flynn ne passe par là.

Mais Flynn a déjà dû me voir, car il s'est arrêté à quelques mètres. Le soleil qui se couche derrière lui, sa poitrine et celle du cheval qui se soulèvent d'effort, ce qui le fait ressembler à une sorte de cavalier angélique. Un cavalier cow-boy angélique vraiment, vraiment canon.

J'ouvre la bouche, mais rien ne sort. Mon esprit est vide.

Eh bien, ce n'est pas tout à fait vrai. Il est juste concentré sur les cuisses de Flynn agrippant la selle, la sueur trempant sa chemise et ses mains tenant les rênes lâchement, comme s'il montait à cheval au quotidien. Comme s'il était un vrai cow-boy.

Une réplique d'orgasme me fait frémir.

VINGT-HUIT
DRAPEAU À DAMIER

Flynn

Je me penche en arrière sur ma selle, essayant de soulager mon érection soudaine. Ce n'est pas facile. Ella a commencé au moment où j'ai vu les cheveux blonds de Jackie derrière le volant de la voiture que j'ai reconstruite. Puis elle est sortie de la Corvette vintage, une longue jambe à la fois.

Punaise.

Je bouge à nouveau, mais ma fermeture éclair essaie de s'enfoncer sur mon membre, donc la seule option pour me soulager est de descendre de cheval et de me concentrer pour faire disparaître mon érection.

Je passe les rênes dans une main et balance ma jambe sur le flanc de mon cheval, mes bottes soulevant la poussière en tombant par terre. Continuant de me concentrer pour faire disparaître mon érection. Je suis à peu près sûr que la saluer de la main et de la queue n'est pas la meilleure façon de reconquérir Jackie.

Elle protège ses yeux du soleil et montre l'animal de la main.

— C'est ton cheval ?

— Oui. C'est Boss.

Je tends la main et caresse le cou de Boss.

— C'est un Mustang.

— Comme ta voiture ?

Je suis surpris qu'elle fasse le lien, même si j'essaie de ne pas y attacher trop d'importance. Vu que Jackie est un génie, je suis sûr que rien ne lui échappe vraiment.

— Le cheval est arrivé en premier.

La sueur coule de mon front dans mes yeux. J'apporte l'ourlet de ma chemise pour l'éponger.

Quand je regarde à nouveau, Jackie est appuyée contre le côté de sa voiture.

Je fais un pas en avant.

— Hé, ça va ?

Elle passe une main sur son front.

— Ouais, dit-elle, sa voix tendue. Oui, oui. Ça va.

Le soleil couchant nous frappe, et bien qu'il soit tard dans la journée, il n'y a pas même un chuchotement de brise pour nous soulager de la chaleur. Boss me donne un coup sur l'épaule, impatient de se faire brosser et de manger.

Jackie repousse la Corvette et fait un pas vers moi, fourrant ses mains dans ses poches arrière.

— Il faut qu'on parle.

Elle bascule sur les talons de ses Converse. Elles ont des strass dessus.

— Je sais que tu as frappé Brian.

Merde. Je passe la main dans mes cheveux. Ma chance de convaincre Jackie que je soutiens sa carrière d'astronaute est probablement diminuée si elle sait que j'ai agressé publiquement son ex. Il ne fait aucun doute que me voilà parti pour une conférence sexy sur la différence entre utiliser sa cervelle et utiliser ses muscles.

Ma queue se contracte à cette pensée.

— Oui. Désolé.

— Ne le sois pas.

Elle hausse les épaules.

— C'est un trouduc.

Je pouffe.

— Une autre expression de Rose ?

Elle hoche la tête.

Nous nous regardons pendant un moment, le silence me faisant tressaillir.

— Tu l'aimes ?

Je demande enfin en désignant la voiture.

Son visage s'éclaircit, un large sourire bousculant ses lunettes.

— Je l'adore.

Elle tourne son attention vers la Corvette, sa main droite longeant le toit.

— Mais tu n'aurais pas dû. Cela a probablement coûté une fortune.

Le malaise s'installe, mais je l'éloigne.

— Il faut qu'on parle.

Boss tire sur les rênes.

— Tu me suis jusqu'à la grange ?

Je penche la tête vers la route. Elle hoche la tête, ses lunettes glissent. Je commence à conduire Boss à la grange et Jackie suit à distance.

Une fois que Boss est dans sa stalle, je lui donne un sac de nourriture et un brossage rapide. Jackie est silencieuse pendant tout ce temps, mais ses yeux ne me quittent jamais. Je peux sentir son regard, même le dos tourné. Je me demande ce qu'elle pense. Je me demande ce qu'il faudra, le cas échéant, pour qu'elle accepte mes excuses.

Je lui ai déjà donné la Corvette. C'était la seule chose à laquelle je pouvais penser qui pouvait dire tout ce que je voulais dire sans savoir comment. Que je crois en elle. Que je soutiens ses rêves. Que je l'aime.

Une horrible pensée me fait m'arrêter. A-t-elle conduit la Corvette jusqu'ici juste pour la rendre ? Elle ne peut pas faire ça. J'*ai besoin* qu'elle accepte cette voiture. Je pose la brosse et ferme la porte de la stalle.

— Jackie...

Elle se jette sur moi. Je trébuche d'un pas en arrière, la porte de la stalle me maintenant debout. Elle est partout. Ses mains passent dans mes cheveux, puis l'une d'entre elles glisse sous ma chemise, grattant ses ongles sur ma poitrine et autour de mon dos. Son autre main suit, mais fait un détour au-delà de ma ceinture, attrapant mon sexe, qui est maintenant de retour au garde-à-vous.

Quand ses doigts me touchent à travers le denim, ses lunettes glissent le long de son nez, s'inclinant sur le côté. Je retire les lunettes de son visage, les plaçant sur la balle de foin près de la stalle. Ensuite, je nous déplace tous les deux à travers l'allée et je la soutiens contre le mur adjacent, poussant une cuisse entre ses jambes, me donnant l'effet de levier dont j'ai besoin pour libérer mes mains.

Je veux la toucher. Il *faut* que je la touche.

Les choses sont passées de zéro à soixante en un clin d'œil et j'aime chaque putain de seconde.

— Je suis riche, dis-je, entre deux baisers, même si je ne me souviens pas avoir pris la décision consciente de le faire.

— D'accord.

Elle halète, soulevant à nouveau sa bouche vers la mienne.

Je recule.

— Je veux dire que j'ai beaucoup d'argent, Jackie. Ma famille en a. Grâce au ranch.

Elle hoche la tête, apparemment indifférente, les yeux fixés sur ma bouche.

— Genre, des millions.

Mes mains sont toujours pleines de ses fesses, mais elles se sont immobilisées, attendant que ce que je dise soit enregistré.

Elle penche la tête sur le côté, les bras toujours autour de mon cou, réfléchissant.

— *Genre* des millions, ou des millions ?

— Des millions.

— Hum. Qui savait que la boviculture était si lucrative.

Mes lèvres tremblent.

— La boviculture ?

— Ce n'est pas le terme ?

Elle fronce les sourcils.

— Quand les gens élèvent du poisson pour se nourrir, cela s'appelle de la pisciculture. J'ai vu un documentaire là-dessus.

— Je vois.

Elle perd son froncement de sourcils, son regard passant par-dessus mon épaule.

— C'était assez fascinant. Cela m'a rappelé...

— Jackie ?

Mes mains serrent ses fesses.

— Hum ?

— Nous parlions de mes millions.

Elle plisse les yeux.

— En fait, tu étais sur le point de me donner le terme correct pour la boviculture.

— Faire de l'élevage. Et ce n'est pas seulement du bétail. Les West sont la famille pétrolière la plus riche de Houston. C'est de là que vient l'argent, en fait.

— Faire de l'élevage ? dit-elle en fronçant les sourcils. Mais cela ne donne pas une claire indication de ce qui se passe. Au moins avec boviculture, il y a une corrélation directe avec une entreprise qui s'occupe de production agricole et d'élevage de bétail. Faire de l'élevage signifie simplement s'occuper d'animaux. C'est tellement ambigu.

Je suis étonné, mais en quelque sorte peu surpris, qu'elle se préoccupe davantage de la terminologie correcte que des droits pétroliers.

— J'adore ton intelligence.

Je me penche et passe ma barbe de trois jours le long de la colonne sensible de sa gorge.

— C'est tellement sexy, chérie.

Je recule lorsque Jackie se tortille dans ma prise, regardant une jolie rougeur se répandre le long de son cou.

— Je vois aussi que tu ne te soucies vraiment pas de mes millions.

Regardant vers moi, elle demande :

— Pourquoi ? Ce n'est pas mon argent, dit-elle, serrant les lèvres un instant. Même si ça comble de nombreuses lacunes.

Elle a ce regard lointain dans les yeux, comme si elle parcourait son classeur mental.

— Quelles lacunes ?

— Le fait que tu possèdes une maison valant un million de dollars sur un terrain surdimensionné dans l'un des quartiers les plus convoités de Clear Lake et que tu conduises une voiture qui doit bien coûter un demi-million de dollars.

Je manque de m'étouffer.

— Comment tu sais tout ça ?

— Je cherche à acheter une maison et une voiture, déclare-t-elle, comme si c'était la réponse la plus évidente. Tu ne peux pas faire ces choses-là correctement sans faire des recherches.

— Des recherches.

Je passe ma main dans mes cheveux.

— J'aurais dû m'en douter.

— Oui. Et comme les voitures sont assez importantes pour toi, j'ai également regardé de nombreux films automobiles et effectué des recherches approfondies sur toutes les marques et tous les modèles que j'ai vus dans ton garage.

— C'est vrai ?

Personne ne s'était jamais intéressé à mon travail auparavant. Beth n'en avait rien à foutre. Holt et Rose me soutiennent, mais c'est tout. Mais Jackie, contrôleur de vol de la NASA, et maintenant astronaute, a pris le temps de se renseigner sur les voitures. Pour moi.

— La Mustang Boss 1969 la plus récente qui a été vendue, réparée de manière à être en parfait état, a été vendue aux enchères pour cinq cent mille dollars à Naples, en Floride, un peu plus tôt cette année. Même si elle était noire, ce qui, je pense, est une erreur. Ta couleur verte, appelée Black Jade, est bien unique, même si elle est d'origine.

C'est comme si mon membre avait des ailes et voulait s'envoler.

— Quoi ? Est-ce que je me suis trompée ? demande Jackie, remarquant mon expression choquée. Je suis presque sûre que mes sources étaient hautement crédibles...

Ma bouche s'écrase contre la sienne, mes mains passent sous sa chemise. Plus de discussions, plus de révélations. Ma queue n'en peut plus. Mon cœur non plus. Je dis à mon cerveau de se taire et de savourer ce moment. Ces sentiments.

Je tire sa chemise sur sa tête. Je passe une main par-dessus mon épaule pour retirer ma propre chemise, tandis que Jackie se penche en arrière et retire son soutien-gorge. Dès qu'il tombe, mes mains s'enroulent autour de ses seins, sa peau si chaude, si douce.

Ses mains se débarrassent rapidement de ma ceinture pendant que je caresse ses seins avant de les prendre goulûment dans ma bouche. Mais quand elle commence à retirer mon jean et mon boxer, je lâche à contrecœur sa poitrine pour tendre la main et attraper mon portefeuille. Je l'ouvre d'une main et y prends le préservatif.

Elle regarde, se léchant les lèvres comme si elle avait faim, alors que je déroule sur le préservatif sur ma verge.

Je la pose, juste assez longtemps pour attraper sa taille à deux mains et tirer. Son bouton supérieur se détache et sa fermeture éclair s'ouvre, me permettant de faire glisser son pantalon et sa culotte le long de ses longues jambes. Elle parvient à faire un pas avant que je ne sois à nouveau sur elle, la soulevant contre le mur et pénétrant en elle.

— Putain.

Mon juron se heurte à son gémissement. La tête de Jackie s'incline en arrière, son long cou exposé, les cordons visibles alors qu'elle se cambre de plaisir. Ses yeux sont fermés et ses cheveux créent un halo sauvage, semblable à un buisson d'amarante, autour de son visage. Ma poitrine se serre comme si un élastique se tendait autour de mon cœur.

Elle est tellement belle.

Jackie lève la tête et me regarde, son regard concentré mais doux. Une de ses mains épouse ma joue, son pouce glissant légèrement contre la peau de ma mâchoire.

— Flynn, murmure-t-elle. Tu m'as manqué, Flynn. Tu m'as tellement manqué.

La bande autour de ma poitrine se brise, tout comme mon contrôle. Je la soulève plus haut dans mes mains puis la relâche, la chute de son poids me poussant plus profondément en elle.

Elle crie mon nom, ses doigts s'enfoncent dans ma peau.

— *Bon sang*, Jackie. Je m'arrête, appréciant le moment où elle est serrée autour de moi avant qu'une urgence de bouger ne me fasse la pilonner avec force et rapidité.

J'emmêle ma main dans ses cheveux, les tordant jusqu'à ce

que son visage soit juste au bon angle pour mon baiser. Ma langue danse avec la sienne pendant qu'elle utilise ses mains pour pousser sur mes épaules, m'aidant à pousser plus fort en elle, encore plus profondément.

Nous trouvons un rythme, un rythme sauvage et nous nous y tenons. C'est mieux que la course, mieux que d'être à cheval. Merde.

Être à l'intérieur de Jackie est la meilleure sensation au monde.

Elle serre ma queue, son corps tout entier semblant gelé pendant qu'elle se contracte autour de mon membre humide. Je pousse une fois, deux fois jusqu'à ce que mon propre orgasme arrive, me broyant en elle, essayant de me frayer un chemin en elle, tout comme elle l'a fait dans mon cœur.

VINGT-NEUF
MISSION ACCOMPLIE

Jackie

Ma tête repose contre le mur de la grange, mon visage incliné vers le haut. Les particules de poussière dansent dans les faisceaux de lumière passant au-dessus des portes de la grange, comme une pluie de météores dans l'espace. Nous respirons fort, transpirant à cause de l'effort. Les odeurs de sexe et de transpiration se mêlent à celles du foin et des chevaux. Je pense à toutes les scènes de sexe qui se déroulent dans les granges de mes romances de cow-boy. Entre ça et l'image de Flynn sur son cheval tout à l'heure, mes parois intérieures se resserrent sur Flynn dans une réplique de plaisir. Flynn gémit.

Je me penche en avant pour l'embrasser le long de sa clavicule et de son épaule, tandis que mes doigts dansent en tourbillonnant le long de son dos. Alors que nos respirations s'apaisent, j'entends les chevaux bouger dans leurs stalles, les machines tourner au loin.

— Je suis astronaute, dis-je doucement, ne voulant pas briser le charme, mais ayant également besoin de savoir si c'était un moment fugace de folie pour lui, ou le début de quelque chose comme je l'espérais.

— Je sais.

Il pose son front contre le mien.

— Et je ne pourrais pas être plus fier.

J'inspire profondément par le nez, un large sourire envahit mes lèvres.

— Vraiment ?

— Vraiment.

Il recule juste assez pour placer de légers baisers sur chacune de mes paupières.

— Je t'aime, Jackie.

Mon cœur s'emballe à ses paroles. J'aimerais désespérément croire en leur vérité, mais je me souviens encore de la façon dont mes rêves ont été si froidement rejetés la dernière fois où nous nous sommes parlé.

— Tu m'aimes ?

Je ne peux pas empêcher l'incertitude de ma voix.

Il soupire, l'air pensif avant de répondre.

— Ma mère n'aimait pas vraiment mon père.

Je sens mes yeux s'écarquiller de surprise.

— Elle... ne l'aimait pas ?

— Non. Elle voulait un certain niveau de vie. Elle a donc convaincu mon père de quitter le ranch et de faire de son amour des voitures une carrière.

Il recule, s'éloignant de moi. Il attend que je sois stable avant de retirer son contact juste assez longtemps pour prendre soin du préservatif, le jetant dans une poubelle à proximité. Il remet son jean, puis revient dans mes bras.

— Ils ont parcouru le monde et mené la grande vie. Quand Holt est né, ils étaient censés rester au ranch pendant un certain temps, mais cela n'a pas duré. Ils l'ont laissé à mes grands-parents pour continuer leur chemin. Je suis né et c'était la même chose. Ils revenaient à la maison pour de courtes périodes, assez pour que nous nous souvenions de qui ils étaient, mais pas grand-chose d'autre. Sept ans plus tard, Mamie est morte et Papy a tapé du poing sur la table, disant qu'ils devaient rentrer à la maison.

Mes mains n'arrêtent jamais de glisser le long de sa peau, gardant le contact pour qu'il sache que je suis là, que je l'écoute.

— J'étais jeune, mais même je me souviens à quel point ma mère était malheureuse, même si mon père semblait être capable d'ignorer le pire de sa mauvaise humeur.

Il ricane.

— Mais quand Rose est née, les choses ont changé. C'est devenu plus difficile.

Ses grandes mains pressent ma taille comme si elles étranglaient les souvenirs qui traversaient son esprit. Il prend une profonde inspiration et ses mains se font plus douces.

— Maman est partie pendant un certain temps, s'est installée en ville. Nous la voyions à peine. Papa a essayé de prendre le relais de Papy, qui devenait trop vieux pour diriger l'affaire seul. Mais après un certain temps, après que Rose ait demandé à voir sa maman une fois de trop, Papa a essayé de la récupérer.

Flynn est silencieux pendant un moment, se concentrant sur le contact avec ma peau. Passant ses mains sur mon corps en train de refroidir. Quand ses doigts glissent sur l'arête de mon nez, je risque de rompre la sérénité du moment en parlant.

— Et il a réussi ? Elle est rentrée, je veux dire ?

— Pendant un temps, répond-il, secouant la tête. Mais je pense qu'elle utilisait juste ce temps pour convaincre mon père de faire une autre virée sur le circuit.

Son rire est désagréable.

— Ce qui est fou parce qu'à ce moment-là, il avait dépassé l'âge idéal pour un pilote.

Il soupire.

— Mais il l'a fait.

Flynn s'accroupit devant moi, démêle mon jean et ma culotte, et m'aide à les faire remonter sur mes jambes.

— Il n'a pas gagné suffisamment pour être invité aux meilleures courses, les plus prestigieuses. Et puis, un jour, nous avons reçu un appel disant qu'ils étaient morts dans un tas de métal froissé sur un circuit non autorisé. Je suppose que vu qu'il n'y avait pas beaucoup de règles dans les courses underground, ma mère avait donc décidé de sauter dans la voiture avec mon père.

Il se redresse devant moi.

— Probablement juste à la poursuite d'un autre frisson.

J'entoure mes bras autour de lui, rapprochant nos corps.

— Je suis vraiment désolée, Flynn, dis-je, sachant que mes mots, tous les mots, sont insuffisants.

— Elle n'était pas la meilleure maman, et il n'était pas le meilleur père, mais c'étaient mes parents. Et j'ai grandi en les détestant.

Il resserre son étreinte.

— C'est probablement pour ça qu'il m'a fallu si longtemps pour céder à l'envie d'ouvrir ma propre boutique. Cela me les rappelait trop.

Il recule et plonge pour attirer mon regard.

— Et c'est pourquoi j'ai paniqué ce jour-là, tu m'as parlé de ton entretien.

— Flynn, je...

— Sachant que quelqu'un d'autre que j'aimais me laisserait pour faire quelque chose de dangereux, j'ai juste... perdu les pédales, en quelque sorte.

— Oh, Flynn. Je suis vraiment désolée.

J'essaye de faire le tri dans mes émotions pour trouver les bons mots pour lui faire comprendre.

— Je ne... je veux dire, ce n'est pas que je veux te *laisser*, c'est juste...

Il secoue la tête.

— Tu n'as aucune raison de t'excuser, chérie. Et je sais que tu ne prends pas de décision comme celles de mes parents.

Je dois avoir l'air sceptique car il ajoute :

— Oui, vraiment.

Il dépose un baiser sur mes lèvres.

— Mais quand tu m'as parlé de ton entretien et du fait que c'était la dernière étape pour devenir astronaute, tout ce qui m'est passé par la tête était la possibilité de perdre quelqu'un que j'aime. Je ne pensais pas clairement.

Un autre baiser.

— S'il te plaît, crois-moi, je n'ai jamais voulu que tu dises non à tes rêves. J'ai toujours cru en toi, même après avoir agi comme un vrai idiot.

Je lui souris.

— La voiture.

Il sourit en retour.

— J'espérais que tu comprendrais ce que cela signifiait.

— Eh bien, grâce à toi, je parle voiture maintenant, donc j'ai une assez bonne idée de ce que cela signifie quand un homme reconstruit une voiture pour une femme.

Je tends la main et touche le bord de son sourire du bout des doigts.

— Surtout une voiture d'astronaute hyper cool.

Je regarde autour de moi en plissant les yeux. Flynn récupère mes lunettes de la balle de foin à côté de nous et m'aide à les mettre.

— Merci.

Je cligne des yeux plusieurs fois, mes yeux faisant la mise au point.

— Je t'aime.

Ses mots envoient des frissons le long de mon corps.

— Je te crois.

Je pose mon front contre le sien.

Il sourit, tirant sur le bout de mes cheveux. Je place mes paumes sur sa poitrine, sentant le battement régulier de son cœur.

— Et je t'aime.

Le corps de Flynn s'immobilise un moment, avant qu'il n'enroule lentement mes cheveux autour de sa main, forçant mon menton vers le haut.

— Avant que tu ne m'embrasses à nouveau, j'ai autre chose à te dire.

— Quoi ? demande-t-il, les yeux attentifs.

— J'ai conçu un nouveau protocole, je murmure contre sa bouche. Une procédure relationnelle.

— Une procédure, hein ?

Sa bouche frôle la mienne, son autre main agrippant ma chemise.

— Humm humm.

Mes mains s'abaissent sur ses hanches, parcourant son dos. Je plonge mes doigts sous sa ceinture, attrapant ses fesses.

— Alors, comment s'appelle cette nouvelle procédure ?

Je le lui chuchote, soudainement embarrassée, espérant qu'il ne rira pas.

Son sourire est lent et si doux que ma poitrine se serre.

— Opération Ils vécurent heureux et eurent beaucoup d'enfants, murmure-t-il en frottant son nez contre le mien. J'aime bien ce nom.

ÉPILOGUE

CINQ ANS PLUS TARD

Flynn

Je vérifie ma montre pour la cinquième fois. Ensuite, j'ajuste le télescope que Jackie m'a offert pour Noël cette année, en m'assurant que les coordonnées sont réglées.

Je suis allé au ranch juste pour ça, pour avoir moins de lumières ambiantes empêchant de voir le ciel. J'ai déjà rendu Holt fou en lui demandant à plusieurs reprises s'il avait nettoyé le champ nord du bétail pour moi, éteint toutes les lumières des détecteurs de mouvement et d'inondation autour de la propriété, et lui ai fait vérifier plusieurs fois la force et les batteries de trois clés Internet que j'avais achetées. Il a fini par me foutre à la porte il y a vingt minutes et je suis sorti au milieu d'un des champs. Rien d'autre que de l'herbe et du ciel sur des kilomètres. Quarante minutes plus tôt que prévu.

Je sors le cœur en origami de mon portefeuille, où je le garde précieusement. C'est devenu une sorte de talisman que je touche chaque fois qu'elle me manque, ou que je suis nerveux pour elle. On peut donc dire qu'il a eu beaucoup d'usure.

Jackie a fait beaucoup de choses excitantes mais effrayantes ces dernières années pour réaliser son rêve. Et ce soir en est une grande partie. Je vérifie à nouveau ma montre.

Je ne veux pas la manquer.

Cinq minutes passent. Ma jambe commence à rebondir, secouant la chaise pliante sur laquelle je suis assis.

Encore cinq minutes.

Je suis sur le point de récupérer la flasque de whisky que j'ai apportée quand Rocket Man d'Elton John allume mon ordinateur portable, le son résonnant à travers le champ vide.

Je jette le whisky au sol et saute sur le lien permettant d'accepter l'appel.

— Flynn ?

Et elle est là, la plus belle fille du monde. Maintenant de l'univers. Ses longs cheveux sont tirés en arrière en une queue de cheval qui flotte loin de sa tête. Elle saisit une poignée montée sur le mur, essayant de rester centrée sur la caméra. Son alliance en titane, la même que la mienne mais en plus fine, encercle son annulaire gauche. Je les ai fait fabriquer sur mesure. Elles sont en titane, le matériau utilisé dans les engins spatiaux, avec une bande de météorite au centre. Même sur terre, elle a un peu d'espace avec elle.

— Yo.

Heureusement, ma voix semble calme et posée, et non pleine de l'anxiété dans laquelle je me noyais il y a à peine quelques secondes.

Jackie lève les yeux aux ciel à mon salut.

— Tu es prêt ? demande-t-elle en faisant flotter la caméra avec elle vers la fenêtre.

Je vois des ténèbres et des étoiles, puis l'objectif de la caméra s'ajuste et la Terre se concentre.

— Waouh.

— N'est-ce pas ? soupire Jackie. Je ne peux toujours pas m'en remettre.

Elle regarde par une fenêtre dans l'un des modules de la Station spatiale internationale, le nez touchant presque la vitre. Elle est de profil, donc je peux voir à la fois la vue et elle. Et bien que la vue soit incroyable, c'est elle qui retient mon attention.

Les lumières lumineuses et fluorescentes de la station soulignent les taches de rousseur sur sa joue. La pente élancée de son nez est plus prononcée sans ses lunettes sexy perchées sur le dessus.

Pour être un spécialiste de mission dans l'ISS, il faut avoir une vision parfaite. Alors Jackie a opté pour une opération laser. Elle a reçu un tas de moqueries de ses collègues astronautes quand elle a continué à porter ses montures après l'opération avec du verre à la place des lentilles. Mais elle dit qu'elle se sent nue sans elles et vu à quel point j'aime la déshabiller quand elle les porte, les taquineries ne l'ont pas dérangée.

C'est la première fois qu'elle est partie sans elles. Et bien que j'aime vraiment ces lunettes hyper sexy, je l'aime plus encore elle, et l'expression d'émerveillement si clairement visible sur son visage en ce moment.

— Tu devrais la voir bientôt, dit-elle, brisant le fil de mes pensées.

Je lève les yeux vers le ciel.

— Pas encore.

Je regarde les étoiles.

— Je vois la grande casserole.

— C'est en fait la Grande Ourse.

— Écoute, mademoiselle-je-sais-tout, dis-je en regardant mon ordinateur portable, tout le monde sait que c'est la grande casserole.

Elle hoche la tête, comme pour concéder le point.

— Je suppose que *c'est* la grande casserole, mais la grande casserole est vraiment un astérisme, qui fait partie de la constellation de la Grande Ourse.

— Ah oui ?

J'adore la voir incliner la tête quand elle se laisse distraire sur l'une de ses divagations intelligentes.

— Ouais. On l'appelle aussi Ursa Major. La mythologie romaine dit que le dieu Jupiter est tombé amoureux d'une mortelle, Callisto. Junon, la femme de Jupiter, l'a transformée en ours dans une crise de jalousie. Lorsque le fils de Callisto l'a vue comme l'ours et a essayé de la tuer, Jupiter est intervenu en le transformant également en ours et en les jetant tous les deux dans les étoiles pour les protéger.

— Eh bien, en parlant de lancer dans les étoiles, je pense que je la vois.

Elle se redresse, vérifie sa montre.

— Oui, nous nous dirigeons dans cette direction maintenant.

Elle a l'air excité, et sans le manque de gravité, je parie qu'elle ferait cet adorable mélange de saut et d'applaudissements en ce moment.

Elle tourne à nouveau la caméra vers la fenêtre, et sur mon ordinateur portable, je peux voir l'Amérique du Nord, sombre à l'exception des lumières concentrées des zones urbaines.

Je jette un coup d'œil en arrière, une lumière filant dans le ciel.

Je soutiens mon ordinateur portable pour qu'elle puisse encore me voir pendant que je regarde à travers le télescope. Là, parmi les étoiles, se trouve la Station spatiale internationale, parcourant plus de vingt-sept kilomètres/heure, soit environ huit kilomètres/seconde.

Bien que valant une petite fortune et qu'il soit probablement le plus techniquement avancé du marché, selon la conférence que Jackie m'a donnée à ce sujet le matin de Noël, mon télescope ne peut distinguer que la forme de l'ISS, et non Jackie qui regarde par une fenêtre. Mais je sais qu'elle est là.

Ma nana. Mon astronaute. Ma femme.

— Salut, Flynn, dit-elle doucement.

— Salut chérie.

DU MÊME AUTEUR

Julie Starr, astronaute à la NASA, sait bien que l'on n'obtient rien sans sueur, sang et frisottis dans les cheveux.

Tout juste de retour d'un voyage en orbite, Jul' s'apprête à devenir la plus jeune commandante de vol de tous les temps. Alors, hors de question de laisser un harceleur sinistre la détourner de ses objectifs.

Ni un cow-boy, d'ailleurs, aussi riche et galant qu'il soit.

Holt West ne perd pas son temps avec les petites histoires sans lendemain. Et c'est exactement ce que représente Jul'.

Il a bien assez de choses à faire, entre le ranch qu'il a hérité de son grand-père et les rêves de sa fratrie. Il n'a pas envie de se laisser détourner de ses responsabilités par l'astronaute aux longues jambes et au parler cash, en pantalon de cuir et bottes de motarde.

Mais quand le frère de Holt et la meilleure amie de Jul' décident de se marier, ils sont choisis comme témoins. Jul' saute sur l'occasion pour fuir son harceleur au ranch West, au prétexte de préparer un somptueux mariage au grand air. Elle ignore peut-être la différence entre tulle et toile, mais après tout, elle est astronaute. Ça ne doit pas être si compliqué !

Entre Jul', qui vise une promotion hors du commun tout en échappant à son harceleur, et Holt, aux prises avec un conflit interne perdu d'avance, les dés sont lancés. Pourront-ils rester ensemble assez longtemps pour vivre l'aventure de leurs vies ?

Ou cette mission est-elle vouée à l'échec ?

À PROPOS DE L'AUTEUR

Merci d'avoir lu mon livre.
    J'espère que je vous ai fait sourire.

xxx, Sara

Les commentaires sont toujours appréciés.

www.SaraLHudson.com

Printed by Libri Plureos GmbH in Hamburg, Germany